天津市哲学社会科学规划项目
（TJWW15-030）

逃逸的鹰

——罗伯特·潘·沃伦诗歌研究

A Fugitive Hawk:
Aspects of Robert Penn Warren's Poetry

何欣◎著

南開大學出版社

图书在版编目(CIP)数据

逃逸的鹰 ：罗伯特·潘·沃伦诗歌研究 / 何欣著.
—天津：南开大学出版社，2016.11
ISBN 978-7-310-05224-0

Ⅰ.①逃… Ⅱ.①何… Ⅲ.①沃伦—诗歌研究 Ⅳ.
①I712.072

中国版本图书馆 CIP 数据核字(2016)第 219402 号

南开大学出版社出版发行
出版人：刘立松
地址：天津市南开区卫津路 94 号　　邮政编码：300071
营销部电话：(022)23508339　23500755
营销部传真：(022)23508542　　邮购部电话：(022)23502200
*
天津午阳印刷有限公司印刷
全国各地新华书店经销
*
2016 年 11 月第 1 版　　2016 年 11 月第 1 次印刷
230×160 毫米　16 开本　16.625 印张　2 插页　244 千字
定价：45.00 元

如遇图书印装质量问题，请与本社营销部联系调换，电话：(022)23507125

前　言

外国现当代诗歌是世界诗歌宝库中的重要财富，但由于其中不少作品给读者留下晦涩难懂、抽象庞杂的印象，以及受时间影响尚未有定论、对作品评价褒贬不一等客观现状而较少受到国内研究的关注。笔者虽力量微薄，却希望弥补这种缺憾之一二，故而选择了 20 世纪美国诗坛一隅作为关照对象。

在 20 世纪美国诗坛的众多瑰宝中，罗伯特·潘·沃伦（也译作罗伯特·佩恩·沃伦，Robert Penn Warren, 1905—1989）的诗歌可谓光华逼人，为其赢得了包括两度普利策诗歌奖、美国国家图书奖、博林根诗歌奖、哈里特·门罗诗歌奖和美国第一任桂冠诗人等在内的十几种重量级奖项，也让他成为美国文学史上迄今为止因诗歌获得最多荣誉的人。

沃伦的诗歌不仅得到官方的认可，还像弗罗斯特（Robert Frost）的诗歌一样在民间受到喜爱，在沃伦生前就有不少研究和爱好者，而 1989 年沃伦去世后，美国更是掀起了新一轮沃伦研究热潮，大量论文和专著纷纷问世。在国际文坛上，沃伦也颇有声誉，其以诗歌研究为主要基石的“新批评”（New Criticism）思想是世界文学批评领域的重要思想之一，至今发挥着不可替代的作用；他与克林斯·布鲁克斯（Cleanth Brooks）合著的教材《理解诗歌》（*Understanding Poetry*, 1938）成为世界诸多大学英文专业指定书日之一。对这样一位在现当代诗歌领域有着如此成就和影响力的诗人，国内还未有对其研究的专著，实属憾事。笔者不才，愿在此抛砖引玉。

沃伦虽为美国“南方逃逸派”代表，其诗歌弥漫着浓郁的南方气息和地方色彩，但其视野并未局限于此，而是心系天下苍生和整个人类的命运与前途，思索的是如何整合人与自然、人与社会以及人与自身的支离破碎之关系来重建和谐秩序和完整自我——这种具体与普遍的结合，出世与入世的统一，理性哲思与道德关怀的交融都促使笔者选择沃伦诗歌进行研究。其诗歌蕴含的深刻哲理，以及在认识人性与社会弊端的基础上对理想执着追寻的精神取向，对带领人们走出现实困境、奔向美好未来也有一定启发，这也是本研究的现实意义之所在。

本研究获得了天津市哲学社会科学规划项目（项目编号：TJWW15-030）的资助，在此深表感谢。本专著在撰写的过程中得到了恩师王立新教授、天津外国语大学领导如张晓希教授、英语学院领导如项成东教授、高嘉勇教授等的指导、帮助与支持，王静、苗雨等在资料收集、文稿校对等方面贡献了力量，南开大学出版社也为专著的出版付出了辛勤劳动，我的家人一直鼓励和支持着我，在此一并表示深深的谢意。

目　录

绪篇：沃伦生平与诗歌创作

罗伯特·潘·沃伦 1905 年 4 月 24 日生于美国肯塔基州托德郡的格斯瑞小镇（Guthrie, Todd County, Kentucky），是家中长子，下面有一个妹妹玛丽（Mary）和一个排行最小的弟弟托马斯（Thomas）。他的母亲安娜·露丝·潘（Anna Ruth Penn）是名受过良好教育的中学教师，父亲罗伯特·弗兰克林·沃伦（Robert Franklin Warren）是位非常有家庭责任感并热爱文学的银行家。

论及沃伦的生平与其诗歌创作的关联时，首先要提到的就是他的父亲。沃伦的父亲年轻时曾对文学尤其是诗歌怀有浓厚的兴趣，并自己尝试创作了一些诗篇，可后来遭逢其父病故，为承担家庭的重担而毅然放弃了对文学的追求，走上了做苦工和经商的道路。某种意义上讲，沃伦的血液中就流淌着热爱诗歌的基因，而他从事诗歌创作的起因之一就是完成父亲未竟的梦想。这在其诗歌《读至深夜，温度下降》（“Reading Late at Night, Thermometer Falling”）以及《树叶》（“The Leaf”）等中就有所体现：前者描写了“我”在书架上发现了年轻时的父亲在读书时意气风发、憧憬未来的照片并找到了父亲曾写过的诗；后者则描写了“从一个更遥远的花园，从另一棵树的树荫中，蝉停止鸣叫时，父亲的声音开始向我召唤”——这些一方面是实际情境的诗意再现，另一方面也可谓诗歌创作代代传承的象征性表达。

为沃伦诗歌创作打下根基的还有他儿时的家庭教育。沃特金（Floyd C. Watkins）等在《与罗伯特·潘·沃伦交谈》（*Talking with Robert Penn Warren*,1990）采访中所记录的沃伦自述表明：沃伦的家中有一个大大的书架，上面摆满了各种书籍，自他幼年起父母就把家中的藏书拿出来供他阅读；他的父亲有晚餐前后给孩子们读诗歌或历史传记的习惯，并曾专门雇人教沃伦细读《圣经》；居住在南方烟草种植场上的、同样拥有大量藏书且喜爱背诵拜伦诗歌和讲述历史故事的外公盖布里埃尔·托马斯·潘（Gabriel Thomas Penn）也给了沃伦很好的、甚至某种程度上更重要的文学启蒙。沃伦回忆："我是部分地由酷爱史书并整天谈论历史的外公带大的，他是位南方邦联老兵，一名骑兵上尉，他那里充满了像拿破仑与他的元帅之类的故事和战争历史，在我还是个孩子时我就沉浸于其中了。"①沃伦的诗歌所萦绕的浓厚的历史意识、对各种战争的反思、对浪漫主义诗歌的借鉴、高超的叙事技巧、时隐时现的《圣经》原型或故事、植根于南方的素材和人物等，都与他儿时的家庭教育有着密切的关系。

沃伦父亲和外公的为人、他们个人故事的传奇色彩，尤其是凝聚在他们身上的一些传统优秀价值观直接催生了沃伦的很多诗歌。有很多诗歌从名称上就能直接显示这种关联，比如《家谱》（"Genealogy"）、《永久的基业》（"Mortmain"）、《烟草乡村的童年》（"Boyhood in Tobacco Country"）、《肯塔基旧时童年》（"Old-Time Childhood in Kentucky"）、《重葬：对外祖父的回忆》（"Re-interment: Recollection of a Grandfather"）等，还有很多从内容上描写了沃伦和他们的对话或对他们的回忆，比如《军法审判》（"Court-martial"）、《自然史》（"Natural History"）、《读至深夜，水银柱在下降》《当生命开始时》（"When Life Begins"）、《树荫里是安全的》（"Safe in Shade"）等。这些诗歌有的描述了沃伦父亲年幼失怙却勇于担起家庭重担、虽放弃挚爱的文学却能"觉得很幸运，早年就懂得了人尽义务也能幸福"、晚年为免家人担心独自隐忍癌症的人生；有的追忆了沃伦外公南方邦联老兵的戎马生涯，与晚辈们口耳相传的南方"爱、信、勇"等价值观，对人性的洞察和对战争中杀戮之罪的虔诚忏悔等。这些诗篇读来真挚细腻，具有传记色彩的同时又直指人心，发人深省。

成就沃伦及其诗歌的不仅有儿时亲人的影响、家庭的教育，还有他自小耳濡目染的家乡特有的风土人情和故事传说。沃伦孩提阶段的大部分时光除了阅读就是在外公的烟草种植园里或周边的山川树林中度过。

---

① Warren, Robert Penn. An Interview[A]. In: Floyd C. Watkins et al. eds. Talking with Robert Penn Warren[M]. Athens: The University of Georgia Press, 1990: 149.

他在诗歌中曾这样描写他儿时的生活和见闻——“在松树林中我们曾奔跑、呼喊/洋溢着快乐与天真，而至今／我们的声音还在那片高高地／笼罩着我们质朴的绿色中回响……”（《午夜独白》“Monologue at Midnight”）；“……秋天的落日／红如燃烧的草垛。从丛果林，／树叶虽未全部凋零，却在红色映衬下显得发黑，就像／其片片叶子都是由铜锻造，而今已黯黑成／永恒。远处，烟草烤房中飘来，／蓝色的烟，夹杂着一缕缕苍白，贴向世界晦暗不明、难以界定的苍穹。／／跨越割过的烟草茬，在回家路上或无家可归，一串黑人的／嗓音，比海洋之心更深、更蓝，比／悲伤或高粱更甜，向第一颗诞生的星／言说了生命的无名……”（《烟草农场中的童年》“Boyhood in Tobacco Country”）；“当我还是小男孩我看到我所在的世界。／我看到它为它之所是。竹丛中有着／熊爪劈开的路径。烟草，／一望无垠，黑手指的粉指肚／把从烟草叶上择下的烟草虫挤成／绿色的汁。大鳟鱼／一动不动，静悬在他那巨大的溪卵石／投下的阴影中……”（《肯塔基旧时童年》）。南方的松树、果林，烟草、高粱，大熊、小虫，鳟鱼、卵石，还有黑人那深沉的歌声和细心的劳作，这些深情的描写都散发着诗人对乡土的浓浓依恋、对大自然和田园生活的拳拳热爱、对黑人的同情和肯定、对重拾失落纯真和重归天人合一的渴望，而这四者都成为其诗歌重要的主题，或化作独立诗篇，或作为组成部分出现在沃伦的诸多诗歌中。沃伦生于美国南方，长于美国南方，去往北方任教后又频频回顾养育他的南方，沃伦的家乡对其诗歌的影响不仅体现在如上所述的诗歌主题方面，沉淀在他记忆深处的家乡地貌和人文也间接影响了他的诗歌行文和基调。肯塔基州以喀斯特地貌为主，岩石突露、奇峰林立，昵称“早熟禾州”（“Blue Grass State”），处于美国中东部，农业至今是其重要产业，沃伦出生的格斯瑞尤其如此。[①] 正如约翰·斯图尔特（John L. Stewart）所说：“沃伦的肯塔基具有一种甚至对南方来说也颇为独特的美、暴力和伤感，而这永久地塑造

① Funk, William H. Glimpses of Seasons: A Pilgrimage to the Birthplace of Robert Penn Warren[J]. Southern Quarterly, 2008, 46(1): 100-101.

出他的想象力、他的风格、他对人的观念。”[①]沃伦的不少诗歌确实折射出这种特有的硬朗、秀阔、峻奇和感伤，而伴他成长的南方种植园和小镇生活的淳朴、宁静、亲切、和谐又部分调和了他诗歌中的基调。因此，沃伦的诗歌刚柔并济，时而有史诗般的恢宏，时而又有蓝调式的清幽，硬朗处如山峰削立，和软处似溪水蜿蜒，厚重而又轻盈，宏阔而又细腻，奇文异笔时隐时现，妙思隽语比比皆是，带给读者难忘的体验。当地形形色色的民间故事和口头传说则直接给沃伦提供了诗歌素材——据访谈记载，《龙的兄弟》（*Brother to Dragons*）长诗就取材于肯塔基的旧时传说，《比利·波兹谣曲》（“The Ballad of Billie Potts”）则源于沃伦姑姑所讲的格斯瑞小镇流传甚广的民谣，而《奥都本：一个幻象》（“Audubon: A Vision”）也是对南方流传故事的重新立意和改编，这样的例子还有很多。

沃伦生活的年代横跨了几乎整个20世纪（1905—1989），其间发生过两次世界大战以及之后肇始于美国的第三次科技革命，美国文学也经历了“新诗运动”“南方文艺复兴”“新批评”等一系列文学运动与思潮。可谓时局动荡、发展迅速、变化迭起，这些都直接或间接地影响了沃伦的诗歌创作。他个人的经历更是与这个特殊的时代交织在一起，共同在其诗歌创作上打下烙印。

先前论及的沃伦童年是快乐平和的，但绝非从此一帆风顺。1920年夏天，15岁的沃伦经历了人生的**第一次变故**——他的左眼因被弟弟意外用石子击中而失明[②]，这断送了他当一名海军军官的梦想（他刚刚考取了美国海军学院），却也意外开启了他在范德比尔特大学（Vanderbilt University）等各大高校中学习深造并最终投身文学与教育的人生之路。这次意外对沃伦的另一个重要影响就是让他终生都活在怕失去另一只眼睛的焦虑和隐隐的自卑中。这种焦虑使得沃伦倍加珍惜可见的光阴去学习、去创作、去体验，从某种程度上加速了他的成长，让他的成果更加丰硕；这种自卑让他对拥有锐利目光的鹰钦羡不已，而在诗歌中反复描

① Stewart, John L. The Burden of Time: The Fugitives and Agrarians[M]. Princeton: Princeton University Press, 1965: 430.

② 阿尔文·P. 桑诺夫著. 余韵译. 美国桂冠诗人罗伯特·潘·沃伦谈诗歌创作[J]. 外国文学动态，1987（4）：11—14.

摹，在一定意义上成就了他诗歌的核心意象与张力结构——这次不幸淬炼了他敏感的心灵，从创作的角度而言却也是他的一种幸运。

经历这次变故的沃伦16岁（1921年）进入美国田纳西州（Tennessee）的范德比尔特大学，开始学习的是化学工程专业，但比较反感其以死记硬背为主的教学方式。当时整个范德比尔特大学正沉浸在对诗歌的狂热之中，沃伦也受到了这种氛围的感染并意识到文学更贴近他灵魂深处的渴望，所以毅然弃理从文。大学一年级时他选修了后来成为美国“新批评派”领军人物的约翰·克罗·兰瑟姆（John Crowe Ransom）的英语写作课，从此与这位启蒙老师和诗人结下了不解之缘。他还幸运地与之后成为著名诗人和评论家的艾伦·退特（Allen Tate）同住一间宿舍，得以经常切磋诗歌。此间沃伦加入了“逃逸派”（The Fugitive）并逐渐显露出卓越的文学才能，尤其是诗歌才华。“逃逸派”发源于美国南部田纳西州的纳什维尔市（Nashville），由当地一群大学教师和学生以及几位对文学感兴趣的商人和社会活动家组成，是一个定期聚会讨论诗歌、文学和美国生活的非正式文学团体。[①]它是社会历史环境下的产物，其兴起和发展与20世纪10年代美国文坛上掀起的“新诗运动”及20世纪20年代开始的美国南方文艺复兴息息相关。与20世纪初至第一次世界大战后美国经济和军事等方面突飞猛进、日新月异的局面不相称的是其精神文化领域的死气沉沉和停滞不前。随着工业化和城市化的蓬勃发展及工农运动的高涨，美国国内出现了一系列社会问题，人们的思想文化意识受到巨大冲击，一场扫荡诗坛的新诗运动和美国二次文学繁荣应运而生。就南方而言，传统南方的“末代骑士”文学已经与战后南方的现实格格不入，而文坛中粉饰南方战败、一味沉浸在旧南方荣光中不肯面对现实的倾向也令很多诗人不满。于是在新诗运动和南方文艺复兴大潮的冲击下，南方“逃逸派”异军突起。它的宗旨是“逃脱南方旧传统的弊端和束缚，即旧南方那种略带病态、矫揉造作、逃避现实的感伤文学”[②]。“逃逸派”诗人们不再缅怀贵族名流、绅士淑女闲适祥和的生活，也不再追慕昔日的荣光而感慨万千，转而崇尚以南方的现实为根基，把目光对准

① 吴瑾瑾. 罗伯特·潘·沃伦的故土情结与文学创作[J]. 当代外国文学，2008（1）：46.

② 吴瑾瑾. 罗伯特·潘·沃伦的故土情结与文学创作[J]. 当代外国文学，2008（1）：46.

各个阶层，大胆揭露其在南北战争中战败的事实与落后衰败的现状，以及南方家族中存在的暴力与堕落等——他们致力于反映真实的南方及社会变迁带给人们精神上的苦闷、愤怒与彷徨。同时，他们也并非一味否定过去、全盘迎合北方文化，而是反思并抵制北方工业文明带来的种种负面影响，反对在新南方的建设中走和北方一样的道路，倡导弘扬南方农业文明中优秀的因子来弥补工业化、都市化、现代化等所带来的弊端，从思想观点到美学原则都走一条折中包容的道路。这种“逃逸派”的宏观宗旨对初涉文坛的沃伦的诗歌创作产生了深远的影响。其主要成员如兰瑟姆和退特，也因其与沃伦的关系而直接在创作手法和诗学理念等方面影响了沃伦。甚至连其名称“逃逸派”的“逃逸”这个字眼从某种程度上说都以心理暗示的方式对沃伦诗歌的创作起了潜移默化的导向作用。沃伦诗歌中占主流的“逃逸与追寻”主题、结构、意象等就与以上因素有重大关联。

1925 年沃伦以“最优等生”（Summa Cum Laude）的身份从范德比尔特大学毕业，1927 年他取得了加利福尼亚大学（The University of California）的硕士学位，1927 年至 1928 年他在耶鲁大学（Yale University）进行研究生学习，并于 1928 年以“罗德访问学者”（Rhodes Scholar）的身份前往英国牛津大学（Oxford University）深造。在牛津大学期间，他为论文集《我要表明我的立场：南方与农业传统》（*I'll Take My Stand: The South and the Agrarian Tradition*, 1930）撰写文章，表明了他的重农主义立场和对老南方的思考，这也成为日后他诗歌思想和主题中重要的组成部分。

1930 年，25 岁的沃伦结婚后，同妻子艾玛·布雷夏（Emma Brescia）一起回到美国，在田纳西州孟斐斯（Memphis）的西南学院（Southwestern College）当了一名大学讲师。1931 年，沃伦经历了人生的**第二次变故**——先是母亲于 10 月不幸去世，紧接着父亲也遭逢破产，这些接连的不幸在他的诗歌《红尾鹰与少年时代的火堆》（“Red-tail Hawk and Pyre of Youth”）中有着自传式的记录，从此对母亲的追思和对家族命运的探讨也成为他诗歌重要的组成部分。之后沃伦先后在范德比尔特大学、路易斯安那州立大学（Louisiana State University）等高校执教。在路易斯安那州立大学时，应校长之邀，他与布鲁克斯等合作主编了《南方评论》（*Southern Review*）杂志。在他们担任主编的七年（1935—1942）时间里，《南方评论》成为美国当时最权威的文学评论杂志之一。彼时正是“新批评”浪潮风起云涌之时，沃伦与布鲁克斯合作出版了《文学入门》（*An Approach to Literature*, 1936）、《理解诗歌》和《理解小说》（*Understanding Fiction*, 1943）这3本教材，把“新批评”的原则引入广泛的实践；后来在耶鲁大学共事期间，他们与维姆萨特（William K. Wimsatt, Jr.）和韦勒克（Rene Wellek）等人形成了“新批评”的后期中心集团之一，以“耶鲁集团”闻名。[①]他们全面系统地阐述了“新批评”的有关思想并深刻影响了美国大学文学教育的模式，尤其是《理解诗歌》影响极大，被誉为“把新批评派的正统观念传授给整整一代美国文学学生的一个主要媒介”[②]。由于第二次世界大战的影响，《南方评论》于1942年停刊，此后沃伦被迫离开南方，来到位于美国北部的明尼苏达大学（University of Minnesota）任教。这次由南到北的“逃亡”经历深刻影响了沃伦的人生观、世界观、诗学思想和诗歌创作。北方更为豁达自由的氛围也使得沃伦的诗歌摆脱了一些旧有的桎梏，在结构和内容上都有了新的探索，焕发了蓬勃的活力；而对南方不断的“回望”与“反思”也直接构成了他诗歌特有的主题。在此期间，他一直以来的创作冲动空前高涨，在授课之余进行了大量诗歌、小说和故事等的创作。用他自己的话说：“我内心深处持久的欲望就是写诗歌和小说。即便我知道这种欲望和我所从事的职业并不冲突，但当我离开教室、完成教师职责时，还是把绝大部分的精力都投入诗歌和小说的创作之中。”[③]果然，几年间沃伦以他惊人的能量、自律精神和创作热情完成了5部小说和1部诗集的创作。

1950年，沃伦离开明尼苏达大学，前往位于康涅狄格州的耶鲁大学任教。次年，沃伦经历了人生的**第三次变故**——他和妻子艾玛·布雷夏

---

① 胡家峦. 导读[A]. 见：克林斯·布鲁克斯，罗伯特·潘·沃伦著. 理解诗歌（第4版）[M]. 北京：外语教学与研究出版社，2004：1.

② Lodge, David. 20th Century Literary Criticism: A Reader[M]. London: Longman,1972: 291.

③ Bohner, Charles. Robert Penn Warren's Life and Career[A]. In: John A Garraty; Mark C Carnes, American National Biography[M]. New York: Oxford University Press, 1999: 19.

的婚姻宣告破裂。这段不幸的婚姻对沃伦的影响之一就是，有 10 年左右的时间他几乎没进行诗歌方面的任何创作。1952 年沃伦和埃莉诺·克拉克（Eleanor Clark）结婚，埃莉诺本人也是一位作家，这段婚姻比较美满，还赐予了他们两个孩子，沃伦的创作也因此又迎来了一个新的高峰，尤其重要的是沃伦又寻找到了诗歌创作的灵感。直至晚年沃伦仍笔耕不辍，有大量优秀作品问世，以至哈罗德·布鲁姆（Harold Bloom）把沃伦的晚年比作堪与哈代（Thomas Hardy）、叶芝（William Butter Yeats）和斯蒂文斯（Wallace Stevens）齐肩的"伟大的最后阶段"①。1989 年 9 月 15 日，沃伦的生命走向终结，但他留给人们的大量诗歌、小说等优秀作品却永远成为文学宝库的一笔财富，吸引一代又一代的人们阅读、研究。

沃伦的创作生涯光辉灿烂，成就斐然。单就诗歌而言，众多嘉奖和头衔是对沃伦包括诗歌在内的整体文学贡献的肯定：沃伦的早期诗歌获得了美国诗歌学会（Poetry Society of America）颁发的雪莱纪念奖（Shelley Memorial Award）；1944—1945 年沃伦受邀担任了美国国会图书馆第二任诗歌顾问；1952 年他被选举为美国哲学学会（American Philosophical Society）成员；1957 年诗集《应许：1954—1956 年的诗》（*Promises*: *Poems 1954-1956*）获得普利策诗歌奖、美国诗歌学会颁发的埃德娜·圣文森特·米莱奖（The Edna St. Vincent Millay Prize）以及美国国家图书奖这三项大奖；1959 年他当选为美国艺术文学院（American Academy of Arts and Letters）成员；1967 年他的诗集《诗选：新与旧 1923—1966》（*Selected Poems*: *New and Old 1923-1966*）荣获博林根诗歌奖；1970 年沃伦获得美国文学奖章（American National Medal for Literature），同年他的以单行本出版的长诗《奥都本：一个幻象》还荣获凡·威客·布鲁克斯奖（Van Wyck Brooks Award）；1974 年他被国家人文基金会（National Endowment for the Humanities）选中做每年一度的杰弗逊演讲（Annual Jefferson Speech）；1975 年他获得了美国艺术科学院（American Academy of Arts and Sciences）颁发的爱默生-梭罗奖

① Bloom, Harold. Foreword[A]. In: John Burt ed.The Collected Poems of Robert Penn Warren[M]. Baton Houge: Louisiana State University Press, 1998: XXII.

（Emerson-Thoreau Award）并当选为美国艺术科学院成员；1976 年，为奖励沃伦整体的文学生涯，并尤其奖励他的诗集《抑或：1968—1974 年的诗》（*Or Else—Poem/Poems 1968-1974*），美国诗人学院（The Academy of American Poets）给沃伦颁发了哥白尼奖（The Copernicus Award）；1977 年他获得哈里特·门罗诗歌奖和威尔玛和罗斯维尔·梅辛奖（The Wilma and Roswell Messing, Jr. Award）；1979 年沃伦的诗集《此时与彼时：诗 1976—1978》（*Now and Then: Poems 1976-1978*）为他赢得了第二次普利策诗歌奖；1980 年他又一人囊括了康涅狄格州艺术委员会奖（The Connecticut Arts Council Award）、总统自由勋章（The Presidential Medal of Freedom）、联邦文学奖和由现代语言协会（The Modern Language Association）颁发的哈贝尔纪念奖（The Hubbell Memorial Award）这四个奖项；1986 年他荣获美国第一任"桂冠诗人"称号，为他的诗歌成就画上了一个完美的句点。

一生获奖无数的沃伦在文学界的位置一直相当稳固。他生前就拥有不少的研究者，比如罗杰·塞尔（Roger Sale）、西蒙·沃瑟尔（Simone Vauthier）、维克多·斯特朗伯格（Victor Strandberg）、约翰·路易斯·朗利（John Lewis Longley）等。朗利早在 1969 年就指出"罗伯特·潘·沃伦拥有的地位是杰出和独一无二的。他的独一无二就在于他是唯一一位无疑在诗歌、文学批评和小说领域都出类拔萃的健在的美国作家"。在 1989 年沃伦去世后，美国更是掀起了新一轮的沃伦研究热潮，大量的研究论文和专著纷纷问世，众多研究者都加入这个行列，这股势头一直持续，进入新千年后仍在继续。譬如批评家詹姆斯·贾斯特斯（James Justus）、罗伯特·海尔曼（Robert B. Heilman）、哈罗德·布鲁姆、詹姆斯·格里姆肖（James A. Grimshaw）、卡尔文·贝迪恩特（Calvine Bedient）、雷纳德·卡斯珀（Leonard Casper）等；沃伦迷如约翰·爱德华·哈代（John Edward Hardy）、路易斯·鲁宾（Louis Rubin）和尼尔·那卡塔特（Neil Nakadate）等；以及一些知名的作家兼批评家，如克林斯·布鲁克斯、约翰·斯图尔特（John L. Stewart）、理查德·格雷（Richard Gray）、海伦·麦克尼尔（Helen McNeil）等；此外还有专门研究沃伦的学者休·鲁佩斯贝格（Hugh Ruppersburg）、威廉·贝德福德·克拉克（William Bedford

Clark），马歇尔·沃克（Marshall Walker）和阮迪·亨迪克斯（Randy Hendricks）等。其研究角度遍及叙事学、新历史主义、历史编纂学、弗洛伊德心理学、女性主义和性别学、酷儿理论、非裔美国人研究、政治学和伦理学等。[①]

其中针对沃伦诗歌的专门研究包括维克多·斯特朗伯格（Victor Strandberg）撰写的、由肯塔基大学出版社1965年出版的《冷火：罗伯特·潘·沃伦诗歌研究》（*A Colder Fire: The Poetry of Robert Penn Warren*），这是较早对沃伦诗歌进行研究的专著之一；有莱沙·卡恩斯·科里根（Lesa Carnes Corrigan）撰写的《纯粹想象的诗歌：罗伯特·潘·沃伦和浪漫主义诗歌传统》（*Poems of Pure Imagination: Robert Penn Warren and the Romantic Tradition*, 1999），系统地梳理了沃伦诗歌和浪漫主义传统的关联及其成因，尤其列举了沃伦诗歌中与威廉·华兹华斯（William Wordsworth）和塞缪尔·泰勒·柯勒律治（Samuel Taylor Coleridge）一脉相承的成分；还有休·鲁佩斯贝格（Hugh Ruppersburg）的《罗伯特·潘·沃伦和美国想象》（*Robert Penn Warren and the American Imagination*, 1990）。该书探讨了沃伦创作中的核心隐喻，即"美国理想与美国现实的差距"，沃伦创作中反复出现的主题（民主、地方主义、个人自由、个体责任感、少数民族关系和最重要的主题——理想的丢失）以及这些主题在沃伦的3首以单行本发行的叙事长诗——《龙的兄弟》《奥都本：一个幻象》和《内兹帕斯的约瑟夫酋长》（*Chief Joseph of the Nez Perce*, 1983）——中的表现：《龙的兄弟》描绘了奴隶制的恐怖和杰弗逊理想主义的后果；《奥都本：一个幻象》颂扬了想象力在一个人于荒野中寻求确立美国身份的过程中所能发挥的巨大力量；《内兹帕斯的约瑟夫酋长》则批判了美国建国构想中的缺陷，即牺牲了美国土著居民并把他们从美国历史中摈弃。近期关于沃伦诗歌研究的专著当推2009年9月乔·E. 萨尔诺斯基（Joe E. Sarnowski）的《美国诗人罗伯特·潘·沃伦的文学成就：他与道德、神话和现代主义的终身搏斗》（*The Literary Achievements of the American Poet Robert Penn Warren: His Life-long*

① 吴瑾瑾. 生之必然渗透——罗伯特·沃伦的自我认知哲学观与文学创作研究[D]. 山东大学，2008：3.

Struggles with Morality, Myth, and Modernism）和肯塔基大学出版社 2014 年 7 月出版的由伦道夫·保罗·鲁扬（Randolph Paul Runyon）撰写的《编织的梦：沃伦晚期诗歌》（*The Braided Dream*: *Robert Penn Warren's Late Poetry*）。前者研究了 20 世纪社会和文化语境下罗伯特·潘·沃伦的诗歌如何向固有模式发起挑战；后者则敏锐关注了沃伦诗歌中隐藏的叙述和时间的戏仿，突出了诗歌顺序的安排也是诗人作诗法不可或缺的一部分以及诗歌与诗歌之间的互文等。美国的沃伦研究中心更是先后推出了不少研究沃伦诗歌的富有洞见之作，如西肯塔基大学罗伯特·潘·沃伦研究中心（Center for Robert Penn Warren Studies at Western Kentucky University）出版的《罗伯特·潘·沃伦研究年鉴》。

国内对罗伯特·潘·沃伦诗歌研究做得比较深入的当属柳向阳和吴瑾瑾，他们二人撰写的比较文学学位论文都与罗伯特·潘·沃伦的诗歌有关，并且发表了多篇相关学术文章。比如 2005 年第 5 期《外国文学研究》上刊登的柳向阳的《论奥古斯丁时间观与罗伯特·潘·沃伦的诗歌创作》一文。该文就沃伦诗歌作品中的时间观提出了有洞察力的见解——相对于物理时间而言，沃伦作品中体现得更多的是心理时间，展示了生命的历程和自我发现，这可以通过奥古斯丁时间观的生命和诗学内涵与亚里士多德连续时间观的对比而看出。此外柳向阳还在 2007 年第 4 期《三峡大学学报（人文社会科学版）》上发表了《论罗伯特·潘·沃伦诗歌中动物的生命特征》，从生命本质思想角度解读了沃伦的动物诗歌。吴瑾瑾则从"生之必然渗透"哲学的角度统观沃伦的创作，对其自我认知的过程提出了重要观点，并从时间观、空间观和道德观三个方面进行了详细阐述，详见其发表于 2009 年第 2 期《英美文学研究论丛》的《生之必然渗透——罗伯特·潘·沃伦的自我认知哲学观与文学创作研究》和发表于 2007 年第 5 期《外国文学研究》的《历史延续性与道德责任的二维统一体——论沃伦作品中完整自我的塑造》等文章。此外还有陈耀庭撰写的硕士论文《论罗伯特·潘·沃伦诗歌中"爱与知的碰撞与和谐"》以及肖徐彧发表于 2010 年第 4 期《兰州学刊》的《论罗伯特·潘·沃伦后期诗学观念的转型》一文。前者从沃伦诗歌中的张力及诗歌中的"不纯"因素等角度探讨了其诗歌的艺术效果，并通过分析"爱与知"的相互碰撞到最终达到和谐的过程探讨了沃伦诗歌的主题；后者提出“受20世纪60年代美国诗歌创作潮流和布鲁姆焦虑理论的影响，沃伦的后期诗歌观念体现了浪漫主义创作倾向”的观点。张缨发表在2010年春季号《复旦外国语言论丛》上的《罗伯特·潘·沃伦诗中的时间境遇》则从语用学的角度探讨了罗伯特·潘·沃伦诗歌中时间指示与时间境遇的关系。陈娟发表于2010年第1期《南京理工大学学报（社会科学版）》的《理想与现实之间——沃伦诗歌中的生态之思》和吴瑾瑾发表于2008年第1期《当代外国文学》的《罗伯特·潘·沃伦的故土情结与文学创作》则论述了沃伦诗歌中体现的生态意识或家园情结。笔者的博士论文《逃逸与追寻——罗伯特·潘·沃伦诗歌研究》（2013）致力于从“逃逸与追寻”这个新的角度入手，纵览贯穿沃伦诗歌的主线。

本书在借鉴之前沃伦诗歌相关研究成果的同时，从背景（绪篇）、声韵、结构、主题、意象、聚焦、时间七大方面以独立篇章深入剖析沃伦的诗歌，多从相关理论出发，再过渡到辅以精选实例解读沃伦诗歌。这与笔者正在撰写的另一部沃伦诗歌研究专著从思路上形成互补——与本著作从声韵等不同具体方面阐述沃伦诗歌不同，另一部著作将着力于从不同理论视角审视沃伦诗歌，如女性主义解读、精神分析批评、生态文学批评等。希望本书对沃伦诗歌点面结合的系统梳理，能给读者带来些许启发，在加深中国读者对20世纪美国诗歌了解的同时，吸引更多文学爱好者加入国外现当代诗歌研究，并最终把成果落实到中国自身文化的建构上来。

声韵篇

The change of the weight of one syllable in a line can make a vast difference.

哪怕一个诗行中一个音节分量的改变都会影响深远。

——罗伯特·潘·沃伦

（Robert Penn Warren）

声韵在本研究中指的是诗歌声音特点和韵律节奏的总称，其隶属于文学的形式范畴。形式批评作为文本的“内部研究”或“本体研究”，始终都会占据文学批评重要且不可或缺的一环，对于诗歌这种高度依赖和突显形式的文体而言，研究情况更是如此。广义的诗歌形式批评可涵盖声韵节奏、句法特点、诗行排列、修辞格使用、诗歌结构甚至排序、排版等。本书之所以将声韵排在开篇第一位来进行研究，是因其与诗歌的历史渊源最为久远，是决定“诗之所以为诗，而非其他文体”的核心本质要素之首，且是推动诗歌长足发展的必备要素。

一　诗歌与声韵的关系

《尚书·尧典》记舜命夔典乐，教胄子，有云：“诗言志，歌永言，声依永，律和声。”这段记载已然凸显了诗歌与声律的关系。朱自清的“古代诗和乐是分不开的”，“每一诗体都依附音乐而起，然后脱离音乐而存”，

"新的音乐又带来新的诗"[①]等论断也佐证了诗歌的音乐性特征是其本质特征，并且具有先导性。谢祖钧则直接将诗歌定义为"建筑在韵律和音基础上的一种特殊语音结构"[②]。黑格尔（G. Hegel）在《美学》中曾强调诗歌音乐属性的原始性和非常魅力："诗则绝对要有音节或韵，因为音节和韵是诗的原始的唯一的愉悦感官的芬芳气息，甚至比所谓富于意象的富丽词藻还重要。"[③]爱伦·坡（Edgar Allan Poe）说诗歌是音乐和一种可悦观念的结合。[④]英国学者托马斯·卡莱尔（Thomas Carlyle）定义诗歌为"音乐性的思想"。[⑤]法国象征主义诗人魏尔伦（Paul Verlaine）的《诗艺》（"Art Poétique"）则开宗明义，道出了声韵特质在诗歌核心本质要素中的首要地位："音乐，先于一切。"由此可见，声韵之于诗歌，好比底座之于雕像，没有了它，不但会失去根基、残缺不全、大损其美，整个雕像还会轰然倒塌。

声韵之于诗歌的这种重要地位是有其发生学和发展学基础的。古今中外有诸多学者论述过诗歌和音乐的渊源以及诗歌对声音特点的强调，比如毛亨、朱熹、钱锺书、维柯（Giovanni Vico）、洪堡特（Wilhelm Humboldt）、卡西尔（Ernst Cassirer）等，其中有一语中的、主观感悟者，也有系统科学、客观分析者，概括起来大致有两类。

第一类，从心理学角度解读诗歌的起源。以《诗经》研究为基础的《诗大序》言："诗者，志之所之也。在心为志，发言为诗。情动于中而形于言，言之不足，故嗟叹之；嗟叹之不足，故咏歌之；咏歌之不足，不知手之舞之，足之蹈之也。情发于声，声成文，谓之音。"[⑥]这些文字生动形象地阐释了诗的生发过程，强调了诗歌是情动于中而发于外，而在流露于外的过程中诗的言语只是一部分，还要辅以嗟叹、歌咏和舞蹈方才穷尽，因此诗歌必然包含声韵节奏。无独有偶，朱熹《诗序》亦言："或有问于予曰：'诗何为而作也？'予应之曰：'人生而静，天之性也；

① 朱自清. 新诗杂话[M]. 北京：生活·读书·新知三联书店，1984：89.

② 谢祖钧. 英语修辞[M]. 北京：机械工业出版社, 1988：18.

③ 黑格尔. 美学：第三卷（下册）[M]. 北京：商务印书馆，1981：68

④ 张经浩、陈可培主编. 名家名论名译[M]. 上海：复旦大学出版社，2005：39.

⑤ Carlyle, Thomas. Speech: The Hero as poet: Dante: Shakespeare, 1840.

⑥ 朱光潜. 诗论[M]. 北京：北京出版社，2009：5.

感于物而动，性之欲也。夫既有欲矣，则不能无思；既有思矣，则不能无言，则言之所不能尽，而发于咨嗟咏叹之余者，又必有自然之音响节奏而不能已焉。此诗之所以作也”[①]。闻一多说：“原始人最初因感情的激荡而发出有如‘啊’‘哦’‘唉’或‘呜呼’‘咦嘻’之类的声音，那便是音乐的萌芽，也是孕而未化的语言……是诗歌的起源。”[②]这些论述都从心理学角度阐发了诗歌的起源以及诗歌这种起源所必然包含的诗歌对音韵节奏和声音特点的重视。国外的论述亦是如此，比如华兹华斯和柯勒律治都认为原始诗歌起源于官能受到刺激，而使刺激以象征的手法得以表达，这种表达有着朴素的节奏和语言，一切都顺其自然。弗罗斯特也一直关注诗歌的语音，关注发自诗人内心的“意义的声音与声音的意义”[③]。总之，从心理学的角度看，诗歌是内在情思宣发的需要，且尤重在表现情感。情感与音律节奏是一致的，只要表现情感，必然依托音律节奏，因为“爱、恨、痛、乐、悲都有其自身的节奏模式”[④]，即“情绪的进行自有它的一种波状的形式，或者先抑而后扬，或者先扬而后抑，或者抑扬相间，这发现出来便成了诗的节奏”[⑤]。这种情思宣发也一定包含了对声音特点的利用，如西晋挚虞在《文章流别论》中强调指出：“夫诗虽以情志为本，而以成声为节。”[⑥] 因此，无音律节奏无以成诗，是诗就必然重视对声音特点的运用，声韵可谓诗歌的天然需求和本质特征。

第二类，从文化人类学角度解读诗歌的起源。从维柯、洪堡特到斯宾塞（Herbert Spencer）、卡西尔，都从文化人类学的角度研究过语言起源中的情感与逻辑、语言和音乐的关系，也都关注过“作为人类母语之诗歌”[⑦]的音韵节奏和声音特征。H. 维尔纳在《抒情诗的起源》中写道：

---

① 朱光潜. 诗论[M]. 北京：北京出版社，2009：5.

② 闻一多. 神话与诗[M]. 天津：天津古籍出版社，2008：2.

③ Magill, Frank K. ed. American Literature, Realism to 1945[M]. Pasadena Salem Press, 1981: 30.

④ Brooks, Cleanth & Robert Penn Warren. Understanding Poetry（4th edition）[M]. Beijing: Foreign Language Teaching and Research Press, 2004: 2.

⑤ 郭沫若. 论节奏[A]. 文学理论学习参考资料（下册）[M]. 沈阳：春风文艺出版社，1981：12.

⑥ 严可均. 全晋文（影印本）[M]. 北京：中华书局，1958：77.

⑦ Johann Georg Hamann（1730—1788，德国哲学家）的著名言论。

“原始人最初的抒情歌谣，总是和手势与音响分不开的。它们都是一些没有意义的语言，纯粹的废话，在部落的舞会上吟唱，以便宣泄由于饱餐一顿或狩猎成功而得到的狂欢。”[①] 可见，在诗歌发展之初，声响和节奏是关键性因素，而语言的意义则处于次要甚至无足轻重的地位。人类通向语言的过程神秘而漫长，如同任何一个事物或系统的发展，其最初阶段都是混沌笼统的。在语言的发生和发展过程中，情感功能先于逻辑功能，表现功能先于陈述功能，在声音形式上，也经历过一个音乐过程或至少是准音乐过程，语言是逐渐从抒情性发声变形为指称性发声的。[②]作为人类母语的诗歌自然也遵循这个规律。长久以来，在语言中，抒情性语调都在很大程度上承担起表达意义的工作，只不过在语言后来的不断演化中，日常语言和科学语言逐渐弱化了抒情性和音乐性，而这种渐渐丧失了的抒情性和音乐性在诗歌中却得以保留，并得到充分发展。因此，从文化人类学角度看，声调律动等是诗歌最本源且至关重要的特征。换言之，诗歌最基本的特性就是：它是按照音乐原则组合起来的语言有机体，充满了对节奏韵律的追求和对声音特点的凸显。

二　声韵在诗歌中的功用

如上所述，声韵居于诗歌的本质特征之首，是诗歌的重要载体。那么，具体而言，声韵对诗歌有哪些重要的功用？

第一，诗歌声韵可表达诗人所想描摹之物，并增强诗的感染力。持这种观点的代表人物是雪莱。他在《为诗辩护》中这样写道：“声音和思想不但彼此之间有关系，而且与它们所表现的对象也有关系；能理解这些关系的规律，也就能理解思想本身的关系的规律。这两者往往有联系。因此，诗人的语言总是含有某种划一而和谐的声音之重现，没有这重现，就不成其为诗。而且，姑不论它的特殊格调如何，这重现对于传达诗的

① 邓福星．艺术前的艺术[M]．济南：山东文艺出版社，1986：11．

② 卡西尔．语言与神话[M]．于晓等译．北京：生活·读书·新知三联书店，1988：61．

感染力，正如诗中的文字一样，是绝不可缺少的。”这当中声音和思想以及所表现对象的关系一语中的，而无此便无诗的“重现的、某种划一而和谐的声音”可理解为狭义的诗歌声韵。雪莱在后面的行文中甚至基于以上两点而否定了译诗的意义和可能性，可见声韵对于诗歌的重要性及其研究价值。雪莱诗歌《云》（“The Cloud”）的开篇如下：

I bring fresh showers for the thirsting flowers,
From the seas and the streams;
I bear light shade for the leaves when laid
In their noonday dreams.

我给干渴的花朵从海河
带来新鲜的雨露；
我给午梦酣甜的树叶，
撒下轻轻的荫护。

——笔者译

管中窥豹，可见一斑。雪莱在描写拟人的云时十分注重词汇的声音、音质等：辅音多选清辅音[s]和[ʃ]和半辅音[w]以描摹云飘动之轻柔，元音多选长元音[i:]和[u:]或双元音[au]和[ei]来延长发音时间以模仿云漂浮之缓慢，凸显了云对万物的悉心呵护，一如诗人本人对大自然的关爱。整首诗每四行为一个诗节，最突出的重复性韵律特征是每一诗节的奇数行押行内韵（又称句中韵）——比如此处的 showers 和 flowers, shade 和 laid，而偶数行则押行末尾韵——比如此处的 streams 和 dreams。同时仅从这一诗节就可看出雪莱还大量重复性使用头韵（同行的如 f、s、l 等，隔行的如 b、th 等）、腹韵[i:]（同行的 seas 和 streams 以及隔行的 leaves）、行内尾韵[i:ŋ]（bring 和 thirsting）及单词重复（“I” 和 “the”）等。这一系列恰如其分的声音、变化交织的韵律、重复和谐的声响的确既描摹了云之形态和特征，让人如临其境、如闻其声，又大大增强了诗歌的感染力，让人心随云动，情系云牵，反复吟咏中共同领悟大自然的大美与大爱。只要稍加想象去掉这些声韵特质后这首诗的样子，就不难理解声韵于诗歌意义的传达和生成上所起的作用。可以这么说，此诗故事情景的框架也许不会因替换成其他声韵就无法保留，但整首诗的魅力定会因此失色不少。

第二，诗歌声韵暗示诗歌含义，帮助感情强调和意义集中。钱锺书先生在《宋诗选注》中曾比较了内容相似、脍炙人口程度却又略有不同的诗句：宋叶绍翁《游园不值》中的“春色满园关不住，一枝红杏出墙来”，唐吴融《途中见杏花》的“一枝红杏出墙头，墙外行人正独愁”，宋陆游《马上作》的“杨柳不遮春色断，一枝红杏出墙头”，提出这些诗人之所以都青睐“一枝红杏出墙来（头）”是因为“一”和“出”是两个入声字，效果是“直而促”[①]，前者表示“一枝”之少、之俏、之足够，后者表示“出”之动感、速度和突显。如若换成两个不是入声的字，譬如“半枝红杏过墙来（头）”，少了顿挫和对比，就寡然无味、无法暗示诗人的意思了。那为何“来”比“头”更受喜爱呢？“头”是《平水韵》“尤”韵 iou，“来”是“灰”韵 uei/uai，都是由闭口至开口再到闭口，但两者的发音顺序正好相反，“尤”韵 i 起 u 结，“灰”韵 u 起 i 结，i 比 u 要开一些，而 a 比 o 又开一些，所以“灰”韵总体上比“尤”韵要开得多；这句诗的前五个字有四个字是闭口的，只有“红”是开口的，但也开的不多。而后两个字，“墙”是开口的，如果加上“来”，就是两个开口音，整句诗就是由闭口到开口，一抑一扬、豁然开朗，尤似冲出围墙的红杏，相比之下“墙头”开口后又闭口了，自然逊色一筹。现代诗歌中亦可见诗歌声韵的暗示功能和对感情和意义的凸显。比如，戴望舒的《雨巷》，全诗舒缓柔美、婉转低回的调子与诗人寂寞惆怅中希望的飘忽明灭表里合一、相得益彰，而这主要归功于诗人对富于暗示性和象征性的调质的选择。“在句末韵脚的声调上，多为阴平和阳平的平声词组，‘悠长’‘姑娘’‘芬芳’‘彷徨’‘惆怅’‘眼光’‘彳亍’‘迷茫’‘女郎’，只有‘雨巷’‘一样’两个平仄相间的词组。平声的读音较仄声要平缓得多，诗人只取表达寂寞而痛苦、哀怨又彷徨、愁苦又惆怅之义的字音……另

---

① 陈元靓. 事林广记[M]. 南京：江苏人民出版社，2011：21.

两个词组又由于自身平仄相间，读起来仍然是缓慢抑扬，而没有斩截短促的硬音的感觉。”[①]正因为如此全诗读起来千回百转、意蕴绵长，情感得到凸显的同时，诗的意义也凝而不散，形成一个有机的整体。国外关于声韵的暗示、强化和集中功能的论述也比比皆是：黑格尔说“诗的音律也是一种音乐，它用一种比较不太显著的方式去使思想时而朦胧时而明确的发展方向和性质在声音中获得反映”[②]；劳·坡林（Lauren Perrine）说“诗人和使用语言表达信息的人不同，选字时既注重意思也注重声音，而且用声音加强意思”[③]。

第三，诗歌声韵是自然和生活的音律节拍的升华，在唤起读者联想和感受的同时，又能制造间离效果以节制过度的情感。美国诗人罗伯特·邓肯（Robert Denkun）在论诗时阐述诗人作诗就要进入有秩序节奏的宇宙本身——“生命刚刚开始时，在我们节奏的来源中，那时在卵子里首次有血的搏动，夜与昼的变化必定曾存在于彼处……海上日月影响下的潮流，心脏的收缩与舒张，这些韵律深深存在于我们的经验中，并且，当我们让这些韵律接管了我们的语言，便有了持续的、规则性的重音所引起的单调的狂喜。”[④]——这些语言形象地诠释了人类生存的宇宙中各种富有韵律的自然现象与生活经验是如何渗入诗人的意识，从而进入到诗歌语言里的。诗歌劳动起源说、宗教／巫术起源说、娱乐／游戏起源说等虽各执一词，但都无一例外证明了诗歌声韵是自然和生活音律节拍的升华。当然不同国家的自然与人文条件不同，所以在诸多共同声韵节奏的基础上，不同语言的诗歌秩序也各有特点，比如英语诗歌的秩序是由一个固定的音节数目构成一些固定的重音；在希腊语、拉丁语诗中，秩序是作为有规则的长和短的时间单位的连续得以实现的；而日耳曼的诗表现为强调的和不强调的音节的有规则的连续等。[⑤]中文诗歌的

① 普丽华. 论声韵在现代诗歌中的暗示功能[J]. 华中师范科技大学学报（人文社会科学版），2002. Vol. 41（1）：65.

② 黑格尔. 美学（第三卷·下册）[M]. 朱光潜译. 北京：商务印书馆 1981：71.

③ 沈奇选编. 西方诗论精华[M]. 广州：花城出版社，1991：435.

④ 霍华德·奈莫洛夫. 诗人论诗——二十世纪中期美国诗论[M]. 陈祖文译. 北京：生活·读书·新知三联书店，1989：9.

⑤ 沃尔夫冈·凯塞尔. 语言的艺术作品[M]. 陈铨译. 上海：上海译文出版社，1984：93.

秩序则是依赖四声平仄，用韵顿逗等构筑起来的。朱光潜先生曾凝练地将这种现象概括为“同调，同感，同情”[①]。既然诗歌的声韵来自自然和生活的音律节奏，那它们自然能唤起读者相应的联想和感受，而不同的读者因国别、语言、成长环境和人生经历等的不同，会对同一首诗的声韵产生不尽相同的联想和感受。比较有趣的一个例子是讲座中听来的：《红楼梦》开篇的“满纸荒唐言，一把辛酸泪，都云作者痴，谁解其中味？”一诗为许多红学研究者所解读，何为“荒唐”，“痴”字何解，“味”的意蕴，诗的韵律等等不一而足，也都各有道理和出处；偏有一个爱好中国文学的外国人以他的耳朵捕捉到“唐”“言”“辛”“酸”“痴”“味”，而通过谐音联想（“糖”“盐”“吃”等）和语义联想（“辛”联想到“辛辣”等）把这首诗解读为作者集人生“酸、甜、苦、辛、咸”五味于此，作者已“吃”／尝遍，不知读者能读出多少。这不失为一种陌生耳朵带来的别样解读。其他有关诗歌声韵唤起联想和感受的例子不胜枚举，诗歌声韵的这个功能早已成为中西文论共识，而朱光潜先生等在此基础上发现诗歌声韵还能制造审美距离以节制过度的情感。其《诗论》中的《诗的音律本身的价值》一节明确指出：“音律可以节制豪放不羁的情感想象，使它们不至于一放不可收拾。情感想象本来都有几分粗野性，写在诗里，它们却常有几分冷静、肃穆与整秩，这就是音律所锻炼出来的，用美学术语来说，音律是一种制造距离的工具，把平凡粗陋的东西提高到理想世界。”[②]为了更好地说明问题，朱先生举了《西厢记》里的唱词为例：“软玉温香抱满怀，春至人间花弄色，露滴牡丹开。”同是男女私事、性爱描写，这段以诗的形式写成的唱词却没让读者觉得似某些小说那般刺激感官、引发不良情感泛滥，反而让我们觉得诗意盎然，极富美感。其中奥妙就是诗歌的音律极大地发挥了制造审美心理距离的功效——其极强的音律感、节奏感，本身就极富美感，加之采用了隐喻的诗性言说，把原本世俗而隐秘的场景提升成了一个诗意世界，节制了过度的情感。

第四，诗歌声韵最直接的价值在于构成和强化诗歌的音乐美。诗歌、音乐本属同源，节奏是其共同命脉。只是随着文化的演进，诗歌与音乐

---

① 朱光潜. 新诗从旧诗能学习得些什么[N]. 光明日报, 1956-01-24.

② 朱光潜. 诗论[M]. 北京：北京出版社，2009：109.

才逐步分离、彼此独立：音乐专取声音为媒介，日益偏重于追求音律节奏的悦耳和谐；而诗歌则专取语言为媒介，日益偏重于追求语言意义的风韵内涵。然而，诗歌与音乐彼此独立后，音律节奏仍然是它们共同的要素。诗歌的声韵也往往与音乐音律一样，在很大程度上在于强化旋律感和节奏感，以形成音乐美。诗、乐不仅同根同求，从性质上说也都同属时间的艺术——与雕刻、绘画等依靠空间塑造形象的空间艺术不同，时间的绵延能体现出音律节奏的变化，这构成了诗歌和音乐的共性特征。而且诗歌的声韵与音乐的音律所采用的媒介，也是重叠的：都依靠声音。只不过音乐依靠的是单纯的声音，而诗歌依靠的则是语言的声音。[①]勒内·韦勒克（Rene Wellek）也阐述过每首诗歌首先是一个声音的序列，从这个声音的系列再生出意义，声韵的层面构成了作品审美效果不可分割的一部分，而包括诗歌在内的韵文从定义上说就是语言声音系统的一种组织。[②]换言之，诗歌同音乐一样，都借助音律节奏与音调的和谐而显示其音乐美的艺术功效。甚至可以说，诗歌的审美效果首先表现在声音系统的声韵节奏上，而由声音系统再生出的意义则仅是完成诗歌美感的次要因素。宏观上，以中国古诗为例，从《弹歌》的二言诗，到《诗经》的四言诗，及至后来的五言绝句和七言律诗，都是以人类内在节奏（呼吸、心跳、步伐等）与宇宙基本节奏（交替、起伏、消长等）外化的“二拍”为基础演化来的（“三拍”是“二拍”发展的结果，“四言”是两个“二拍”，“五言”是“二拍”加“三拍”，“七言”是两个“二拍”加“三拍”），这些韵律的固化模式赋予诗歌强烈的节奏和自然的意群，一下子就带读者进入诗歌所营造的音乐美的天地，而平仄、押韵、四声的和谐、辅音的呼应等其他声韵特征则进一步把这美妙的音乐感强化了起来。微观上，布朗宁（Robert Browning）的《午夜相会》（“Meeting at Night”）、弗罗斯特（Robert Frost）的《雪夜林边小驻》（“Stopping by Woods on a Snowy Evening”）、徐志摩的《再别康桥》、泰戈尔（Rabindranath Tagore）的《孤独的旅人》、普希金（Alexander Pushkin）的《致大海》等名篇之

---

① 陈德献. 朱光潜《诗论》的“音律”理论研究[D]. 西北师范大学，2012：17—18.

② 勒内·韦勒克，奥斯汀·沃伦. 文学理论[M]. 刘象愚等译. 南京：江苏教育出版社，2005：182—186.

所以脍炙人口、经久不衰，都与其诗歌声韵带来的动听乐感和琅琅上口有着极大的关联。因此，诗歌声韵最直接的价值就在于构成和强化诗歌的音乐美，有着更强音乐美的诗歌自然更易成诵而代代相传。

三　沃伦诗歌的声韵

在沃伦与布鲁克斯合著的经典《理解诗歌》中，开篇的《作为一种言说方式的诗歌》(“Poetry as a Way of Saying”)一文中，沃伦从发生学、语言学、文化人类学和哲学等多个角度阐发了诗歌在外行人看来“不自然的”元素——强烈明显的节奏、频繁出现的用韵和比喻式的语言等——实则都是历史、人类、语言、思维演化的“自然”结果，是诗之为诗的特殊言说方式，是让读者集中、深入感受诗歌呈现出的“被活过一遍的真理”[①]的重要手段，是构成诗歌这个有机整体的核心要素。由此可见沃伦对于诗歌声韵节奏的重视，他在自己的诗歌创作中也实践着自己的诗学原则，充分调动诗歌声音特点和韵律节奏所能带来的一切作用和意义。

尽管诗人的创作是个连续体，但这并不妨碍根据其特点的显著不同而有所分期——正如许多形式上的整理能帮人们更好地认识事物一样，分阶段对比也不失为一种深入体察沃伦诗歌的手段。就时间序列而言，1943 年至 1952 年的十年诗歌空档期是天然节点，沃伦此前与此后的诗歌无论是构架还是肌质都有显著的不同，这与其个人经历与取舍、社会变迁影响和诗学原则反思等有重大关系。而布鲁姆在《沃伦诗歌全集·序》中提出的从《化身》(*Incarnation*: *Poems 1966-1968*)这部诗集起“一个新的沃伦令人吃惊地赫然出现”的论断姑且可作为沃伦诗歌的第二个转折点，此后，摆脱了影响焦虑的沃伦充分施展自己的诗学追求，自由而兼容，以强者诗人形象屹立诗坛。故此，总体来说沃伦的诗歌可

---

① Brooks, Cleanth & Robert Penn Warren. Understanding Poetry (4th edition)[M]. Beijing: Foreign Language Teaching and Research Press, 2004: 10.

以分为 20 世纪 20 年代至 1943 年（早期）、1953 年至 1966 年（中期）和 1966 年至 1989 年（晚期）三个时期，而每个时期诗歌的声韵特点都有可标记性的不同。下文将就此进行详述并探讨其背后的成因。

（一）沃伦早期诗歌声韵

按照上面探讨的分期，并以约翰·伯特（John Burt）编著的《罗伯特·潘·沃伦诗歌全集》（*The Collected Poems of Robert Penn Warren*, 1998）为基本数据分析对象，沃伦的早期诗歌涵盖《1922—1943 年未被诗集收录的诗歌》（多发表在《逃逸者》（*Fugitive*）、《两面派》（*Double Dealer*）、《诗刊》（*Poetry*）等期刊上）、诗集《三十六首诗》（*Thirty-Six Poems*, 1935）、诗集《同一主题的十一首诗》（*Eleven Poems on the Same Theme*, 1942）和诗集《诗选：1923—1943》（*Selected Poems 1923-1943*, 1946）中收录的全部诗歌。

这一时期是沃伦初涉诗坛的时期。第一次世界大战后美国大学的变化（尤其是他所在的范德比尔特大学对诗歌的狂热）、兰瑟姆的写作课、与退特等的同窗之谊、“逃逸派”的形成及影响等，是这一时期与沃伦诗歌创作关系最紧密的几大事件。早期沃伦诗歌的声韵特点主要表现在以下几个方面。

1. 对传统格律的沿袭，尤其是对“定型诗”的偏爱和改造

按照《牛津文学术语词典》的定义，格律（metre）指的是“在诗歌的诗行（poetic line）中或多或少重复出现的可测量的声音单位”，在诗歌中具体分为四大类：音量格律（quantitative metre）——多见于希腊语诗歌和拉丁语诗歌，模式是成组出现的长音节和短音节排成的序列；音节格律（syllabic metre）——多见于法语诗歌和日语诗歌，模式是诗行中有固定数量的音节；重音格律（accentual metre）——多见于古英语诗歌和后来的英语流行诗歌，模式是一行诗行中或一组诗行中有规律的一定数量的重音音节，而对非重音音节不做要求；重音-音节格律（accentual-syllabic metre）——多见于乔叟（Geoffrey Chaucer）之后的英诗传统，模式是在诗行固定的音节总数内恰当安排有规律的重音音节，重音音节和非重音音节都被计数（允许一些变体，比如行末多加一个非重读音节

的"柔性结尾"等)[①]。此外,对于汉语这种声调语言(tonal language),其格律则以平仄和逗为基础,而非音节的长短和重音等。可见,格律分类涉及对宏观诗歌的描述,往往与诗歌所属的语言特点或语言系统有关。而具体到每一首诗的微观分析时,该诗的格律则会使用诗行中包含的音步(foot)情况来表述。音步即"构成诗歌格律单元的一组音节"[②],对于非声调语言(non-tonal language)来说,常见的有抑扬(iamb)和扬抑(trochee)的二音节音步,以及扬抑抑(dactyl)和抑抑扬(anapaest)的三音节音步等。而根据一个诗行中所含音步的数量,我们就有了抑扬格五音步(iambic pentameter)、扬抑格四音步(trochaic tetrameter)等具体一首诗所属的基本格律类型。当这种以诗行为基础的诗歌基本格律类型和一首诗的诗节构成及尾韵分布相联系时,又会衍生出诸如民谣、十四行诗、颂歌、英国轻体诗等"定型诗"。

沃伦在早期诗歌创作阶段对每个诗行所包含的音节数量、重音安排和全诗长度、诗节构成、尾韵分布等是非常讲究的,喜用长度适中、排列整齐的主流传统格律,尤其偏爱以四/八行诗为基础的抑扬格或扬抑格五/四音步以及对各种定型诗的承改。

以沃伦在1922—1943年创作的、未被各大诗集收录而散见于各种期刊的45首诗歌("Portraits of Three Ladies"虽然在目录上呈现为整体一首诗,实则由3首格律同中有异的诗组成,因此按3首计算)为例,统计结果如表1所示。

表 1

类别	数量	比例	举例与尾韵分布
二行为基础的格律诗	1	2.2%	"Pro Sua Vita";"aa|bb…"韵
四行为基础的格律诗	17	37.8%	"prophecy"等;"abab|cdcd…"韵; "The Fierce Horseman"等;"abcb|defe…"韵

① Baldick, Chris. Oxford Concise Dictionary of Literary Terms[M]. Shanghai: Shanghai Foreign Lauguage Education Press. 2000: 135-136.

② Baldick, Chris. Oxford Concise Dictionary of Literary Terms[M]. Shanghai: Shanghai Foreign Lauguage Education Press. 2000: 85-86.

续表

类别	数量	比例	举例与尾韵分布
八行为基础的格律诗	19	42.2%	“Love’s Voice” 等；“ababcdcd|...” 韵；含 “8+6” “8+9” “8+12” 模式的格律诗，其中的 “8” 多为 “ababcdcd” 或 “abbacddc” 韵
三行为基础的格律诗	1	2.2%	“Praises for Mrs. Dodd”；“aba|cdc...” 韵
五行为基础的格律诗	1	2.2%	“Admonition to the Dead”；“ababc|dcdcb” 韵
十行为基础的格律诗	1	2.2%	“Goodbye”；ababcdcdee|...韵
无明显格律的诗	5	11.1%	“After Teacups” 等

注：因数据特殊，四舍五入后各项和不足 100%。

由表 1 可知，带有明显格律的诗歌共 40 首，占总数 45 首的 88.9%，其中以四 / 八行诗为基础的格律诗 36 首占总数的 80.0%，即格律诗的 90.0%；就用韵而言，绝大多数诗歌都较严格地遵守着双行同韵（如 “aabb”）、隔行押韵（“abab” 或 “abcb”）和吻韵相连（如 “abba”）这三种经典尾韵分布中的一种——这些都表明了沃伦早期诗歌对主流传统格律诗的倚重和沿袭。

而在沃伦的这些主流传统格律诗（共 40 首）中，各种变体 “8+6” 模式十四行诗、押韵双行诗、变体三连韵诗、变体歌谣或挽歌等隔行韵四行诗、对句四行诗、劝 / 辩解诗等 “定型诗” 达到 35 首之多，占这些格律诗的 87.5%，各类 “定型诗” 的分类统计及占传统格律诗比例等具体情况如表 2 所示。

表 2

类别	数量	比例	特点与举例
变体十四行诗	15	37.5%	有直接冠名十四行诗的，如 “Sonnets of Two Summers”；大多是不带 “sonnet” 字样的 “8+6” 模式的各种变体，且 “8” 和 “6” 部分的尾韵分布大同中有小异
押韵双行诗	1	2.5%	“Pro Sua Vita”
变体三连韵诗	1	2.5%	把传统三连韵 “aba|bcb...” 改造为 “aba|cdc...”，如 “Praises for Mrs. Dodd”

续表

类别	数量	比例	特点与举例
隔行韵四行诗	12	30%	以三组隔行四行诗组成的 12 行诗居多，如“Vision”，也有 8、16、24、32、36 行诗
对句四行诗	3	7.5%	“Easter Morning: Crosby Junction”，“August Revival: Crosby Junction”，“The Wrestling Match”；前两首“互文”
劝／辩解诗	3	7.5%	以“Admonition”或“Apologia”开头，有的使用四行诗为基础，有的使用五行诗为基础，但都使用隔行押韵“abab…”

由表 2 可知，沃伦对“定型诗”十分偏爱，但又不是纯粹将这些“定型诗”直接沿用，而是进行了不少加工改造。就所占比例最高（37.5%）的十四行诗而言，即便是直接冠名“sonnet”的，沃伦也并非用现成的彼得拉克体十四行诗（“abbaabba|cdecde”“abbaabba|cdcdcd”或者“abbaabba| cdedce”）、莎士比亚体十四行诗（“abab|cdcd|efef|gg”）或三行连环韵十四行诗（The Diaspora or Terza Rima Sonnet—“aba|bcb|cdc|ded|ee”）等著名十四行诗体，而是使用“abbacddc|efefgg”（如“Iron Beach”和“Apocalypse”）、“ababcdcd|efgefg”（如“Images on the Tomb”组诗里的四首诗）或“abbacddc|efgfeg”（如“Sonnet of a Rainy Summer”和“Autumn Twilight Piece”）等一系列自创的变体十四行诗。这些变体十四行诗一方面继承了历史最为悠久的意大利十四行诗之“8+6”的基本架构及其便于先叙事、描写再抒情、议论的功能（如《铁滩》“Iron Beach”就先用第一个 8 行诗节描绘了“铁滩”所在的位置、周边的景色和发生的事情，然后再用 6 行诗节对“铁滩”和我们在“铁滩”上的境遇进行评价，引起人们对当下的困境的思考）；另一方面又在格律安排和尾韵分布上加入更大的变通性（如《三位淑女的画像》“Portraits of Three Ladies”这个三首诗的组诗中，虽然每首的诗行都由 10 个音节构成，但并未完全采用传统的抑扬格五音步，而尾韵分布也是分别用了“ababcdcd|efegfg”，

“abbaabba|cdbded”，“abbacddc|efegfg” 这三种模式，勾画了 “无情” “绝情” “偷情” 的现代 “淑女” 群像），让其在有一定规律可循的基础上又不过分严苛（甚至在沃伦自创的一系列变体十四行诗中也并非每首都完全遵从其用韵规律，某些诗行目韵、近似韵等情况也比比皆是），更方便灵活地传达意蕴。从某种程度上说，这些体现了个人才能与文学传统的继承创新关系。与此类似，沃伦以异乎常人的口吻与视角写作的怀念其母亲的 “定型” 押韵双行诗《她的生活》（“Pro Sua Vita”）让人通过形式隐约联想到 14 世纪诗人乔叟的《坎特伯雷故事集》（*The Canterbury Tales*）；《对多德夫人的礼赞》（“Praises for Mrs. Dodd”）把传统的三连韵 “aba|bcb …” 改造为 “aba|cdc …”，使得所用之韵更加丰富、讽刺刻画更加酣畅；《预言》（“Prophecy”）的隔行韵四行诗通过类似传统挽歌的形式提醒读者关注其对现代人境遇的讽刺性哀悼；《对死者的劝解》（“Admonition to the Dead”）、《为悲伤辩解》（“Apologia for Grief”）、《对哀悼者的劝诫》（“Admonition to Those Who Mourn”）确实流露了几分西塞罗式的口才和玄学诗歌的思辨，然而就声韵而言，与玄学派经典辩解诗《告别辞：禁止哀伤》（“Valediction: Forbidding Mourning”）规整的抑扬格四音步和四行诗节不同，沃伦同以 “Admonition” 开头的两首诗，一个以四行诗为基础，一个以五行诗为基础，且诗本身还呈现抑扬格五音步、四音步、甚至二音步的杂糅状态。后者这种长短相济、以较短音节数的诗行押在诗节末的格律安排赋予了诗节抑扬顿挫的节奏和铿锵有力的结尾。以《对死者的劝解》为例（*代表抑，/ 代表扬）：

```
 *    /  *  /  *  /  *  /  *   /
Such be the end of all the red and gold;
 *    /  *  /  *  /  *  /   *   /
Such be the end of all the lips and hair …
 *     /  *  /  *  /*  /  *    /
This thing alone our heritage of old,
    /  *   *  /  *  /*  /*  *  /
Knowledge of this our legacy to despair.
```

* / * /
Such be the end.

* / * / * / * / * /
Convolve in laughter not the lipless bone;
* / * / * / * / * /
Let us forget your mirth. Such be the end.
* / * / * / * / * /
Nor weep; but in that land where you are gone
* / * / * / / * /
Take rest until all, slow friend by friend,
/ * / *
Come to you there.

这是红与金的结束；
这是唇与发的结束……
它是我们自古遗传的唯一，
对它的了解是我们对绝望的馈赠。
这就是结束。

别让那无唇的颌骨在笑声中卷曲；
让我们忘掉你的欢笑。这就是结束。
也不要哭泣；在你去往的彼岸
休憩直至所有，朋友一个个慢慢地，
到那里与你团聚。

——笔者译（下同）

全诗一共 10 行，分为两小节。每个五行诗节中的前 4 行由 9 个到 11 个音节组成（10 音节居多），最后一行由 4 个音节组成。该诗大多诗行使用抑扬格五音步（每节第三行微调），但第一诗节的最后一行用了抑扬格二音步，而全诗最后一行用了扬抑格二音步。这样的格律结构安排使得四行吟咏之后，重点落在诗节的最后一行，有收拢总结的效果，突出“死亡是一切的终结”且干脆而不容质疑，而全诗最后一行的由抑扬格到扬抑格的突转，则把压抑的、略带恐怖的谈论死亡和死者的场景与基调瞬间调整为给予人安慰和希望的彼岸的团聚，结构效果类似于掉尾句。显然这种匠心独运而又浑然天成的格律运用，已打破了五行定型诗的代表约翰·邓恩（John Donne）的格律安排（如《上帝赞美诗》*Hymne to God my God* 的扬抑格五音步五行诗），却又让读者体会到这种变体定型诗与所要传达意蕴的高度契合。

言至此，不得不说，以前一些研究者秉承的“沃伦早期诗歌在形式上只是模仿传统诗歌”的说法，是基于没有细读和关注到这些微妙变化的一种误读。

2. 对声韵描摹事物、暗示含义等功能的有意识发掘

语言符号作为能值，其与所指虽然关系上是任意的而非固定的（基本的例子就是客观世界的同一个事物在不同国家的语言中、甚至在同一国家的各种方言中发音和拼写都是不同的）[①]，但一旦语言被一个群体创造出来并为人们所习得，那么包括声韵在内的语言的各个部分就和所指建立起一种对应关系，某些语音或语言声音特点就会让人联想到相对稳定的语义，并继而和这个群体的生活和感受建立起某种联系，所谓的“同调、同感、同情”就是如此，上一节“诗歌声韵是自然和生活的音律节拍的升华”的相关论述也是如此。所以一个群体的语言的不同声韵会在这个群体中产生相应的联想和感受，精雕细琢的诗歌语言的声韵就更是如此。如果诗歌中一些声音特点与人类共同的经验相关，那么这种联想和感受就会跨越群体和国界而为所有阅读该诗的人所共同拥有。

具体到哪些声韵会激起哪些联想和感受，许多心理学家、语言学家、文体学家、文学批评家等已通过实验、归纳等手段总结了不少成果。比如我国近代学术名著《东塾读书记（外一种）》指出语音和语义之间的联想及成因，如“大”字之声大，“小”字之声小，“长”字之声长，“短”

① 胡壮麟. 语言学教程（第三版）[M]. 北京：北京大学出版社，2006：3—4.

字之声短；说“酸”字，口如食酸之形；说“辛”字，口如食辛之形；说“甘”字，口如食甘之形；说“咸”字，口如食咸之形。而汉语的长音有宽裕、迂缓、沉静、闲逸、广大、虔敬的情趣；短音有急促、激剧、烦扰、繁多、狭小、戏谑的情趣；清音可引起小、少、强、锐、快、明、壮、优、美、贤、善、静、虚、轻、易等特质联想；浊音可引起大、多、弱、钝、慢、暗、老、劣、丑、愚、恶、动、实、重、难等特质联想[①]。徐健顺则对一度遭到攻击的“三十平声韵各有性格”的说法进行了修正后的肯定。他指出，虽然说某韵豪放、某韵悲伤是靠不住的，但语音中长的还是短的，开的还是闭的，鼻音还是齿音，变化的还是不变的，在古代还有清的还是浊的，尖的还是团的等等，都好像是一种姿态或性格，所以三十平声韵对应的不是豪放或悲伤等，而是什么样的豪放、什么样的悲伤。他给出许多中肯的例子：比如“尤”韵，忧、愁、休、悠、羞、秋、留、流等，郁闷的字都在这个韵里——“思悠悠、恨悠悠”，“弃我去者昨日之日不可留”，“问君能有几多愁，恰似一江春水向东流”。但是也有快乐的诗用这个韵的，比如王维的《山居秋暝》：“空山新雨后，天气晚来秋。明月松间照，清泉石上流。”可见，“尤”韵并不直接表示悲伤，它只是悠长。忧愁总是悠长的，像戴望舒的《雨巷》，所以忧愁两个字都在“尤”韵里。但是快乐也可以是悠长的。王维面对秋山的快乐，不是欢喜雀跃，不是喜笑颜开，而是从容和平静，仿佛终于得到了休息和放松。[②]就英语而言，语音能够激起的联想被称作语音象征（sound symbolism; phonetic symbolism）。语音象征首先体现在拟声（onomatopoeia）上，如 chick（小鸡）、screech（尖声）、murmur（低语）等，它们自然地体现了音义之间的联想。语音象征还体现在联觉（synaesthesia）上，那些能够引起联想的音位或音节被称作联觉语音（phonaetheme），譬如以-ump 结尾的单词常能象征“笨重”“迟钝”或“碰击”之义，如 thump，bump，stump，dump，chump；以 gl-起首的词常能象征“光的照射”，如 glimmer，glimpse，glisten，glow，gleam，glare，

① 陈澧. 东塾读书记（外一种）[M]. 上海：上海中西书局，2012：228—229.

② 徐健顺. 吟诵传统与声韵分析总序[A]. 百度文库：http://wenku.baidu.com/view/57d4496ba5e9856a57126032.html.

glitter；某些以-are结尾的词常能让人联想到“强烈的光或声响”，如flare，glare，stare，blare；以sl-开头的词常象征“黏滑”，如slide，slip，slither，sluice，sludge，slop，slick，sleek，slush；以sn-起首的单词常让人联想到呼吸或某些其他快速动作发出的声响，如sniff，snuff，snort，snare，snore，snatch，snip，snap，等等。而英语发音音质的悠长、短促、洪亮、单薄、刚硬、柔软、粗杂、和谐等不同的特质以及音位的不同组合形式也会导致不同的音响效果。①

以上这些建立在实验和归纳基础上的结论，按照语言学分析则成因如下。

语音分为元音和辅音。发音的时候，气流在整个声道内通行而不受阻碍的为元音；发音的时候，声道的某一部位封闭起来形成阻碍而气流必须克服这种阻碍才能通过的为辅音。发元音的时候，发音器官各个部分的紧张程度均衡；发辅音的时候，形成阻碍的部位就会特别紧张，而浊辅音又因为比清辅音多了声带震动所以听起来格外凝滞。因此当诗歌中出现“啊”或“I”这种纯粹由元音组成的字或单词时，声音听起来就开放平缓。在元音的发音中，共振峰是很重要的概念。共振峰频率提高，共振峰强度随之提升，声音也因此变得响亮起来。在一定范围内共振峰频率提高，人耳的敏感程度也在提高，听起来就特别响亮。中国传统音韵学中的细音主要特点是低音共振峰频率低，洪音的主要特点是低音共振峰频率高。元音a比元音i、u、ü响亮，是跟这种变化有关系的。英语语音中/ai/、/ei/、/i:/是典型的高频率元音（high frequency vowel），/u:/属于低频率元音。②同理，当诗歌中出现如“花重锦官城”的“重”（zhòng）或英语中的“trudge”（[trʌdʒ]，缓慢或吃力行走）等辅音占整个读音绝大多数、以浊辅音开头或结尾且将短元音闭合在中间的字或单词时，声音听起来就阻塞沉重。另外长音则因发音时间长而有绵延的效果，短音则因发音时间短而有急促的效果等，就比较显而易见了。

具体到沃伦的早期诗歌，可以《预言》为例，《预言》是《罗伯特·潘·沃伦诗歌全集》收录的第一首诗，已然彰显着沃伦早期诗歌对声韵

---

① 秦秀白. 英语语体和文体要略[M]. 上海：上海外语教育出版社，2002：41.

② 乔晓燕. 英诗的声韵探析[J]. 内蒙古工业大学学报（社会科学版），2005. Vol. 14（1）：72—73.

描摹事物、暗示含义等功能的有意识发掘：

You see no beauty in the parched parade,
The quivering, heat-glazed highways mile on mile,
The fields where beauty holds a debt unpaid,
The gray, drab barracks in monotonous, grim file.

You take no joy when dust wraiths dimly curl
Above the winding column crawling on far hills.
You see but short beyond the present whirl
Of circumstance, your little wrongs and petty ills.

But when it all has passed and you have lost
The swinging rhythmic cadence of the marching feet,
Then you will reck as paltry small the cost,
And memory will purge the bitter from the sweet.

阳光烘灼的行进队伍毫无美感，
热浪笼罩而颤抖的公路无尽绵延，
那里欠美丽的债没有偿还，
只有灰土色的军营乏味单调列队而站。

同样无趣的是尘埃的幽灵黯然盘旋，
舞动在远山上蜿蜒爬升的云柱之端，
除了眼前境况的纷乱，自身的小灾小难，
你看不到其他事物种种般般。

但当这一切已逝而你亦跟不上
那行进脚步挥动的乐章，
你会把所有代价视若微茫，

回忆会让苦涩从甜蜜中淡忘。

首行“parched parade”（“阳光烘灼的行进队伍”）两个单词形成的[p]清辅音头韵强调了一种丧失生命之水，毫无生气的直观感觉。而前者“ed”所发的[t]尾音与后者“de”所发的[d]尾音，恰好形成发音部位与发音方法相同而带声性不同的一对儿清浊辅音。二者之间的对应与对立通过语音得到了彰显。“parched”的先行，使得“parade”这个多半和铿锵有力列队前行或节日盛典阅兵游行产生联想关系的词一下子变得虚弱无力，取消了该词本有可能带来的壮观之美。这种强烈的反差形成了反讽的张力，也指引了读者解读本诗的方向——对现代人组成的这个行进队伍，作者持批判立场。第二行末尾使用了“mile on mile”（“无尽绵延”）的叠词结构，双元音[ai]的开放平缓与时间绵长延续了首句孱弱无力的感觉。这个队伍没有活力，也没有目标，每个人都只是跟随流俗，拖着脚步在烈日炎炎下无奈地行走。与此相应的是第四行中那灰土色的、单调乏味、排成一列的军营。这里“美”（“beauty”）的确成了被掏空的“债主”，灰暗的画面给人颓废衰败、死板生硬、毫无活力的感受。第一诗节三处拟人的使用也别具匠心：第一次是颤抖的公路，诗人利用移觉手法强化的是热流和刺眼的炽热阳光给人身体虚脱打战的感觉；第二次是把“美”拟人化，但却成了被掏空的债主；最后一次是军营好似一排士兵列队，但不是英姿勃发、气宇轩昂，而是灰土色的、单调乏味的列队。这三次拟人的反讽使用进一步消除了美感，非但没使本体带上喻体的灵动色彩，突出的反而是没有活力、麻木呆滞。而第一诗节中，除上文论述的[p]辅音之外，还有[k]（quivering、barracks）、[g]（gray、grim）、[h]（heat、highway、hold）、[m]（mile、monotonous、grim）等辅音的反复呼应出现，进一步从声韵角度凸显了单调、乏味、拘谨、呆滞之感。这样的生存状态和环境的确让人感受不到任何美（“You see no beauty in ...”）。第二诗节中“dust”（“尘埃”）和“dimly”（“黯然”）的[d]浊辅音头韵继续勾勒着灰暗的画面。如果说第一诗节出现的行进队伍、绵延公路、灰土军营排成一列等相关意象是笔直而单调的，那么第二诗节出现的“蜿蜒的云柱”（“winding column”）、“团团转的活动”（“whirl”）

等意象及相关词“盘旋”（“curl”）、“爬升”（“crawling”）等则多带有弯曲和回旋的感觉，正如其边流音[l]和圆唇音[w]的发音效果一样。人们忙转于眼前关乎自己利益的事物，看到与在意的只是自己那点儿小委屈、小失误、小病痛、小折磨（wrong 和 ill 的双关义），正如尘埃幽灵的舞动和远山云柱的蜿蜒，虽是在扭曲地动，确依旧没有活力，带不来欢乐（“You take no joy when ...”）。无目标、无生机的人生之旅，再加上客观环境艰难（太阳烘灼，尘土飞扬）和主观沉浸于自我的狭隘，又怎能感受到美和乐趣呢？最后诗节话锋一转（“But” [bʌt]爆破音的音效更突显了这一点），以“pass”出现在首行表明当一切已逝，原先的“present whirl”（“眼前的纷乱”）此时变成“paltry small”（“微茫”），[p]音和边流音[l]的呼应形成了鲜明对比——以前孜孜以求的现在变得无足轻重。此时回顾忙碌的一生，那些代价都变得微不足道，而最宝贵的是回忆，因为它会“涤荡”苦涩、留下美好。最后一个单词“sweet”，长元音[i:]的使用形成余音绕梁、回味无穷的感觉，而诗人对现代人随波逐流、丧失方向与目标，自私狭隘、缺乏活力与生机的批判也终在谆谆教导中收尾。这“预言”展望了人的一生：什么是该舍弃的？什么才是宝贵而值得珍惜的？通过诗人的对比与点化，再加上声韵所起到的描摹与暗示，答案就愈加明了。

沃伦早期诗歌之所以会呈现这些声韵特点，与其所处的社会背景、文学思潮及其个人境遇和个性特点有关，与其对传统格律的沿袭，尤其是对“定型诗”的偏爱和改造与下列因素密切相关。第一，沃伦最早开始写作诗歌是在他进入范德比尔特大学的时候（1921—1922）。此时，刚刚接受了第一次世界大战洗礼的美国科技发达且因战争财而物质殷实，但思想文化领域却没能跟上这种前进的步伐，还相对停留在效仿英国和欧洲大陆的阶段。不过工业化、城市化和工农运动的高涨以及美国国内出现的一系列社会问题，使人们的思想文化意识不断受到冲击，改革正在发酵酝酿。因此整个诗坛上以因袭为主、但已开始出现从诗歌形式到诗歌内容的变革，就不足为奇了，沃伦的诗歌也打上了这种时代的印记。第二，十六七岁的沃伦进入范德比尔特大学时，开始学习的是化学工程专业，但因反感其以死记硬背为主的教学方式，又受当时整个范德比尔特大学对诗歌狂热的影响，他毅然弃工从文并积极进行诗歌的创作。刚刚“改行”还较为懵懂的他，选修了兰瑟姆的英语写作课，这位启蒙老师的学养、能力和人格魅力都给沃伦留下了深刻的印象；与沃伦同住一间宿舍的退特经常与沃伦切磋诗歌并因此结下深厚友谊。一方面，启蒙老师与同窗好友都推崇当时独步文坛的艾略特的诗歌写作，因此沃伦早期诗歌的许多方面都有几分模仿艾略特的痕迹。艾略特提出的“传统与个人才能”关系的论点和对传统诗歌形式的重视都深深影响了沃伦的早期诗歌创作，尤其是声韵格律和用词基调方面。另一方面，兰瑟姆和退特都是当时刚成立不久的“逃逸派”的成员，并且他们邀请沃伦加入了这个诗歌派别，其“最要从老南方上层的文人雅士和其文学创作方法中逃离”的宗旨，也使得这些诗人都具有鲜明的改革意识，所以对传统诗歌包括其形式等都不是一味遵从，而是各有各的改造。第三，除了当时的社会背景和文学思潮，沃伦早期诗歌对声韵的运用之所以呈现这个特点，还与其个人境遇和个性特点有关。作为一个青年诗人，诗歌创作的起步常态就是在模仿中创新，在传统框架中先做好以得到认可，再慢慢发展自己的风格和写法，是再正常不过的发展轨迹。沃伦之所以在早期诗歌中对传统格律的倚重比较明显还因为：（1）他对传统诗歌由衷喜爱（比如玄学派的诗歌）并十分推崇玄学派的艾略特的诗歌；（2）诗之无乐（yuè）、行之不远，在没有充分把握灵活驾驭诗歌之前，较为严谨的格律，非但不是束缚，反而会有所帮助；（3）刻意从形式上（此处的声韵，还有下文的结构等）与传统相连、互文可以形成诗歌特殊含义的一部分，延展了读者的联想，也丰富了诗歌的内涵。至于沃伦早期诗歌对声韵描摹事物、暗示含义等功能的有意识的发掘，则与其所处的诗歌创作探索期、兰瑟姆作为老师传授的写作技巧（“Johnny’s bag of tricks”）以及同时代的瓦莱里（Paul Valery）的音乐化象征主义诗论的影响（该诗论强调诗歌的语词与人的整体感觉情绪要有某种和谐合拍的关系，因此将诗歌语言的音韵谐美、节奏合拍以及声韵的表达和暗示功能等视为诗歌创作的关键）等有关。

（二）沃伦中期诗歌声韵

按照上文的阶段划分，沃伦的中期诗歌涵盖其十年诗歌空档期（1943—1952）后的三个诗集，即《应许：诗 1954—1956》（*Promises: Poems 1954-1956*, 1957）、《你，皇帝们，和其他：诗 1957—1960》（*You, Emperors, and Others: Poems 1957-1960*, 1960）、《时间的传说：诗 1960—1966》（*Tale of Time: Poems 1960-1966*, 1966）中的全部诗歌。需要说明的是，因为本书以约翰·伯特编著的《罗伯特·潘·沃伦诗歌全集》为分析对象，所以《龙的兄弟》（1953）这部叙事长诗没有包括在内。

从 1953 年起，沃伦的诗歌创作进入中期，其声韵特点主要表现如下。

1. 抑扬格、扬抑格×音步等传统格律被打破，尾韵等押韵凸显

《应许：诗 1954—1956》是沃伦诗坛沉寂十年复出后的第一部诗集，从形式到内容都和早期诗歌有显著的不同，是沃伦中期诗歌的典型代表，故而此处的声韵探讨以该诗集的总共 39 首诗为例。先单就格律来论，不同类别所占比例如表 3 所示。

表 3

类别	数量	比例	举例
用抑扬格/扬抑格等格律的诗	5	12.8%	“XII. Lullaby: Smile in Sleep”；“3. Lullaby: Moonlight Lingers”；“1. Morning”；“2. Work”；“XVIII. Lullaby: A Motion like Sleep”
未使用明显格律的诗	34	87.2%	“To A Little Girl, One Year Old, in a Ruined Fortress”组诗的全部五首等

未使用明显格律的诗歌占到了沃伦中期诗歌样本总数的 87.2%，这与其早期诗歌未使用明显格律的诗歌所占的 11.1%形成了鲜明对比。显而易见，不使用传统格律已成为中期沃伦诗歌的主导趋势，比如《致一个小女孩，一周岁，在一个废弃的城堡》（“To a Little Girl, One Year Old, in a Ruined Fortress”）整个组诗（共 5 首诗）呈现诗行长短不一、音节

总数和重音分布没有规律、不遵循固定音步的面貌，正如组诗名称中那个新生的女孩一样，沃伦的诗歌在格律方面也在十年休止后宛若新生。在此以其中的《热风》（“Sirocco”）一诗的前两诗节为例：

* * / * /* / * / / * / / *

To a place of ruined stone we brought you, and sea-reaches.

/ * / * / / /* / / * * /

Rocca: fortress, hawk-heel, lion-paw, clamped on a hill.

* / / / * * / * * * / * * / * *

A hill, no. Sea cliff, and crag-cocked, the embrasures commanding the

/ *

beaches,

/ /* * / */ * * * * /* * /

Range easy, with most fastidious mathematic and skill.

Philipus me fecit: he of Spain, the black-browed, the anguished,

For whom nothing prospered, though he loved God.

His arms, great scutcheon of stone, once at drawbridge, have now languished

Long in the moat, under garbage; at moat-brink, rosemary with blue, thistle with gold bloom, nod.

通过抑扬标记可以看出，就第一诗节每一诗行来看，诗人都没有使用有规律的某种音步，抑扬格、扬抑格等传统音步就更谈不上。第一诗节逐行的音节数分布为 14-13-18-15，第二诗节则分布为 15-10-15-22。总体而言，每行的音节数量总数都比早期诗歌长出不少，但分布没有规律，且第一诗节与第二诗节的模式也完全形不成任何关联或对照。

即使在那 5 首使用了抑扬格或扬抑格的诗中，每个诗行的音节数也多不相同，扬抑格或抑扬格还常常因为一个诗行音节总数是奇数而致结尾不齐，且同一个诗节之内扬抑格诗行和抑扬格诗行会交替使用，所以整体依然呈现较为随性的状态。以《清晨》(“Morning”)一诗第一诗节为例：

*　/　*　/　*　/　*　/
By breakfast time the bustle’s on.
/　*　/　*　/　*　/　*　/　*
In the field the old red thresher clatters.

*　/　*　/　*　/　*　/　*
The old steam tractor shakes and batters.
*　/　*　/*　/　*　/　*
Sweat pops already in the hot sun.
*　/　*　/　*　/　*　/*
The dogs are barking, mad as hatters.

由 8-10-9-9-9 的音节数分布和抑扬格四音步→**扬抑**格**五**音步→抑扬格四音步（结尾多一个“抑”）→抑扬格四音步（结尾多一个“抑”）→抑扬格四音步（结尾多一个“抑”）的格律排列可以看出诗人即便偶尔使用了抑扬格／扬抑格×音步的传统格律，还是会故意混搭且随意增加音节而不受严谨格律束缚。

这一阶段的沃伦已明显从对传统格律的倚重和改造中走了出来，开始大胆地操控诗歌的声韵形式。不再借助重音分布和音节数量等格律因素组织诗歌的他保留了对尾韵等押韵的使用，也正因为此时的诗歌不再追求格律，尾韵等押韵在沃伦中期诗歌中得到了凸显。《应许：诗 1954—1956》诗集的 39 首诗**全部**使用了尾韵押韵，其中各类别的数量、占比如表 4 所示。

表 4

类别	数量	比例	举例加说明
使用规律尾韵的诗	36	92.3%	以×行诗为基础乘以倍数的诗中，以四、五和十五行诗为基础的占多数，如以四行诗为基础的“Colder Fire”（abab|…），以五行诗为基础的“Morning”（abbab|…），以十五行诗为基础的“Keepsakes”（ababcccbddeffee|…），共 9+8+7=24 首；此外还有以其他行数为基础的诗
			有时在“以×行诗为基础乘以倍数的诗”后加个结尾节，如“The Child Next Door”（4 个四行诗 abba 加一个××结尾，共 18 行），共 3 首
			变体“莎翁十四行诗”，如“Sirocco”（abab|cdcd|efef|gg），共 2 首
使用尾韵但无规律尾韵的诗	3	7.7%	如“TheFlower”（aabbbccddd|eefffgghhiijjkkkk…），诗节长短不一，押尾韵，但无固定规律

在这全部使用尾韵的 39 首诗中，有明显规律尾韵的诗占了绝对多数，为 92.3%，其中以“两行（重复）+一行”为基础的有 1 首，即《信仰的必要》（“The Necessity for Belief”，aa|b|cc|b）；以四行诗为基础的有《冷火》（“Colder Fire”，abab|…）、《今夜森林阴暗》（“Tonight the Woods are Darkened”，abcb|…）和《距离的亮度》（“Brightness of Distance”，abba|…）三种模式，共 9 首；以五行诗为基础的有《清晨》（“Morning”，abbab|…）、《金色的林间空地》（“Gold Glade”，ababb|…）、《榛叶》（“The Hazel Leaf”，abcbb|…）和《月光下小镇散步》（“Walk by Moonlight in Small Town”，abbaa|…）四种模式，共 8 首；以六行诗为基础的有《异域海滩，老女人，章鱼的宰杀》（“Foreign Shore, Old Woman, Slaughter of Octopus”，ababbb|…）和《催眠曲：睡眠一样》（“Lullaby: A Motion Like Sleep”，abacbc|…）两种模式，共 2 首；以七行诗为基础的有 1 首，即《傍晚枫树林传来的微笑允诺了什么》（“What Was the Promise That

Smiled from the Maples at Evening?”，ababcac|…)；以十一行诗为基础的有 1 首，即《催眠曲：睡中微笑》(“Lullaby: Smile in Sleep”，ababcdcdeee|…)；以十二行诗为基础的有 1 首，即《海滩上的疯狂贵族青年》(“Mad Young Aristocrat on Beach”，ababcbdcdcee|…)；变体“莎翁十四行诗”有《热风》“Sirocco”和《海鸥之鸣》(“Gull’s Cry”，abab|cdcd|efef|gg)这 2 首；以十五行诗为基础的有《纪念品》(“Keepsakes”，ababcccbddeffee|…) 等，共 7 首；以十六行诗为基础的有 1 首，即《催眠曲：月光徘徊》(“Lullaby: Moonlight Lingers”，aababbcccddefeff|…)；以四行诗 (abba 或 abab) 为基础加 1 行至 2 行结尾节的有 3 首。可见这一时期的沃伦对诗歌的各种规律尾韵充分开发、利用。纵然是那 3 首没有规律尾韵的诗，也都无一例外地是多行同韵、隔行押韵、吻韵相连以及交叉锁韵这几种形式尾韵的拼接与杂糅，且长诗节往往是短诗节的延伸，同样行数的诗节多半押同样的韵，比如《……的暗夜》(“Dark Night of”，aabbccc| ddeee…) 中的 15 行诗节是之前 5 行诗节的扩展，结尾的 21 行诗节实际上是开篇 7 行诗节的变体，而其中不同位置出现的 5 行、7 行或 9 行诗节都是同样的尾韵分布。此处具体举一目了然的变体“莎翁十四行诗”《热风》为例 (行末的字母表示尾韵，加线处为头韵，方框处为重复)：

** / * /* / * / / * / / *

To a place of ruined stone we brought you, and sea-reaches. A

/* / * / / /* / / * * /

Rocca: fortress, hawk-heel, lion-paw, clamped on a hill. B

* / / / * * / * * * / * * / * *

A hill, no. Sea cliff, and crag-cocked, the embrasures commanding the

/ *

beaches, A

/ /* * / */ ** * * /* * /

Range easy, with most fastidious mathematic and skill. B

Philipus me fecit: he of Spain, the black-browed, the anguished, C
For whom nothing prospered, though he loved God. D
His arms, great scutcheon of stone, once at drawbridge, have now languished C
Long in the moat, under garbage; at moat-brink, rosemary with blue, thistle with gold bloom, nod. D

Sun blaze and cloud tatter, it is the sirocco, the dust swirl is swirled E
Over the bay face, mounts air like gold gauze whirled; it traverses the blaze-blue of water. F
We have brought you the where geometry of a military rigor survives its own ruined world, E
And sun regilds your gilt hair, in the midst of your laughter. F

Rosemary, thistle, clutch stone. Far hangs Giannutri in blue air. Far to that blueness the heart aches, G
And on the exposed approaches the last gold of gorse bloom, in the sirocco, shakes. G

不同于沃伦早期十四行诗对英化意大利十四行诗之抑扬格的保留（音节也多为每行 10 个音节）和对其“8+6”模式具体押韵分布的微调，中期的沃伦十四行诗则彻底破除了莎翁十四行诗“抑扬格五音步”的格律——既不遵循抑扬的音步，也不是每行固定 10 个音节（最长可达 24 个音节），却保留了其“abab| cdcd| efef| gg”的尾韵分布，且充分调动了头韵、连韵（一行的结尾用韵是下一行的开头用韵）、单词 / 词根重复等押韵手段以组织全篇，呈现了沃伦另一种新的变体十四行诗。他对其余的四行挽歌体或民谣体、五行诗节、六行诗节等的处理也是如此，即破除格律和每行音节限制，保留尾韵等押韵，可谓以各种韵作为谋篇的重要手段。沃伦的其他中期诗歌，即《你，皇帝们，和其他：诗 1957—1960》以及《时间的传说：诗 1960—1966》诗集中的诗歌，虽然不像《应许：

诗 1954—1956》诗集那样每首都使用了尾韵，但绝大多数都有明显的尾韵押韵。

2. 典型的沃伦组诗大量出现，偏爱一些音乐性强、可吟唱的模式

在论述之前，首先区分一下沃伦诗歌中出现的“组诗”和“系列诗”的区别。沃伦的组诗就格式而言，是由一个总括性的大标题（有时大标题还会附带副标题，如“致某某”）加上具体的以大写罗马数字连续排列的几首诗组成（少则 2 首，多则二十多首），组诗里的每首诗也都有其独立的标题。有时大标题和组诗中诗歌的关系较为松散，比如《诗三首》（“Three Poems”）、《一些安静的普通小诗》（“Some Quiet, Plain Poems”）；有时大标题是组诗中诗歌发生的时间或地点，如《两个夏天的十四行诗》（“Sonnets of Two Summers”）、《肯塔基山田》（“Kentucky Mountain Farm”）；有时大标题点明这些诗的总主题或告知它们共同的韵律，如《时间的悖论》（“Paradox of Time”）、《童谣》（“Nursery Rhymes”）等。总之，组诗一定是在主题、风格、手法、背景等的一种或几种上形成的一个有机整体，即便看似笼统抽象的《诗三首》在细读后也会发现三首全部是关于或宏阔（《铁滩》“Iron Beach”）、或微小（《多德夫人的女儿》“Mrs. Dodd’s Daughter”）、或梦幻（《启示》“Apocalypse”）的描写“死亡”的诗。而系列诗是组诗的二级结构里的一套诗歌，其从属于组诗而又有一定的独立性。就格式而言系列诗或者以小写阿拉伯数字加各自标题呈现，如《应许》组诗中的《第十三首：月光中的人》（“XⅢ. Man in Moonlight”）就含有一套三首诗组成的系列诗——《从废弃城堡观察到的月光》（“1. Moonlight Observed from Ruined Fortress”）、《小镇中月光下的漫步》（“2.Walk by Moonlight in Small Town”）、《催眠曲：月光徘徊》（“3. Lullaby: Moonlight Lingers”）；或者系列诗没有独立标题时就以圆括号或方括号把小写阿拉伯数字括起来等，如《矛盾：时间与身份》（Antinomy: Time and Identity）的（1）至（7）和《读至深夜，温度下降》的[1]至[8]。这样的书写可以形成和组诗大写罗马数字的隶属关系。可见系列诗是组诗的一部分，只有在组诗存在的情况下才有可能出现，所以此处及本书其他篇章总结沃伦诗歌特点时，主要就组诗进行说明，只在需要时附带分析系列诗。

将《罗伯特·潘·沃伦诗歌全集》里沃伦中期诗歌与早期诗歌相对比可以看出：如果按照一组组诗算一首诗进行重新统计，那么早期 80 首诗中共 6 首组诗，仅占 7.5%；而中期 26 首诗中共 16 首组诗，占 61.5%。组诗明显从早期诗歌中的偶然出现，变成了中期诗歌的核心支柱，组诗已成为沃伦诗歌的一大特点。

与中期诗歌打破早期诗歌倚重的传统格律相似的是，中期大量出现的沃伦组诗也不再像早期少量出现的组诗那样，一组组诗内的各首诗都使用相近甚至相同的格律和长度，如《一个年轻人的死亡面具》（“Death Mask of a Young Man”）和《坟墓意象》（“Images on the Tomb”）组诗内每首诗都是 8+6 模式的抑扬格 / 扬抑格五音步的十四行诗，且尾韵分布上也大同小异。这些中期诗歌组诗内的各首诗完全是根据其内容和诗人的表达需要而变换声韵模式的，并无统一规律可循。例如《致一个小女孩，一周岁，在一个废弃的城堡》组诗的前两首《热风》和《海鸥的叫声》（“Gull’s Cry”）使用的是和莎翁十四行诗尾韵安排和诗节划分相同的无格律的沃伦变体十四行诗，第三首《隔壁的孩子》（“The Child Next Door”）使用的是以吻韵四行诗节为基础加对句小结的十八行诗，第四首《花》（“The Flower”）使用的是十行诗、十七行诗、十九行诗等杂糅的共 123 行的诗歌，而第五首《冷火》（“Colder Fire”）又是由 13 组隔行押韵四行诗组成的，声韵和形式变换可谓丰富而不受统一模式的束缚。

就声韵特点而言，中期的沃伦诗歌还偏爱一些音乐性强、可吟唱的模式。单就标题而言，以“催眠曲”（“Lullaby”）、“夜曲”（“Nocturne”）、“歌谣”（“Ballad”）、“童谣”（“Nursery Rhymes”）等命名的诗歌就有许多首，如《催眠曲：睡中微笑》（“Lullaby: Smile in Sleep”）、《催眠曲：月光徘徊》（“Lullaby: Moonlight Lingers”）、《催眠曲：像睡眠一样的运动》（“Lullaby: A Motion like Sleep”）、《夜曲：旅馆卧室里羁旅的推销员》（“Nocturne: Travelling Salesman in Hotel Bedroom”）、《一场恬静之梦的歌谣》（“Ballad of a Sweet Dream of Peace”）组诗的七首诗、《歌谣：货车车厢间》（“Ballad: Between the Boxcars”）组诗的三首诗、《童谣》组诗的四首诗等。有些诗歌虽然在标题上没有标识，但也有很强的音乐性和吟唱性，如《男孩儿的意愿，无报酬的快乐劳作，和家里丰收（1918）》

（“Boy’s Will, Joyful Labor without Pay, and Harvest Homey（1918）”）这套系列诗的 4 首诗歌《清晨》（“Morning”）、《工作》（“Work”）、《蛇》（“The Snake”）、《报酬偿付》（“Hands are Paid”）都押 abbab 的尾韵，明快上口，好似田园劳动号子一般。

以《催眠曲：睡中微笑》（“XII. Lullaby: Smile in Sleep”）第一诗节为例：

Sleep, my son, and smile in sleep. A
You will dream the world anew. B
Watching you now sleep, A
I feel the world’s depleted force renew, B
Feel the nerve expand and knit, C
Feel a rustle in the blood, D
Feel wink of warmth and stir of spirit, C
As though season woke in the heart’s cold underwood. D
The vernal work is now begun. E
Sleep, my son. E
Sleep, son. E

这一诗节由 11 诗行组成，尾韵为 ababcdcdeee，既有隔行押韵，又有结尾处的三行同韵，形成了一种抑扬顿挫、娓娓道来后以反复吟咏核心句来收尾的效果，这种安排既适合作为歌曲吟唱，又与沃伦中期诗歌尾韵凸显的特征相一致。[s]音和[w]音形成的头韵，尤其“wink of warmth”和“stir of spirit”这组头韵基础上的对仗亦是歌曲和诗歌所共有的典型特征。除此之外，诗歌中不断重复的“sleep”（睡）一词扣题之余还成为贯穿全诗的线索；不断重复的“feel”（感到……）排比则构成细化描写，支撑诗歌的结构；最后两行的减字重复颇有歌曲每段结尾处副歌的效果；这一诗节以“Sleep, my son”开始，又以“Sleep, my son”结束，浑然一体。所有这些特质都使得沃伦中期的这种诗歌不但可以作为纯文字来进行阅读，还可以作为歌曲来吟唱。

沃伦中期诗歌或者诗行很长、或者诗行偏短，不再青睐中等长度诗歌的做法，以及其打破格律、保留用韵、注重吸收音乐对诗歌的启发等特征是符合诗人摆脱模仿为主的阶段而开始逐步放开且吸纳不同元素的创作规律的。此外，1943 年，沃伦作为新批评成员的一篇重量级论文《论纯诗与不纯诗》也表明了他对诗歌创作的思考。沃伦在该文中提出诗歌应该是各种“张力”关系的集合体，“张力”关系不仅存在于诗的韵律和语言的韵律之间，还存在于韵律的刻板性与语言的随意性之间……存在于反讽包含的各种因素之间，存在于散文体与陈腐古老的诗体之间。[①]这种主张不仅标志着沃伦作诗法的转变，也部分解释了沃伦诗歌中各种声韵的杂糅状态。1943 年至 1952 年这十年，对于沃伦来说发生了太多的事情——第二次世界大战过后美国思想文化领域再次发生巨大变化；沃伦与布鲁克斯等合作主编的《南方评论》由于第二次世界大战而停刊；事业受挫、自感抱负难以施展的沃伦离开故土南方而去往北方任教，这次背井离乡使得沃伦开始在新的环境下反思自己、反思南方、反思创作；此间他和妻子的关系一直紧张，直至 1951 年婚姻宣告破裂……环境的变化、生活的动荡、南北思想的碰撞、向小说创作的倾斜（此间沃伦完成了 5 部小说，却中止了系统的诗歌写作，“即便偶尔提笔写诗也很快被自己否定掉”[②]）、家庭的不和等，都给沃伦的诗歌创作带来了深刻影响。1952 年对于沃伦来说具有转折意义，在该年沃伦和本身也是作家的埃莉诺 · 克拉克结婚，这段婚姻比较美满，还赐予他们两个孩子，尤其重要的是沃伦又寻找回了诗歌创作的灵感。十年的诗歌空档期不仅是时代背景和沃伦个人不幸生活影响的后果，也是由南向北逃逸、接触了北方文化后对诗歌创作的反思期。北方更为豁达自由的文化氛围使得沃伦的诗歌摆脱了一些旧有的桎梏，在形式和内容上都开始了新的探索。较为幸福的新的婚姻，尤其是孩子的诞生成为刺激沃伦重新进行诗歌创作的催化剂。正如复出后的第一部诗集名称中“应许”所昭示的一样，沃伦

---

① Warren, Robert Penn. Pure and Impure Poetry[A]. In: Robert Penn Warren ed. New and Selected Essays[M]. New York: Random House, 1989: 3-28.

② Warren, Robert Penn. An Interview[A]. In: Floyd C. Watkins et al. eds. Talking with Robert Penn Warren[M]. Athens: The University of Georgia Press, 1990: 150.

的新一轮诗歌创作焕发了蓬勃的活力，让人不禁对他灿烂的诗歌创作未来抱有很大的期许。

（三）沃伦晚期诗歌声韵

沃伦的晚期诗歌涵盖《化身：诗 1966—1968》（*Incarnations*: *Poems 1966-1968*, 1968）、《奥都本：一个幻象》《抑或：诗 1968—1974》（*Or Else*: *Poem/Poems 1968-1974*, 1974）、《从我站的地方能看到大角星吗？诗 1975》（*Can I See Arcturus From Where I Stand? Poems 1975*, 1975）、《此时与彼时：诗 1976—1978》（*Now and Then*: *Poems 1976-1978*, 1978）、、《在这儿：诗 1977—1980》（*Being Here*: *Poetry 1977-1980*, 1980）、《谣言被证实：诗 1979—1980》（*Rumor Verified*: *Poems 1979-1980*, 1981）、《约瑟夫酋长》、《经纬：1980—1984》（*Altitudes and Extensions*: *1980-1984*, 1984）这几部诗集中的全部诗歌，以及被《罗伯特·潘·沃伦诗歌全集》收录的散见于以上诗集之外的散诗。需要说明的有两点：（1）同之前一样，由于研究对象的选择，《龙的兄弟：新版》（*Brother to Dragons*: *A New Version*, 1979）等没有被《罗伯特·潘·沃伦诗歌全集》收录的诗歌一律不包括在本研究中；（2）题名为《1943—1989 年未被收入诗集的诗歌》的《罗伯特·潘·沃伦诗歌全集》的最后一部分，虽然从名称上看收录了 1943 年之后（即中期和晚期）的沃伦诗歌，但根据编纂者约翰·伯特附在该全集后的注释来看，这些诗歌全部发表于 1976 年至 1985 年间，之所以有了以上命名，应是与全集开篇的《1922—1943 年未被收入诗集的诗歌》衔接而已，所以这些诗歌也属于本书划分的沃伦晚期诗歌。沃伦晚期诗歌声韵特点主要包括以下两个。

1. 不刻意追求尾韵、明显的音乐模式等

沃伦晚期诗歌共 422 首，关于这些诗歌的尾韵和明显音乐模式的使用情况如表 5 所示。

表 5

类别		数量	占总数比例
尾韵	使用	69	16.4%
	不使用	353	83.6%
明显音乐模式	使用	2	0.5%
	不使用	420	99.5%

如果说从主流上看，沃伦早期诗歌常用的××格×音步的传统格律和对中等长度诗行和中等篇幅诗歌的偏爱在沃伦的中期诗歌中被破除的话，那么沃伦中期绝大多数诗歌整齐的尾韵和许多诗歌对明显音乐模式的借助在其晚期诗歌中亦被扬弃。当然，破除也好，扬弃也罢，不代表彻底地不使用，只是诗人在主观上不再刻意追求如此，因而客观上诗歌就不再呈现某种凸显的主流或者模式。此外，中期开始占主体的富有沃伦特点的组诗在沃伦诗歌晚期也开始走向组织的松散和大标题的笼统甚至阙如，有时组诗和系列诗的界限模糊到可以置换的地步，其声韵形式也渐趋自由。总之，沃伦的诗歌发展到晚期，声韵方面的外在固化模式越来越少，这其实对他诗歌的内在提出了更高的要求。此时的沃伦诗歌就各种声韵特征而言，不再刻意追求什么，也不刻意回避什么，“皆可不用、又皆可为我所用”，自由度很高。

大部分沃伦的晚期诗歌没有使用尾韵，但当需要时又可信手拈来。纵观沃伦晚期诗歌，既有以×行诗节为基础的诗歌，又有以不规则诗节组成的诗歌，且后者占多数。这两者的数量及尾韵分布情况具体见表 6。

表 6

类别	是否使用尾韵	数量	占该类型比例
不规则诗节诗歌	是	10	3.5%
	否	274	96.5%
二行诗节诗歌	是	1	2.6%
	否	38	97.4%

续表

类别	是否使用尾韵	数量	占该类型比例
二行诗节与一行诗节交替出现的诗歌	是	1	25%
	否	3	75%
三行诗节诗歌	是	4	25%
	否	12	75%
四行诗节诗歌	是	38	69.1%
	否	17	30.9%
五行诗节诗歌	是	5	45.5%
	否	6	54.5%
六行诗节诗歌	是	4	66.7%
	否	2	33.3%
八行诗节诗歌	是	2	100%
	否	0	0%
九行诗节诗歌	是	1	50%
	否	1	50%
十行诗节诗歌	是	1	100%
	否	0	0%
十四行诗节诗歌	是	2	100%
	否	0	0%
合计	是	69	16.4%
	否	353	83.6%

由表 6 可知，就不规则诗节诗歌而言，绝大多数（96.5%）都不押尾韵，而这类诗歌又占沃伦晚期诗歌的半数以上（67.3%），所以诗歌结构上的自由趋向直接导致了沃伦晚期诗歌亦不再刻意追求尾韵。这一特征也在原本易押尾韵的二行诗节（早、中期）诗歌中得到了明显的体现，晚期的沃伦二行诗节诗歌除了《交汇》（“Convergences”）这一首押了尾韵外（aa|bb…），其他的 38 首均不押尾韵。当然，在以奇数诗行为基础

的和其他以偶数诗行为基础的结构较整齐的晚期诗歌中，沃伦则时而押尾韵，时而不押尾韵，表现灵活。此处选一些晚期不同诗节为基础的诗歌或片段来和其之前同类诗歌或片段做一下直观对照：

First Moment of Autumn Recognized（晚期不规则诗节诗歌一首）

Hills haven the last cloud. However white. From brightest blue A
Spills glitter of afternoon, more champagne than ever B
Summer. Bubble and sparkle burst in C
Tang, taste, tangle, tingle, delicious D
On tongue of spirit, joyful in eye-beam. We know E
This to be no mere moment, however brief, F
However blessèd, for G
Moment means time, and this is no time, H
Only the dream, untimed, between I
Season and season. Let the leaf, gold, of birch, J
Of beech, forever hang, not vegetable matter mortal, but K
In no whatsoever breath of L
Air. No-embedded too in C
Crystal, stand, your being perfected M
At last, in the instant itself which is unbreathing. N

Can you feel breath brush your damp O
Lips? How can you know? E

Dark Night of（中期不规则诗节诗歌片段）

Far off, two fields away, A
Where dark of the river-woods lay, A
I saw him divulged into daylight, B
And stand as to look left and right. B
You could guess that quick look aside C

Like a creature that knows how to hide C
And does not debate pride. C

Yes, the owner might come riding D
With pistol in pocket, or striding D
Along with a stout stick in hand, E
To say: "Get the hell off my land!" E
And the fellow would understand. E

……

I was twelve, and my property sense F
Was defective, though much improved since. F
The day, anyway, was a scorcher, G
So I didn't get up from the porch or G
Even whistle the dogs from the shade H
To provoke that flap-jawing parade H
Of brute holler and whoop through the heat I
To set a tooth in tramp-meat. I
Didn't lay down my book, or even shout J
Back into the house what was out, J
How hedge-skulker and creature of night B
And son of pellagra and spite B
Now stood in our honest daylight. B

……

由这组晚期和中期代表性诗歌的对比例子可以看出，尽管中期不规则诗歌会偶尔使用近似韵代替完整韵，如 sence 和 since、scorcher 和 or 等，但总体整齐的尾韵非常明显，无论诗节由多少诗行组成，都一概如此，

而晚期诗歌则不再刻意追求尾韵，ABCDEFGHIJKLCMN|OE 的尾韵排列相当随性。下面再看一组情况不同的四行诗节诗的例子：

Into Broad Daylight（中期四行诗节诗片段）

Out of Silence Walks delight.	A
Delight comes on soundless foot	B
Into the silence of night,	A
Or into broad daylight.	A
……	

Heart of Autumn（晚期四行诗节诗片段）

Wind finds the northwest gap, fall comes.	A
Today, under gray cloud-scud and over gray	B
Wind-flicker of forest, in perfect formation, wild geese	C
Head for a land of warm water, the boom, the lead pellet.	D
……	

History During Nocturnal Snowfall（晚期另一首四行诗节诗片段）

Dark in the cubicle boxed from snow-darkness of night,	A
Where that soundless paradox summarizes the world,	B
We lie, each alone, and I reach a finger laid light	A
To a wrist that does not move, as I think of a body curled—	B
……	

同为晚期诗歌的这两首诗，《夜雪时的历史》（“History During Nocturnal Snowfall”）如中期诗歌般每一诗节都押了尾韵（ABAB...），而《秋日的心》（“Heart of Autumn”）则完全没有押尾韵。类似的情况也适用于沃伦晚期三、五、六、九行诗节诗歌等，其中晚期五行诗节诗里 5 首押尾韵 6 首不押，比例不相上下。如《悖论》（“Paradox”）的五行诗节中每行押的韵都不同，呈 ABCDE 无尾韵格式，而《暖气停了》（“Heat Wave Breaks”）则每个五行诗节都明显使用了 ABABB 的尾韵格式。综合沃伦

晚期不规则诗节诗歌和规则诗节诗歌来看，他虽总体上不使用尾韵时居多，但也不刻意回避对尾韵的使用，声韵形式上包容度较之前更高。

跳脱出一首首具体的诗，沃伦的晚期组诗亦多组织松散、大标题笼统甚至阙如，有时还模糊了和系列诗的界限，其整体声韵形式也趋向自由。譬如《此时与彼时（1976—1978）》诗集的两套组诗分别命名为《怀旧》（“Nostalgic”）和《推测》（“Speculative”），仅就时间上是从现在往回看、还是从现在向后看做了一下简单的区分以和诗集名称《此时与彼时》呼应；而《谣言被证实（1979—1980）》诗集中《序曲》（“Prologue”）、《终曲》（“Coda”）等组诗的命名只和其在诗集中的相应位置有关，已不再对组诗的内容有任何指涉，可谓无具体所指的空洞能指；《在这里（1977—1980）》诗集的组诗则干脆没有了标题，只有Ⅰ至Ⅴ的大写罗马数字保留在那里；到了《经纬（1980—1984）》诗集，不但组诗大标题只剩下大写罗马数字，沃伦还在其第三套组诗Ⅲ时让作为二级存在的系列诗用了和组诗大标题一样的罗马大写数字而非原先的小写阿拉伯数字，彻底解构了早、中期诗歌组诗的层级结构和安排。相对应的，这些晚期组诗的声韵既没有早期组诗中一套组诗内每首诗歌用同样尾韵安排的情形，也没有中期组诗那种虽组诗内各首诗歌不统一尾韵安排但各首押各首尾韵的状况，此时组成沃伦组诗的各首诗歌连是否押尾韵都不一定，且不押尾韵时居多。因此，宏观审视晚期沃伦组诗，其一样具备声韵开放的特征。

此外，不少沃伦中期诗歌借鉴了明显的歌曲形式，如催眠曲、夜曲、歌谣、童谣等，而晚期诗歌已极少使用这种明显的声韵模式，这从 422 首诗歌中仅 2 首使用了音乐模式的 0.5%的比例就可一目了然。即便仅剩的那两首用“Ballad”命名的诗歌，也不再遵循歌谣体诗歌的常见声韵，举其中一例与中期同类诗歌对比如下：

Ballad: Between the Boxcars（1923）（中期诗歌片段）

Ⅰ. I Can’t Even Remember the Name

I can’t even remember the name of the one who fell　　A
Flat on his ass, on the cinders, between the boxcars.　　B

I can't even remember whether he got off his yell A
Before what happened had happened between the boxcars. B

But whether or not he managed to get off his yell, A
I remember its shape on his mouth, between the boxcars, B
And it was shape that yours would be too if you fell A
Flat on your ass, on the cinders, between the boxcars. B
……

Suppose I remembered his name, then what the hell A
Good would it do him now between the boxcars? B
But it might mean something to me if I could tell A
You the name of the one who fell between the boxcars. B

Ballad of Mister Dutcher and the Last Lynching in Gupton（晚期诗歌片段）

He must have been just as old in A
days when young as later, his face B
as gray and his eyes not gray but C
that color there's not even a D
name for—all this the same as when, E
years later, he'd walk down the street, F
and I, a boy, would then see him G
in his worn-out gray coat going H
twice a day to the depot, where I
he'd handle what express came, then E
twice a day going back home, the J
first time to eat, the last to shut C
the door of his small gray house, and K
not be seen till tomorrow, and K
if ever you said hello, he L

might say whatever it was that M
you never quite caught, but always N
his face had a sort of gray smile O
turned more inside than out, as though P
there was something he knew but knew Q
that you'd never know what it was he knew. Q

……

How he'd smile in the dark who knew Q
that he knew what we'd never know he knew. Q

……

Well，that was how we came to know P
What Mister Dutcher'd thought we'd never know. P

……

I might even try to locate X
Where that black man got buried, though P
that would, of course, be somewhat difficult. Y

按照聂珍钊先生在《英语诗歌形式导论》一书中的定义，“ballad”（歌谣）一词来自拉丁文，是一种以口头形式通过叙述和对话讲述故事的歌，歌谣体诗节（ballad stanza）一般由四行诗构成，押韵结构通常为abab[①]。由此可见沃伦中期诗歌中以“ballad”命名的诗属于比较规整的经典歌谣体。以《歌谣：在货车车厢之间（1923）》“Ballad: Between the Boxcars（1923）”为例，它以四行作为一个诗节且每个诗节隔行押韵，整首诗在以口头形式讲一个故事并通过单词（fell、tell 等）、词组（between

① 聂珍钊. 英语诗歌形式导论[M]. 北京：中国社会科学出版社，2007：59.

the boxcars）的重复呼应形成反复吟唱、一唱三叹的效果，音乐特性十分明显。而晚期同样以“ballad”命名的沃伦诗歌则大部分放弃了经典歌谣诗的声韵特征，如《达彻先生的民谣及古普顿的最后私刑》(“Ballad of Mister Dutcher and the Last Lynching in Gupton”）一诗的诗节不再由规律的四行诗组成，其诗节呈 21-13-10-32-30-26-3 的时长时短的排列状态；其用韵也不再追求隔行押韵的效果，而是通篇主流的（除了部分诗节最后两行押韵外）无规则韵或称“近无韵体”——这些是沃伦诗歌自由化和个性化的体现。当然某些歌谣体诗歌用词和意境会被保留下来，比如“嗯，这就是我们如何知道”（“well, that was how we came to know”）这种口语化的表示故事大体讲完的词语和结构，以及部分诗节最后两行彼此呼应，在重复中略有变化（如“that you'd never know what it was he knew”“that he knew what we'd never know he knew”等）的书写模式。这种依稀与诗歌中音乐传统相连却又灵活跳出规则，即兼容并蓄的声韵，是与沃伦晚期诗歌走向自由化的总体特征相一致的。

2. 词语重复和行/句内停顿等频现，标点和格式在节奏上起重要作用

晚期的沃伦诗歌不但宏观上不再刻意追求尾韵、明显的音乐特性等，而代之以融合部分传统的自创声韵模式，而且在微观的每一诗行或每一句诗的节奏上也进行了新的探索。最突出的表现就是借助重复和停顿等手段，甚至连标点和排版都被充分利用，来调节诗歌的节奏，并传达相应的意蕴。此处举晚期沃伦诗歌一首为例：

Loss, of Perhaps Love, in Our World of Contingency

Think! Think hard. Try to remember　　A
When last you had it. There's always　　B

A logic to everything, and you are a part　　C
Of everything, and your heart bleeds far　　D

Beyond the outermost pulsar. Put your mind on　　E

The problem, and under no circumstances look F

In the mirror, for you might not G
Recognize what you see there, and the night wind H

Shuffles a torn newspaper down the street with a sound I
Like an old bum's old shoe-soles that he makes J

Slide on the pavement to keep them from flopping off. K
Shut your eyes, think hard, it doesn't really L

Matter which end you start from—forward from M
The earliest thing you remember, the dapple N

Of sunlight on the bathroom floor while your mother A
Bathed you, or backward from just now when O

You found it gone and cried out, *oh Jesus, no*! Yes, P
Forward or backward, it's all the same, Q

To the time you are sure you last had it. Violets, R
Buried now under dead leaves (later snowdrifts), dream S

How each, with a new born, dew-bright eye, will see *L*
You again pass, cleaving the blue air. T

Oh, bestiaries!—
Myths, and moraines where the basalt boulders, moonlit, grieve U
And the dark little corner under your bed, where God V

Huddles tight in the fluff-ball, like a cocoon, that He, *L*
All-knowing, knows the vacuum won't find! H

Think hard. Take a deep breath. As the thunder-clap W
Dissolves into silence, your nostrils thrill to the X

Stunned new electric tang of joy—or pain—like ammonia. Y

We must learn to live in the world. Z

这首沃伦晚期诗歌除了与大多数沃伦晚期诗歌一样尾韵毫无规则外，还体现了沃伦晚期诗歌在节奏上的一些新探索。该诗的题目正常情况下应为“Loss of Perhaps Love in Our World of Contingency”，从句法结构上讲无须使用任何标点。

但此处沃伦故意在九个单词中加了两个逗号，造成人为的停顿，使含义从“在充满偶然的世界中对可能是爱的丢失”微妙地变化为“丢失，可能是爱，在充满偶然的世界中”——这样一方面通过使“丢失”一词独立而加强了对“丢失”感的强调和突显，另一方面又通过两逗号使得“可能是爱”从形式上具备了插入语的可能，从而巧妙地建立了“丢失”和“在充满偶然的世界中”的关系，为“丢失”增加了“在充满偶然的世界中迷失”的含义。诗歌的正文也充满了行内停顿（caesura）——有时仅六个单词却要中间停顿两次，即分为三个部分，如开篇第一行“Think! Think hard. Try to remember”通过一个叹号和一个句号的两次停顿凸显了“仔细想”的重要性，和后面的“试图回忆起”构成意思上的连接；有时一个诗行中要停顿三次，即分为四个部分，如第二十一行“How each, with a new born, dew-bright eye, will see”通过反复停顿细致刻画了拟人化的紫罗兰有着什么样的眼睛——这些停顿故意放慢某些语言的节奏以让读者密切关注或细细品味。除了行内停顿，句内停顿也是沃伦调节诗歌节奏的方法。诗句遵守的是语法规则。诗行有时就是一行完整的诗句，即结句行（end-stopped line），但有时一行诗并不等于一行诗句，如一行诗在最后并没有在句法和语义上结束，而要转入下一行甚至以下数行才能在句法和语义上结束，这时就会产生跨行（enjambment）或延续诗行（run-on line）[①]。跨行产生的句内停顿也会对诗歌的声韵节奏起到调节的作用，比如“Oh, bestiaries!—/Myths, and moraines where the basalt boulders, moonlit, grieve/And the dark little corner under your bed, where God/Huddles tight in the fluff-ball, like a cocoon, that He,/ All-knowing, knows the vacuum won't find!”一句诗共跨越了四行（“Oh, bestiaries!—”因为向右缩进所以实属下一行的一部分），这样长句就可不疾不徐、娓娓道来，与每行的行内停顿形成长短相间的错落感。单词重复也是沃伦晚期诗歌调节声韵节奏的突出手段：开篇的“think hard”在下文第十二行和第二十七行中重复呈现、前后呼应，充分体现诗人谆谆教导之意，他是如此希望人们在迷失中能多多思考，不再麻木和遗忘，因为终究“我们必须学会在这个世界生活”；“everything”和“forward”及“backward”的重复则加强了人与万物、时间与空间彼此相连的意蕴，一顿一挫，使得诗歌在条理清晰的同时还朗朗上口。晚期沃伦诗歌的标点和排版在声韵节奏控制上也作用很大。声韵节奏是诗人内在情绪的外在表现，“Loss, of Perhaps Love, in Our World of Contingency”一诗中丰富的叹号、逗号、句号、破折号、小括号甚至斜体（*oh Jesus, no!*）使得语速时快时慢，是诗人跌宕起伏情感的表达，也因此在诗歌有限的空间内丰富了诗歌的内涵。至于排版对诗歌声韵节奏的影响可参见《虚空之地》(“A Place Where Nothing Is”）和《我知道一个全部真实的所在》(“I Know a Place Where All is Real”）两首诗。正常情况下，英文诗每行第一个字母要大写[②]，如本专著之前引用的沃伦诗歌，而这两首诗则全部采取每一诗节除第一个单词和专有名词外全部小写的策略：

A Place Where Nothing Is
I have been in a place where
nothing is, it is not

① 聂珍钊. 英语诗歌形式导论[M]. 北京：中国社会科学出版社，2007：34—35.
② 聂珍钊. 英语诗歌形式导论[M]. 北京：中国社会科学出版社，2007：32.

silence, for there are voices, not
emptiness, for there is
a great fullness, it is
populated with nothingness, nothing—
ness presses on the ribs like
……

I Know a Place Where All is Real

I know a place where all is real. I
have been there, therefore
know. Access is not easy, the way
rough, and visibility extremely poor, especially
among the mountains. Maps
show only the blank space somewhere
northwest of Manis and beyond Delight,
……

这种陌生化的格式增加了视觉上的密集度，加快了阅读节奏，并且隔空（一首在原诗集的第 232 页，一首在第 282 页）形成了互文性的对比和链接。它们一个描写“虚空之地”，一个描绘“真实之地”；前者的密集与快速让无处不在的虚空扑面而来仿佛让人窒息，后者的密集与快速则让找寻真实之地的心情和脚步都快了起来。此外，《虚空之地》（“A Place Where Nothing Is”）第六行最后一个单词“nothingness”的词根与后缀的拆、“ness”作为下行之首的安排，也在拉长该核心词阅读时间的同时，从一个侧面独具匠心地突出了“虚空之地”抽象而难以捉摸的性质（“ness”是抽象名词的典型后缀）。还有一些诸如通篇斜体的《很久以前的十月野餐》（“October Picnic Long Ago”）、诗节首行左凸的《成为其他》（“Be Something Else”）、在诗歌中间空白处加三个星号占一行的《第一次》（“The First Time”）等特殊排版都不同程度地改变了该诗的声韵节奏，可见晚期沃伦诗歌再次脱胎换骨。

总之，沃伦的诗歌发展到晚期，声韵方面的外在固化模式越来越少，这其实对他诗歌的内在提出了更高的要求。此时的沃伦诗歌就各种声韵特征而言，不再刻意追求什么，也不刻意回避什么，各种方式、各种元素都可拿来为其所用，自由是其晚期诗歌的一种姿势，兼容是其晚期诗歌的一种态度。此时的沃伦诗歌之所以为诗歌，更多的是依靠诗的含义、意境、味道和独特感染力，而非外在现成的声韵模式，这也是沃伦诗歌跨入的另一层境界，有几分武侠小说中“手中无剑、心中有剑，万物皆可为剑，无招胜有招”的味道。声韵这个侧面，可以作为晚期的沃伦愈发以布鲁姆阐述的“强者诗人”的形象屹立于诗坛的一项佐证。

声韵的分析在以往中外关于沃伦诗歌的研究中较少触及，本章系统梳理了沃伦早、中、晚期诗歌的声韵特征。诗人不同时期社会大背景不同、个人境遇不同、性格不同、创作理念不同，外在音律表现亦不同。越到后期，沃伦对声韵的重视越有几分举重若轻的味道，正如其诗歌措辞中某些看似信手拈来、口语通俗的表达实则经过了学术和技术的打磨，只不过不露斧凿痕迹而已，其声韵也，看似越到后来越不刻意追求外在形式，实则是因为内在声韵功力愈加深厚的缘故。正如他在访谈中所说：“一个诗行中一个音节的权重的改变都将使诗歌变得大不相同。”①

① Warren, Robert Penn. Introduction[A] In: Floyd C. Watkins et al. eds. Talking with Robert Penn Warren[M]. Athens: The University of Georgia Press, 1990: XVI.

主题篇

… Flight from what? To what?And Alone.
Far behind, the glow of the city of men fades slow.
And ahead, white surf and dark dunes in dimness are wed …

——罗伯特·潘·沃伦《在这儿：诗1977—1980》

（Robert Penn Warren，*Being Here,* 1977-1980）

从 1922 年起，到 1989 年止，沃伦的诗歌创作前后跨越近 70 年，共发表了 500 余首诗，推出了 19 部诗集——《三十六首诗》（1935）、《同一主题的十一首诗》（1942）、《诗选：1923—1943》（1946）、《龙的兄弟》（1953）、《应许：诗 1954—1956》（1957）、《你，皇帝们，和其他：诗 1957—1960》（1960）、《时间的传说：诗 1960—1966》（1966）、《化身：诗 1966—1968》（1968）、《奥都本：一个幻象》（1969）、《抑或：诗 1968—1974》（1974）、《从我站的地方能看到大角星吗？诗 1975》（1975）、《诗选：1923—1975》（1976）、《此时与彼时：诗 1976—1978》（1978）、《龙的兄弟：新版》（*Brother to Dragons*: *A New Version*, 1979）、《在这儿：诗 1977—1980》（1980）、《谣言被证实：诗 1979—1980》（1981）、《约瑟夫酋长》（1983）、《经纬：1980—1984》（1984）、《新诗与诗选：1923—1985》（1985）。如果以上文所述的诗风的两次明显转变作为分界线，将沃伦诗歌分为早、中、晚三个时期，那么可以看出“逃逸与追寻”是贯穿他诗歌各个时期的重要主题，从早期的《铁滩》（“Iron Beach”）、《镜子》（“The Mirror”）、《坟墓意象》（“Images on the Tomb”）到中期的《金色林间空地》（“Gold Glade”）、《月光中的人》（“Man in Moonlight”）、《时间的故事》（“Tale of Time”）再到晚期的《奥都本：一个幻象》、《秋天的心》

（“Heart of Autumn”）、《洞窟探索》（“Speleology”）等都不约而同但又各具特色地表达了“逃逸与追寻”的主题。除了占主流的各种“逃逸与追寻”主题外，沃伦的诗歌还写了怀念亲人、原罪等主题。

一　沃伦诗歌中的“逃逸与追寻”主题

“逃逸与追寻”是指逃离或摆脱客观不利的或主观不愿处于其中的事物、环境或状态而去寻求需要的事物、环境或状态。“逃逸”和“追寻”是与人的精神价值取向相关的两个概念，前者内蕴着否定性判断，后者内蕴着肯定性判断，看似相反相对，但二者实质上却具有辩证的关系。从某种不利或不愿接触的事物、环境或状态中“逃逸”，必定是因为内心不满现存境遇、有所“追寻”而做出的选择；反之，要“追寻”一种理想的事物、环境或状态，则必须要离开当下境遇的羁绊，即要先实现“逃逸”。二者相反相成的关系在田俊武先生的文章中表述为：“主人公在遁离社会的同时，仍然怀有对人生理想或美好梦幻的执着的或潜意识的追求。正是迫于黑暗现实的压力或心境的张力主人公才产生了遁世的动因；而正是由于某种理想的吸引或诱惑，才会促使他们将遁世的思想变为实际行动。”[①]

基于该定义可以发现，“逃逸与追寻”主题广泛存在世界文学中，在不同时代、国别作者的笔下得到了丰富多彩的展现。从《圣经》中惊心动魄的《出埃及记》到陶渊明笔下扑朔迷离的《桃花源记》，从英国民谣中罗宾汉森林行侠的故事到笛福小说里鲁宾孙海上漂流的传奇，从莫尔构想的《乌托邦》到塞万提斯创作的《堂吉诃德》，从歌德的“浮士德博士”弃绝书斋、漫游世界到普希金的“阿乐哥”放弃城市、流浪茨冈，从梭罗的抛却繁华、简居瓦尔登湖到杰克·伦敦笔下巴克的品透万象、追随原始呼唤……他们有的为摆脱身体或心灵的束缚而去追寻自由，有

① 田俊武. 略论美国遁世文学的构建[J]. 国外文学，1999（3）：57.

的为躲避现世的苦难或不公而幻想另一个世界，有的为释放固有的天性或理想而抛却主流游走在社会的边缘——这些作品中荒野、森林、海洋、梦幻、信仰、传统、仙境、故土、异域等承载“逃逸与追寻”主题的元素也不一而足。该主题在古今世界文坛上的普遍存在足以证明：“逃逸与追寻”是文学的一大母题，是存在于人类集体无意识中的一种取向。美国文学作为人类文学的一支，其“逃逸与追寻”的主题表现得尤为突出，或显或隐地流淌在多位作家的笔端。

美国文学的“逃逸与追寻”主题不但随着文学自身的发展而日益丰富，而且还反映出不同时代的社会历史文化内涵。独立之初的美国社会百业待兴，经济、文化发展在一定程度上还依赖欧洲，以欧文（Washington Irving, 1783—1859）和库柏（James Fennimore Cooper, 1789—1851）为代表的早期文学中“逃逸与追寻”主题的叙述，也残存着模仿欧洲的痕迹，但已着力于表现美国特有的事物。欧文作品中对从专政中“逃逸”、“追寻”独立的影射以及库柏作品中对不断向西部荒野“逃遁”的描写都反映了那个时代美国的重大主题，而且他们笔下的“逃逸与追寻”已然触及对功利价值观、精神束缚、战争杀戮、腐朽政治、白人与物质至上的资本主义文明等的“逃逸”以及对简约淳朴、思想自由、和平共生、尊重生命与自然的原始文明等的“追寻”，其丰富的内涵对后世文学有着重要的垂范意义。美国社会的迅速成长和文化上的不断自觉，使得浪漫主义时期、尤其是超验主义时期文学中的“逃逸与追寻”主题打上了“本土化”的烙印，并突出表现为“爱国主义”，如爱默生（Ralph Waldo Emerson, 1803—1882））和梭罗（Henry David Thoreau, 1817—1862）作品中所呈现的；而随着资本主义发展暴露出种种弊端，先期浪漫主义的乐观情绪渐渐淡去，霍桑（Nathaniel Hawthorne, 1804—1864）和麦尔维尔（Herman Melville, 1819—1891）的作品呈现了更多的沉重与晦暗，狄金森（Emily Dickinson, 1830—1886）等诗人则以独特的视角关注了人的内心世界和“死亡”与“彼岸”的意义，“逃逸与追寻”的主题也因此有了相应的变化和拓展。内战之后，伴随着工业文明的迅猛发展和功利主义价值观的大行其道，与农业经济相伴的“田园式”生活逐渐消失，给予想改变命运的美国人以无限希望的“西进运动”也终因土地开发殆尽而走向终结。这一切所引发的持久震撼和复杂的社会心理，彻底摧毁了浪漫主义时期人们的幻想与天真，因此现实主义作品中关于“逃逸与追寻”的叙述具有了更明确的现实批判意识和伊甸园般的缅怀情结，其代表为马克·吐温（Mark Twain, 1835—1910）和杰克·伦敦（Jack London, 1876—1916）的作品。两次世界大战的爆发，对美国文坛的影响既深且巨，人类命运、个人生命与战争、社会和文明的关系等引发了众多美国作家的思考。从残酷的战争和人类对自然界的征服、屠戮所象征的“暴力世界”中“逃逸”，从颓废冷漠、业已失去纯真与激情的生活模式中“逃逸”，而“追寻”对生命价值的肯定，“追寻”人与自然、人与人的和谐共生，成为这一时期“逃逸与追寻”叙事主题的主要内容，薇拉·凯瑟（Willa Cather, 1873—1947）、弗罗斯特（Robert Frost, 1874—1963）、海明威（Earnest Hemingway, 1899—1961）和福克纳（William Faulkner, 1897—1962）的作品以各自独特的方式从不同侧面诠释了这个时期的“逃逸与追寻”。第二次世界大战后美国文学的发展以“多元化”为特色，“逃逸与追寻”的主题不但延续了文明及客观环境与人的本性之间悲剧性冲突模式下的种种内涵，也在少数族裔作家如塞林格（Jerome David Salinger, 1919—2010）、莫里森（Toni Morrison, 1931— ）等的创作中突出表现为关乎种族、身份、性别、主流传统与边缘文化等新的要素，进一步丰富了“逃逸与追寻”主题的内容。

沃伦深受这种美国传统的熏陶，又因其所属的“逃逸派”的影响，后半生漂泊故乡之外的“逃逸者”身份，和自身对时代、人和社会的感知，而拥有其独特的“逃逸与追寻”主题，是美国文学“逃逸与追寻”叙事传统中承上启下、至关重要的一环。为了便于分析，本节把沃伦诗歌中出现的“逃逸与追寻”主题分为四大类：对都市城镇的“逃逸”及对自然乡村的“追寻”；对暴力暴行的“逃逸”及对和平和谐的“追寻”；对迷茫无知的“逃逸”及对内外认知的“追寻”；对现代荒原的“逃逸”及对理想世界的“追寻”。前两类侧重对客观环境的“逃逸与追寻”，是以身体的“逃逸”来带动精神的“追求”；而后两类则侧重对主观心境的“逃逸与追寻”，但也辅以“身随心动”来完成心灵的渴求。

（一）从都市城镇到乡村自然

对都市城镇的“逃逸”与批判和对乡村自然的“追寻”与向往构成了沃伦以“逃逸与追寻”为主题的诗歌中一个重要的类别。“西方人的精神世界里，始终蕴含着强烈的二元对立色彩，比如理性与非理性、理性与信仰等诸多命题”[①]，都市城镇和乡村自然在沃伦的诗中就形成了二元对立的两端。文学作品中都市城镇和乡村自然形成的二元对立并非始于沃伦。比如发端于欧洲的浪漫主义文学就表现了鲜明的批判都市城镇和褒扬乡村自然的倾向，以此抵御工业化对自然的掠夺和对人的异化。这种倾向和思想在美国的早期文学（又称早期／前期浪漫主义文学）中已露端倪——欧文的《瑞普·凡·温克尔》和库柏的《皮袜子五部曲》等作品中就已呈现了这种二元对立。那时资本主义处于上升期，但已暴露出以牺牲自然和人与人之间温情为代价的发展模式，物质至上、急功近利和人性堕落已悄然蔓延，所以无论是瑞普的逃往深山还是班波的隐居印第安栖息地，都体现了作者对都市城镇的“逃逸”与对乡村自然的“追寻”。美国的超验主义文学更是直接受到了欧洲浪漫主义的影响——爱默生的《自然》和梭罗的《瓦尔登湖》等作品中都表达了对大自然的热爱与对资本主义都市城镇文明种种弊端的反思。这种都市城镇和乡村自然二元对立所彰显的批判与肯定在之后美国现实主义文学时期马克·吐温的《哈克贝利·费恩历险记》、杰克·伦敦的《旷野的呼唤》，现代主义文学时期福克纳的《熊》、海明威的《当太阳照样升起》，当代文学时期莫里森的《宠儿》等作品中都有着体现，可谓一脉相承。这一方面饱含着作家对社会弊端的反思，另一方面也与基督教教义中以城市转喻欲望与道德混乱、以乡村自然转喻质朴与人间乐园有关。乡村旷野（countryside / the wild）常常被宗教神学视为神所赐的恩泽之地，也是神恩（Blessing）蕴含之地，先知大多隐居在乡村旷野（如阿莫斯等），在其中获得神的启示，然后复出其间对世界进行预言。这种在乡村旷野获得神的启示，然后拯救世界的形象，原型还可在《新约·福音书》中找

---

① 杨慧林，黄晋凯. 欧洲中世纪文学史[M]. 南京：译林出版社，2001：3.

到，基督耶稣在接受了洗礼并觉察到自身使命之后，便退隐到乡村旷野之中，四十日一过，他的精神力量异常强大，从隐居的乡村旷野复出并开始宣喻拯救的信息。[①]沃伦诗歌中的自然乡村就对在都市城镇中生活的麻木、异化、堕落的人们富有启示和救赎的功能。

沃伦诗中对都市城镇的“逃逸”和对乡村自然的“追寻”同时体现了批判与救赎这两个方面，而且与他个人的童年经历和成长历程息息相关。沃伦年少时的大部分时光都是在外公肯塔基州的烟草农场上和周边的山林绿野中度过的。那里和谐的田园景象和美丽的自然风光都给沃伦留下了不可磨灭的印象，为他日后的创作提供了素材，也成为他在诗歌中时常追忆的对象。当时，南方传统的农耕经济不断衰落，工业化的趋势势不可挡，整个南方都逐渐被裹挟到全国性的工业化大潮中。工业化的城镇取代了乡村，成为人们生产与生活的主要场所，即便是乡村也日益用机械化的设备取代了人工，人们与土地的亲密联系被逐渐剥离，自给自足的经济模式一去不返，很多人都沦为生产设备流水线上的一个程序，长时间不断运转。人们忙于物质生产和利益追逐，唯恐在竞争中落后他人，资源过度开发、机器终日轰鸣、人声沸沸扬扬、交通拥挤嘈杂，往日的田园牧歌景象一去不返，闲适诗意的生活为急功近利的“活着”所取代。人们在物质丰盈、追逐享受的同时，精神上却日益苦闷，心灵的枷锁也日渐沉重，传统的归属感越来越弱，离自然的淳朴也越来越远。面对如此境况，沃伦曾在 1977 年的一次采访中说：“我对城镇没有任何依恋之情。我的依恋之情永远属于乡村……我依恋乡村，依恋乡下的生活，而不是城镇生活。我从一开始就无法忍受城镇生活，我总是抵触它。”正因为如此，沃伦的诗歌中呈现了对都市城镇功利喧嚣的“逃逸”及对乡村自然质朴宁静的“追寻”。在他笔下，都市城镇充满了功利喧嚣、欲望争夺、腐败堕落，是人间炼狱的代名词；而乡村自然洋溢着安详静谧、质朴清新、纯净和谐，仿佛人间圣地一般。去往乡村自然的经历，至少能让人们暂时摆脱在都市城镇中生活的盲目、痛苦和压抑，而且常常能因此得到神恩和启示，从此获得新生。

① 米家路，裘小龙. 城市、乡村与西方田园诗——对一种文类现象语境的“考古学”描述[J]. 四川外语学院学报，1992（4）：29—30.

沃伦在《同义词》（“Synonyms”）这一组系列诗的第六首中对城市生活的喧嚣做了形象描述——狭窄破旧的老街上出租车、小轿车、大卡车为争夺空间而痛苦愤怒地尖叫着，尾气烧灼着双眼，汗味和臭味到处弥漫……此外，还有那黎明即起的伐木声（《久旱的佛蒙特黎明时的链锯声》“Chain Saw at Dawn in Vermont in Time of Drouth”）与不知疲倦的气锤声（《尖叫》“The Scream”）等。这些“喧嚣与骚动”与昔日乡村农场上的宁静与和谐形成了鲜明对比，让诗人产生了强烈的“逃逸”倾向。比如《诗三首》组诗之第一首《铁滩》（“Iron Beach”）：

在这凄苦的沙滩之外已无路径，
这个铁滩，这个土地破烂的边缘；
我们身后的冻原因冰雪愈加昏暗，
我们面前海浪跃起后摔碎在海滩。

太阳虚弱地沿加快的弧线滚动，
我们背后地球无情地
把忘却的城市甩进黑暗
而夜把北极的海洋扫遍。

当然，此处自有它的安宁。
在这里，那曾被街道上有轨电车吵醒的我们，
将在不被打扰的清心寡欲中安歇，
听着海浪无休止地拍击，
望着头顶的北极星，直到
北极的夏天食尸鸥出现的瞬间。

《铁滩》这个看似矛盾的题目恰好揭示了现代人面临的窘境，并为全诗定下了冰冷、荒凉的基调。诗歌把背景设在北极这个“地球的边缘”，想象奇绝，画面宏阔。诗中“我们”面前那无休无止、波涛汹涌的大海，象征永恒的死亡，身后昏暗的冻原喻指我们所处的“荒原”城市，而这个

“铁滩，这个土地破烂的边缘”象征着生与死的边界。铁滩虽然凄苦、破败，但能给予“我们”一个难得的好处，那就是远离工业化城市的喧嚣（有轨电车是工业化城镇的一个标志），在淡泊名利的清心寡欲中获得宝贵的安宁。这种安宁是如此的吸引人，以至于以死亡为代价也在所不惜（食尸鸥是死亡的象征）。诗人运用大胆的想象，表达了对城市生活功利喧嚣的“逃逸”，甚至把其与死亡冲动相联系，以“追寻”自然世界中永恒的宁静。

当然，“逃逸”至大自然的极限地带，甚至“逃逸”到死亡都是比较极端的例子，沃伦在他的诗歌中更多描绘了“逃逸”至大自然的山林草地、洞窟湖泊以及田野阡陌等以“追寻”宁静、质朴与自由。比如《夏日午后与催眠》（“Summer Afternoon and Hypnosis”）一诗：

> 你被溪流的汩汩声和夏日午后的醺醺然
> 弄得昏昏欲睡，当太阳西斜，你在柳荫的
> 保护下，躺着。远处世界唯一的声响是
> 羊铃柔和的乐声，一下接着一下，
> ……

这溪流旁、树荫下的世界简直是有别于嘈杂、喧嚣世界的另一个所在，耳畔所闻只有“溪流的汩汩声”和远方“羊铃柔和的乐声”，周遭的一切那么静谧、安详，让人身心都放松下来。这样的所在才能让人接近生命的本真，才能让人在惯性的生活中有思考和重新审视的瞬间，于是诗人继续写道：

> 是的，被这样催眠着，你的生活臻于坦诚，
> 在这样的坦诚中爱、恨、欲、勇、怯、怒，
> 连同终从谎言中撕扯出来的真相，一同从朦胧的
>
> **时间迷雾**里浮现出来，并列队在**无时间性**中
> 寻找其单一的及赤裸裸的真实。而你的心，

困惑着有如在镜子冰冷的胁迫中，
它好似停止了跳动，而你干裂的唇慢慢张开

在惊恐中低声问道："那就是
我这些年一直过着的，但并不了解的生活吗？"
……

不管那是什么，一个人已经承受的他仍能承受，
那高大松树的阴影给夜命了名，而在那阴影

触到远方布满苔藓的石头时，你将已然把催眠的自我
惊醒，并迈步走向归程，那归程
通向屋顶，而在那屋顶之下你找到了房屋中
神秘的、爱的、救赎的笑容。

大自然的这份质朴宁静让人卸下缚在身上的重重枷锁，彻底放松而回归本真；让人摘下平时掩盖自我的种种面具，抛开谎言、直视真实，坦诚地面对自己的爱与恨、愤怒与欲望、勇敢与怯懦；让人从忙忙碌碌中抽身，从浑浑噩噩中清醒，审视以前"一直过着的，但并不了解的生活"，而这种经验与认知是在功利喧嚣的都市生活中无法获取的。这次去往大自然的"逃逸"虽然短暂（从下午到夜晚），并终将以回归结束（"世界将继续着它的本性"，"迈步走向归程"），但却意义重大。因为此间"你"不仅"追寻"到了身体的轻松，还"追寻"到了心灵的坦然与真实的自我；不仅"逃逸"了麻木的生活状态、反思了过去，还重新获得了生活的勇气（"一个人已经承受的他仍能承受"）与对爱的感知（"你找到了房屋中/神秘的、爱的、救赎的笑容"），可谓收获颇丰。

在《记得的野餐》（"Picnic Remembered"）一诗中绿树、青山、碧水、蓝天成为"我们"逃逸的场所，能够抚平我们心灵在纷繁世事中遭受的创伤：

那天，树叶、山峦、天空，
那么纯真地呈现在我们面前，
它们的结构是如此和谐
如此纯洁，在它们面前我们所忍受的一切
都变得如儿戏般微不足道，
现在被搁置一旁，而所有令我们抓狂的
悲伤和恐惧也随之消失了。

不惹俗世尘埃的大自然具备神奇的治愈功能，以造化的纯美、和谐消除了“逃逸”至此的人们在都市城镇生活的一切矛盾与不公，那些心灵的重负和不良的情绪在碧水蓝天、青山绿树的氛围中也消失殆尽，就连时间也仿佛静止，让“我们”获得了永恒的宁静——

我们伫立在如画的林木间:
琥珀色的阳光沐浴着树木，也沐浴着我们;
或许是那光如此沉静，
如此稳定，我们的肉体，
像镶在琥珀中的孪生飞蝇一般，
以完美的状态一动不动嵌在其中
笑傲**时间**那令人惊奇的跟踪。
……

大自然以其静谧、安详、纯净、美丽、和谐等特质让在都市城镇中为喧嚣嘈杂所苦、为名利物质所累、为邪恶不公所压，过着疲惫麻木生活的人们暂时解放出来，在平静的氛围和怡人的景色中抛却烦恼、放松身心、品味过往、参悟人生。这种短暂的“逃逸”能让大自然涤荡和修复人们自身，以重新“寻得”对美的感知、对自我的认识与对爱的理解，能让人们从大自然中汲取力量来勇敢地面对回归之后的生活。正因为如此，沃伦的诗歌中才反复出现“逃逸”至大自然的画面。

水与洞穴也常常成为沃伦诗中描绘的“逃逸”场所，因为它们也能提供让人与功利喧嚣社会的一种隔离。就前者而言，比如在《矛盾：时间与身份》（“Antinomy: Time and Identity”）这组系列诗中，乘独木舟漂浮水上的“我”就因摆脱了尘世间不得已的忙碌和种种纷繁复杂而感受到了前所未有的宁静，并在这种“新的维度”中得到了大自然的启示：

> 独自，独自一人，我躺着。独木舟
> 在黑暗的水面漂浮着。一定就是
> 如此，因为到达某个特定的点
> 一切都清晰地回到眼前。在码头，
> 我曾见，独木舟，铝制，黑水面上像白色幽灵般浮起。
> 这些都是真的。寂静，
> 当空气拂进来，桨，慢慢地，轻点水面。寂静，
> 我向前滑去。向前划着，
> 划进，
> 什么样的新维度？缓慢
> 如一个梦，龙骨处没有涟漪，我移动在
> 寂静中，在黑水面上，超越了希望或绝望
> 它们与我一度认为维持生活的幻象，
> 如今已毫无关联。
> ……

这种水面上的寂静是在都市城镇中奔忙、生活的“我”平日里所感受不到的，因此“我”连划桨时都是放慢动作、“轻点水面”，生怕破坏了这种难得的静谧与舒缓。水上的这种恬静不仅让“我”进入了一种“新的维度”，有了全新的体验，而且让我得以超脱出来“看破红尘”——那些一度认为是维持生活所必不可少的，现在可以视作“幻象”，那些曾经挣扎在其中的与“幻象”相连的绝望与希望，现在已然被甩在身后——这种波澜不惊的情怀无疑是“逃逸”至此所得到的最宝贵的启示，对回归后的生活意义重大。

除了刚刚列举的“逃逸”至水上，沃伦的诗中还有许多描写“逃逸”

至水下情景的诗歌，比如《潜水者》（“Diver”）、《海洋厌恶陆地》（“The Sea Hates the Land”）等。这些诗中的主人公借这次“逃逸”至水下的过程，或“追寻”到了平和、或“追寻”到了自我认知、或“追寻”到了自我消融后与自然的“天人合一”。这些对因终日处于功利喧嚣的都市城镇而或情绪跌宕、或丧失自我、或以自我为中心的人们而言可谓一种救赎与新生。而这与西方文化中因基督教之故而寓意“洗礼”及“重生”的水的意象也是一致的。

洞穴也是沃伦诗歌里一个让人与世隔绝的“逃逸”场所，这里没有红尘世界的追名逐利、蝇营狗苟，没有人声鼎沸、熙熙攘攘，有的只是纯粹的安静、纯粹的黑。正是这样的环境让人能够回归自我。以《洞窟探索》（“Speleology”）为例，幽深的洞穴对“我”有着强大的吸引力，让“我”每年夏天都必然前往：

……暗礁下方，很低很低处，沟壑中的水
独自吟唱着，用汩汩的白色泡泡
回应着我高处射下的光。我关掉手电，一动不动，躺了下来。

如同听着梦中的歌曲我昏昏欲睡，知晓
在这样纯粹的黑暗中我不敢移动。
我想：*这就是我*。又想：*我——我是谁？*感到
心跳动着黑暗与土地的心跳，想
如果永驻此地将会如何……

在这没有嘈杂、没有光的世界里，“我”得以重新审视与认知自己（“我是谁？”），倾听自己的心跳，并与周围的自然融为一体（“心跳动着黑暗与土地的心跳”），因此一瞬间产生了“逃逸”尘世、永留此地的愿望（也可理解为一种死亡冲动）。当然如同弗罗斯特的《雪夜林边小驻》一样，诗中的“我”最终也以回归结束，因为“逃逸”在这里不是目的而是手段，为的是“追寻”遗失的自我以及一种与自然大地相依相连的归属感，而洞穴也宛若大地母亲的子宫，既提供了一种与世隔绝的庇护，同时让

“我”穿洞而出时也宛如新生命的诞生。

无论是“逃逸”至大自然的山林草地、洞窟湖泊还是田野阡陌，沃伦这份对于自然乡村的浓浓眷恋之情都溢于言表，长诗《奥都本：一个幻象》中执着的主人公奥都本在一封信中写的几句话或可成为对这份眷恋一则很好的注脚：“……丹尼尔·韦伯斯特先生允诺，只要我愿意就给我一个肥缺；但相对于欺骗与金钱，我爱的是自由与安宁。”的确，在诗人眼中，名与利都是过眼云烟，在急功近利甚嚣尘上、人情世故瞬息万变的世界中，诗人向往与“追寻”的是自然乡村那份纯真与宁静，正如《动荡世界话鸟鸣》（“Ornithology in a World of Flux”）一诗中所写的：

> 多少年过去了，多少地方多少脸已淡漠，一些人已谢世，
> 我站在远方的土地，傍晚如此沉静，我终于肯定
> 我最怀念的，不是那些终将消逝的东西，而是鸟鸣时的那种宁静。

即便社会的进程决定了人们不可能长期处于诗中描绘的美好生活状态，但至少这种短暂的“逃逸”能让人们拥有片刻的自由与安宁。大自然与田园生活的纯真与和谐能为人们提供小到滋养身心、大到自省救赎的机会，让人们从中得到启示、修复自我、汲取力量、获得新生。即便因为环境的所限或身上的担当而不能经常前往，但“力虽不逮、心向往之”的情怀终使得“对都市城镇的逃逸与对自然乡村的追寻”化作沃伦诗歌中一个永恒的主题。沃伦这种“逃逸与追寻”的主题让人不禁想起美国文学史上的欧文与梭罗，但比起欧文的传奇浪漫，沃伦的“逃逸”则更多地取材于现实生活与亲身经历；而相对于梭罗的躬亲示范，沃伦的“追寻”又多了几分形而上的思辨味道和大胆想象的瑰丽色彩。

（二）从暴力暴行到和平和谐

暴力是指对其他个体或群体的生命安全或财产安全等进行侵犯或破坏的武力或强硬手段，它的表现形式有很多，比如战争、谋杀、掠夺、私刑等。从广义上讲，暴力包含正当的和不正当的两种——出于捍卫合理权益的（如反侵略战争、正当防卫等）属于正当暴力，而主动构成侵

犯和破坏的属于非正当暴力（如掠夺、私刑等）；狭义上的暴力则指非正当暴力。美国是一个有着根深蒂固暴力传统的国家，从早期移民时期面对洪荒猛兽的披荆斩棘、拼死生存到独立战争时期抵抗殖民者强权的刀光剑影、炮火轰鸣，从边疆拓展时期对印第安土著的血腥掠夺、无情杀戮到种植园时期对黑人的高压奴役、残忍迫害，从美国内战时期的同胞相残、械斗仇杀到帝国主义时期的铁蹄肆虐、疯狂干预……尤其在沃伦所处的工业文明蓬勃发展的时代，人们对科学技术进步和物质财富积累的顶礼膜拜使得人的异化空前严重，人的自我价值感和归属感急剧下降，而空虚感和无力感急剧上升，“负责任的自我”的概念日益遭到破坏，各种暴力空前横行，从贫民窟到大学校园皆是如此。[①]可见，暴力暴行已渗透到美国文化和民族心理之中，并有愈演愈烈之势，对祖国“爱之深、责之切”的沃伦对美国的暴力现象进行了深刻反思和强烈批判，并以此为基点表达了对整个人类命运前途的担忧。在他看来，任何不正当的暴力从本质上讲都是对秩序的破坏，而在当今这个人被空前异化、社会动荡不安的时代，重建秩序变得愈发重要与紧迫，因此沃伦把对暴力暴行的“逃逸”与批判以及对和平和谐的“追寻”与重建作为自己诗歌中一个突出的主题并创作了大量诗篇。限于篇幅，此处仅以战争、私刑、种族压迫、法律不公和生态破坏这几个重要类别为例展开讨论。

战争是所有暴力暴行中最典型、杀伤面最广、破坏性最大的一种。就战争而言，沃伦生活的年代（1905—1989）历经了三次重要的战争，即第一次世界大战（1914—1918）、第二次世界大战（1939—1945）和越南战争（1961—1973），它们深刻影响了美国的发展和美国人们的生活，也给沃伦的心灵带来了巨大的震撼。沃伦出生的年代虽然南北战争（1861—1865）已经过去，但亲历战争的外公常常给年幼的沃伦讲一些内战的故事，而内战给南方造成的持久影响和心灵创伤也让成年后的沃伦有着深刻的感受。因此，对战争的各种直接或间接的描写在沃伦的诗歌中屡见不鲜，而沃伦对战争进行的反思及由此产生的痛心、愤慨、嘲讽等复杂情绪也在诗歌中流露无遗。诗人用他的诗歌形象说明了远离战争

---

① Warren, Robert Penn. The Use of the Past[A]. In: Robert Penn Warren ed. New and Selected Essays[M]. New York: Random House, 1989: 44.

暴力暴行、“追寻”和平和谐的可贵。

沃伦的早期诗歌中就有鲜明的反战诗，如发表在《逃逸者》杂志第二卷第七期的《十字军圣战》(“Crusade”)：

> 我们没有遗忘月光下冰冷山脊上
> 那些灰色盔甲的叮了当啷，
> 和绵延的一队队士兵大口喘息的痛苦，
> 及正午红色沙漠上闪着刺眼白光的头骨；
> 也没有遗忘因热病而倒在阴湿沼泽里的死亡，
> 和道路旁正腐烂的肿胀尸体上布满群蝇的景象，
> 及荒凉河面上赤裸裸的一具具浮尸，
> 被它们所躺之处烂哄哄的灯芯草戳来戳去。
> 继呐喊声、号角声、锋利长矛相撞的锵锵声后，
> 继这些及哭泣声后，我仍能清晰记得
> 我所在的城堡塔楼上夕阳是如何瞥过，
> 将那高高的窗户染成更红的琥珀色；
> 修道士软绵绵的手放在我的额头上
> 还有那冰凉、毫无激情的手指和祝祷；
> 当我们宣誓时乌合之众们那严密的肃静，
> 宣誓要赢得上帝之墓——那是我们的使命；
> 在人满为患的教堂中我们领了十字架
> 并通过祈祷而把我们的罪赎清……
> ……

诗中的“我”是参战的一员，带领着读者调动各种感官（视、听、触觉等）来亲身体验当时的情景并获得身临其境的感受。和一般诗歌注重描绘战争的宏阔场面与惊心动魄的过程不同，沃伦这首描写十字军圣战的诗却把重点放在了对战后与战前场面的描写上，而真正的战争过程却被回忆中的呐喊声、号角声、刀剑碰撞声和哭泣声的罗列一笔带过。战后“凯旋”的士兵盔甲散乱、痛苦无力、孱弱前行，心中毫无胜利的喜悦，

反而充满恐怖的回忆，与溃败的士兵毫无二致……这种与以往凯旋者形象大相径庭的描写让人们对战争的输赢有了一种新的认识，摘下了过去悬在战争胜利者头上的光环。战后的疆场白骨怒目而视，好似无言的痛斥，而尸体或肿胀腐烂、布满群蝇，或一丝不挂、漂浮水上……这些触目惊心的画面不但给读者带来极大的视觉冲击，甚至引起生理上的不适，而这恰恰说明了战争的残酷无情、泯灭尊严、戕害生命，唤起人们对战争的愤慨与谴责。紧接着以蒙太奇手法切入的战前场面亦不同以往，这里的出征不是过去诗人描绘的雄赳赳、气昂昂，而是充满了荒诞与嘲讽——打着宗教旗号的十字军东征却连修道士的热情也唤不起（软绵绵的手，冰凉、毫无激情的手指和祝祷）；"我们"宣誓的内容是以赢取"上帝之墓"为神圣使命（诗歌特意用"上帝之墓"一词取代以往的"圣城"来丑化和嘲讽此战的目的）；领十字架时凭几句祷告就可免除杀戮之罪……这一切多么可笑！而诗中对"圣战"目的和胜利果实的质疑更是引人思索：

> ……
>
> 奇怪的骑者惊起了深夜，
> 握着珠宝的手松松地提着破旧的刀柄。
>
> 我们现今一路获胜来到上帝之墓；
> 这是一个曾经埋有圣骨的洞。
> 红色的十字架在我们的锁子甲上已黯淡为灰色。
> 兴许灵魂因凝视了那些白骨而变得更白。
> 这就是我们的主曾经从中复活的圣墓，
> 这就是**圣墓**，而那边是允诺的和平。
> 岩石和尘土能预示一个神话般的天堂吗?
> ……

一面是"圣战"之名，另一面手里却攥着珠宝，为主而战还是掠夺之战?无须作者任何评价，只消一个客观化的意象，讽刺和谴责的意味就不言自明了。以无数生命为代价换来的却是“曾经埋有圣骨的洞”——那堆岩石和尘土——它们真的有意义吗？能通往传说中的天堂吗？这种“突降”和去神圣化的手法彻底暴露了这种战争的无谓与荒谬。“这就是圣墓，而那边是允诺的和平”一句则是对战争悖谬性质的犀利嘲讽，因为战争恰恰是和平的最大破坏者。总之，这些战前战后细节的描写跳出了传统诗歌对战争英雄化、浪漫化的书写模式，还原了这种战争的本来面目。战争对生命的戕害与对人性的泯灭能让任何崇高的理想主义都变得脆弱而不堪一击，更遑论那些以理想与正义为名、行掠夺与干涉之实的战争。

再比如沃伦后期诗歌中以第二次世界大战为背景的组诗《新黎明》（“New Dawn”）。该诗形式别具一格，内容纷繁杂陈，颇具实验之风。沃伦反讽的功力在这首独特的反战诗中再次得到了彰显。题目《新黎明》就已奠定了全诗的反讽基调——这个新黎明不是满载着希望的新的一天的开启，而是原子弹爆炸的强光带来的“白昼”，是使无数生命瞬间消亡的地狱之光。全诗充满了时刻对照表，程序罗列单，有关重量、距离、直径、速度、纬度、温度等一系列数字，有关起飞、转载、装弹、投弹等一连串时间——这些精准的细节，给人一种强烈的真实感。作者就是以这种极其客观的态度讲述着第二次世界大战中美国用原子弹轰炸广岛过程里种种鲜为人知的细节。面对着这个改变世界历史进程的重大事件，诗人不动声色的讲述方式本身就是一种反讽：其讲述越是不疾不徐、冷漠超脱，就越显得战争冷血冷酷、无视生命，好像这一切不过是按部就班进行的科学实验。而这套组诗在大的倒叙结构中穿插的小的“逸事桥段”也显示了诗人对于反讽的驾轻就熟和对战争的辛辣讽刺：

1　告别提利安

现在一切“未经授权的事物”都被从轰炸机上清理掉了，包括
充满乐观主义的与此无关的六包避孕套和三条
粉色真丝短裤。
……

2　起飞：提利安岛

淡绿色外皮下，
隐秘地藏在提波兹的救生衣里的，是
装了十二个氰化物胶囊的金属盒，
一旦快要被俘就分发给各位兵士。
……

14　家

音乐，然后是别勋章时
庄严的沉默，
互相敬礼。最后，
盛大宴会的吞咽
直至呕吐，呕出
被昂贵地咽进肚子里的
昂贵的酒。
……

从提尼安岛起飞前轰炸机上清理出来的六包避孕套和三条粉红内裤，到救生衣里装的自杀胶囊，再到庆功宴上吃到呕吐、喝到喷酒的“英雄们”，无一不显示了诗人无情的嘲讽。而整套组诗的压尾篇《睡眠》(“Sleep”)中侥幸归来士兵的良心不安与深深的孤寂感更是体现了诗人的深刻反思——战争的受害者不仅是被侵略的一方，就连获胜者也一样是输家。战争一旦发动，双方的平民百姓与普通士兵就是最大的牺牲品。

可见，无论是打着宗教旗号的“圣战”，还是使用原子弹对日本广岛的轰炸，在诗人看来，都是非正义的战争，都会戕害无数无辜的生命，而那些作为棋子被推上战场的士兵，或死于非命，或侥幸生还却带着战争的创伤(《十字军圣战》和《新黎明》的结尾都暗示了难以忘却的痛苦战争回忆和内心深处的孤独感与负疚感)，是最可悲的人群。沃伦还有很多侧面描写战争的诗歌，如“逃逸”战争的《懦夫致英雄的一封信》(“Letter from a Coward to a Hero”)，破除战争传奇色彩的《美国肖像：老式风格》(“American Portrait: Old Style”)，描绘战争带给人心灵创伤的《恐怖》

（“Terror”），讽刺南北战争正义性的《雨林中的鞋》（“Shoes in Rain Jungle”）及嘲讽越南战争的《坏年头，坏战争：一张新年卡片，1969》（“Bad Year, Bad War: A New Year's Card, 1969”）等。这些都与沃伦对战争的深刻反思密切相关，表明了沃伦从人本主义出发对战争所持的否定立场，而这与沃伦所熟读的哈代的反战诗的基本取向是一致的，难怪沃伦在“逃逸派”诗人聚会时提到了他与哈代的“亲似性”（affinity）。概而言之，沃伦对战争采取的是一种站在人性立场上的“逃逸”的批判态度，希望人类能够远离战争、“追寻”持久的和平。

对私刑这种暴力行为的批判也是沃伦诗歌中重要的“逃逸”主题，贯穿于他诗歌创作的各个时期。私刑虽然在其他民族文化中也存在，但在美国却表现得尤其突出，连私刑（lynch）一词本身都源于一位美国人的姓氏（林奇）。美国独立战争爆发时，弗吉尼亚州的林奇堡尚无法庭，罪犯需移交首府审判，颇为不便，小查尔斯·林奇建议设立“人民法庭”，契合了当时的民意，得到了镇议会的批准。1778 年，这种“自行执法”的形式正式确立为“林奇法”，这就是“民众私刑”的开端。[①]独立战争结束后，“人民法庭”寿终正寝，但私刑这种形式却在美国，尤其是南方蔓延开来，成为与种族歧视、家族世仇、排外心理等相结合的对他人生命、名誉、财产等公然剥夺的极端行为。沃伦在他的诗歌中对这一暴力现象进行了揭露与谴责。其中《滂地林》（“Pondy Woods”）和《达彻先生的民谣及古普顿的最后私刑》（“Ballad of Mister Dutcher and the Last Lynching in Gupton”）都取材于 1926 年真实发生在沃伦家乡格斯瑞的黑人科比私刑事件，而《军法审判》则以南北战争时对“游击队员”私自实行绞刑之事为背景。

《滂地林》以比兴手法开篇，森林中溢出的丑陋黑雾象征一股邪恶的力量，为全诗定下了基调。林中那伏在地上的黑色雄鹿和高空盘旋的白头鹰无疑是地位低下的黑人和高高在上的白人的象征。时刻倾听周边动静的雄鹿让人联想到生杀大权被握在白人手中的黑人对于自己命运所感到的惴惴不安，而居高临下、神情自大的白头鹰更是有着种族优越感

① 詹森. 邪恶人性与混沌社会的写照——对《哈克贝利·费恩历险记》中“私刑”主题的探析[J]. 河南财政税务高等专科学校学报，2010, Vol. 24（3）：88—89.

的白人的绝妙化身。诗中虽没有对私刑实施过程的具体描述，但通过黑奴拼命逃脱私刑的场面描写——奔跑的黑人、追逐的暴民、瞄准的枪口、一身的冷汗……就能让读者自己领悟私刑的恐怖。白头鹰的一句“黑鬼，你们的种天生就不属于上等”（“Nigger, your breed ain’t metaphysical”），不仅用词充满侮辱性（nigger 是对黑人的蔑称，而 breed 多用于指牲畜的品种），还一语道破了针对黑人实施私刑的思想根源，是对美国“天赋人权、人人平等”宣言的极大讽刺。《达彻先生的民谣及古普顿的最后私刑》一诗延续了这个主题，诗人在对故事的娓娓道来中对私刑的灭绝人性进行了揭露，并对实施和姑息私刑者进行了鞭挞。尤其是黑人惨叫着从押送他的车上头朝下“被”跌下来并被套在脖子上的绳子一路拖着的情景让人毛骨悚然、不寒而栗，甚至连施私刑者面对血肉模糊的场面都不禁反胃呕吐。而被实施私刑者那“如五加仑水瞬间阳光下碎裂泼出”的惨叫声则久久回荡在人们耳际，化作长鸣的警钟。

《军法审判》是沃伦根据外祖父盖布里埃尔的亲身经历描写的实施私刑者事后受到的良心煎熬。沃伦的外祖父曾在南北战争期间担任骑兵队的指挥官并利用该身份对诸多“游击队员”实施了绞刑的私刑，这也是诗歌名称“军法审判”的由来。诗中描写年逾古稀、一生经历丰富的外祖父回首往事时，可以忘却所有（包括负债、遭灾、挨饿受冻等苦难）、归于平静，但唯独忘不掉这段私刑的历史。每当他回想起这段往事时，就陷入良心的拷问与痛苦的煎熬。当这段往事重现时，他不断重申“游击队员”对乡民的掠夺和搜刮，好像要以此证明他私自绞死他们的正确性；他不断提起趁“游击队员”喝水饮马时要果断偷袭取其性命以伸张“正义”，殊不知这种非正义的手段恰恰构成了对“正义”的嘲讽；面对外孙质询的目光，他只能无力地喃喃重复着“他们确实活该”，然后就一言不发、紧闭双目、陷入回忆而不能自拔。诗歌结尾处的空中画面独具匠心：

……

他骑在马上。在天空中颇显伟岸。
在他身后，阴影聚集，慢慢地，

像夏日蓝色天空中的云彩般堆积。
……
他们逐渐成形，在空中显得极大。
在他身后，巨大的，他们吊在那里：

好似旧绳索上的装饰物，
每一张脸都怒不可遏，充满惊恐，
不能相信那就是真的。
每一个带着毛发的下颌都是斜的，
舌头伸着，眼睛凸着，
唾液尚未干掉，
随着最后的哭喊从嘴中喷出。
……

画面中年轻的外祖父策马前行，身后腾起的云雾逐渐幻化成形，那是濒临绞死状的阴魂群像——狰狞的面目、歪斜的下颌、掉出的舌头、突出的双眼、未干的口涎、最后的哭喊……这无疑具化了私刑的残忍，而那不散的阴魂也成为抹不去的历史，永远如影随形。诗歌别出心裁选取的这个视角，不仅抨击了私刑对受害者生命与尊严的蔑视与剥夺，还把实施私刑者事后的负罪感和内心煎熬细致入微地描画了出来，使得对私刑危害的探讨又增添了一层新的意义。私刑是美国社会的一颗畸瘤，不仅对人们的生命与尊严构成严重的威胁，还对美国标榜的“人生而平等”的理念及“法制社会”的制度构成极大的嘲讽。沃伦在他的诗歌中反复呼吁终结这种法外暴力，让人们远离恐惧与内心的阴影。

种族压迫这种暴力行为也是美国社会的一个突出现象，最极端的表现就是对印第安土著的屠戮与掠夺以及对黑人的奴役与剥削。种族压迫往往与战争和私刑密不可分，史上对印第安人近 300 年的征服之战与对黑人随意滥施的私刑就是最有力的证据。沃伦的诗歌以系列长诗《内兹帕斯的约瑟夫酋长》和组诗《内伤》(“Internal Injuries”)为代表，对这种暴力暴行进行了声讨。诗人不但抨击了种族主义者对弱小族裔的欺凌，还揭示了其思想根源“白人优越论”的荒谬性，表达了对种族间平等、和谐、共生的追求。

《内兹帕斯的约瑟夫酋长》这首长诗，以印第安土著中一个叫内兹帕斯的部落为保卫他们的故土而与白人签约、交战及最终被迫妥协的历史为背景，描写了惊心动魄的印白冲突过程。全诗有史诗般的雄浑壮阔，有历史考据般的丰富细节，还穿插了包括神职人员、战士将领、政府官员、文人作家在内的诸多书信、采访与话语，并配以数百字的总注释，可谓角度多元、详细生动地再现了白人对印第安族裔的残暴压迫和印第安人的顽强抵抗。该诗对白人恩将仇报、剥夺印第安土著的家园和生存之所，并屡次立约毁约、得寸进尺，在交战中嗜血如命、屠杀妇孺等一系列暴力行径进行了深刻揭露;对白人政府处理印第安事务的出尔反尔、白人军队在交战过程中的自大无知、贪婪疯狂、背信弃义、争功内讧等进行了鄙夷和嘲讽。诗人借诗歌表达了对印第安人最终因无力抵抗有着巨大历史阶段优势和先进技术器物的白人的杀戮与掠夺而失去家园的悲惨境遇的深厚的同情，更对印第安人的勇敢正直、聪明智慧、平等待人、热爱和平、尊老爱幼、天人合一等诸多优秀品质进行了热情的歌颂。可见，白人种族压迫的思想与行径是为诗人所深深憎恶与唾弃的，而印第安原始文明中诸如平等、和谐等理念与他们高尚仁爱的行为正是诗人所孜孜“追寻”的。所谓的“野蛮”民族正是淳朴、善良、智慧的化身，而所谓的“文明”白人不过是披着教化外衣的贪婪、狡诈、残暴之徒。诗中印第安人的光辉形象与白人种族主义者的丑陋面目所形成的鲜明对比是对“白人优越论”的有力鞭挞，也是作者对美国建国思想中的“民主漏洞”进行深刻反思的结果。

《内伤》这套组诗则是通过描写一名黑人老年妇女的种种悲惨遭遇来表达对种族压迫与歧视的严厉谴责：

1. 事件
黑鬼；年纪老了，又是个
女人，好像这还不够苦，又是个
穷人，鞋底上有个大洞

……

孤苦无依（女儿远在
底特律，三年没音信。儿子
在河上游的监牢里，至少还知道
他在哪里），无亲无友，再加上

被解雇（就是今天的事，
……
只不过是看我的肤色
就认定是我），做人到这种地步
……
光活着就够受，难道还要让人把尿（的确是
这么回事儿）从你身子里
压出来，用一辆 1957 年黄色
凯迪拉克车，开车的是个
波多黎各人，他来自
新泽西？
……

诗中的这名黑人妇女命途多舛、备尝人间艰辛。她年老体衰、穷困潦倒、儿女远离、孤独无依，仿佛这些苦难还不够，她又被污蔑为窃贼而被解雇，失去了唯一的经济来源，之后竟又遭逢车祸，生命垂危……这些重重的苦难好似越勒越紧的绳索，无情地剥夺着她的生存空间。难道这一切都只是命运的安排吗？答案当然是否定的。她的许多苦难，尤其是被解雇"都是肤色惹的祸"——正因为她是黑人，才在没有任何证据的情况下被认定偷了钱而被解雇，这是一种怎样的歧视与羞辱？而她遭遇车祸后，痛苦的尖叫却引不来任何的关注，车站管理员漫不经心的反应和警察不屑一顾的处理，还有那迟迟不来的救护车，这一切处处透着冷漠与无情，使得她在忍受车祸外伤的同时还不得不受到这种"内伤"的折磨。这些都是公然的种族歧视与压迫，殊不知，不论种族，每个血肉之躯都是神圣的，理应得到平等的尊重。也许只有如第六首诗的题目一样“变换了身份”（“Be Something Else”），她才能获得这些白人的“爱”；或者如第七首诗所写的那样，只有逃往一个可以开始新生活的所在，她才能受到公正的对待。这种无奈的“逃逸”是对种族歧视与压迫的谴责与控诉,而诗中那缥缈的新世界则透着对种族平等与和谐的期盼与追求。

沃伦在他的诗歌中对种族压迫这种暴力行为的严厉批判有着巨大的意义。它不单是为生活在美国的弱势族裔登高一呼，倡导种族间的和平共处与互相关爱；它也不仅是对美国“民主”制度的“查缺补漏”，以使其惠泽包括其他种族在内的所有个体，实现真正的“自由、平等、博爱”；它还给美国恃强凌弱、以大欺小的民族心理倾向敲响了警钟。对印第安部族的漫长征服与欺凌，对黑人的长期奴役与歧视，这些历史深深沉淀于美国人的民族文化心理之中，塑造了美利坚民族的文化精神与性格，进一步强化了他们的种族优越感、民族自大感和文化傲慢感。这种心理延伸到国际舞台上,就演变成了美国历史上对弱小国家的肆意侵略,和当今国际事务中对其他国家内政的粗暴干涉。只有根除种族压迫这种暴行及其思想根源，才能“追寻”那个不一样的、公正合理的“新世界”，才能让所有民族不论强弱、让所有人不分肤色都得到应有的尊重。

对法律不公（包括立法不公、司法不公、执法不公等）这种不正当暴力的批判也是沃伦诗歌一个重要的主题。军队、警察、法院、监狱等是国家的暴力机器，是为了确保法律有效实施、维护国家正常运转和社会基本秩序而在法律规定范围内实施武力和强制力的国家机关。不同于私刑等法外暴力，它们属于“法内”暴力，是以公正和公义为前提的正当暴力。一旦失却了这个前提，它们就会演变为披着合法外衣剥夺人民生命、名誉、财产等权利的机构，就成为一种影响极其恶劣的不正当暴力。

沃伦的组诗《新闻照片》（“News Photo”）就主要描绘了司法不公这种暴力，同时还谴责了种族压迫和家庭暴力等其他暴行。诗歌副标题给出了新闻事件的背景：

（一名被指控枪杀了与黑人亲善的

圣公会牧师的白人被宣判无罪后
走下法院的阶梯)

整套组诗确如新闻照片一般定格了很多引人深思、抓人眼球的场景，让读者瞬间就能联想到它们配以大标题刊登在报纸杂志上的样子，而全诗充满了调侃和讽刺的意味。在开篇处，这位白人小心翼翼捧着一肚子的肥肉走下台阶的情景让人觉得可笑，但当想到他却能毫不犹豫开枪打穿别人的肉体时又让人觉得可怕。他先是信口胡诌那两位牧师是共产分子乔装的，后又改口说即便是牧师也绝不是基督教的，这样十分荒诞、前后不一的说辞竟能得到法院的认可进行使他被判无罪，不能不让人觉得可疑。宣判无罪后他走下法院台阶时的毫无喜气、他妻子面对闪光灯的一脸怒气间接暴露了事情的真相，而那“温馨的”全家福和那些为了上报纸而拼命挤进镜头的“亲朋好友”更是构成了一幅绝妙的讽刺画。第四首诗中他与儿子的对话把他的种族歧视思想、蓄意杀人罪行和家庭暴力倾向都暴露得淋漓尽致。篇末关于他与州长关系的暗示则表明他不过是被政客利用的一颗棋子，又让人觉得可悲。诗中对这样一个败类充满了无情的嘲讽——他那被像陶器一样捧着的满肚肥肉，他那如流溢着阴沟油的脸庞，他那向内翻转故做无辜状的眼睛，他那转瞬即变的供词和对儿子喜怒无常的训话，以及他那无知的话语（把 Nobel Prize / 诺贝尔奖说成 No-Bull Prize / “牛不尔奖”等）和随口而出的脏字（bastard / 杂种、nigger / 黑鬼、square-head / 北欧佬等都是带有严重歧视侮辱的字眼），无一不被丑化到了极点。但就是这样一个败类，他那信口雌黄、漏洞百出的供词（比如关于牧师的身份他几次更改说辞，但从他和儿子的私下对话可以得知他清楚牧师的身份并为杀的这个牧师不是黑人而“惋惜”；他硬说是那两人先拿刀拿枪逼近他，他才出于自卫出手的，但刀竟被说成六英尺（也就是差不多 1.83 米）长，而枪则说成是第一次世界大战的遗物“French 75”，殊不知刀如果比人还长根本没法“拿”，而第一次世界大战中的“French 75”是野战大炮而根本不是能“拿”着挥舞的枪……）竟能被法院作为豁免他杀人罪行的证据，这无疑是对司法的更大嘲讽。这是怎样一种公然的司法舞弊？受害者就这样枉死又是怎样的不公？是司法人员缺乏基本常识吗？还是因不可告人的原因而有意姑息？政治阴谋和种族歧视在判案中扮演了什么角色？诗歌就在这种巨大的悬疑张力中缓缓揭开真相。法院对此人的姑息养奸等于昭告国民可以草菅人命，等于告诉人们与黑人亲善不会有好结果，这种恶劣的影响比那些个人或小群体实施的私刑等“法外”暴力要严重得多，因为国家机关实施的不正当暴力会有上行下效的后果。沃伦在诗歌中还特意把事发地点模糊化（“在佐治亚——或者是／阿拉巴马抑或密西西比？”）以表明这种不正当暴力在美国的普遍存在。诗中所揭露的政客利用权势在背后操控司法的现象更是贻害无穷——如果连法律都可玩弄于股掌之间，成为颠倒黑白、随意滥施的“正当”暴力，那还有什么恶行做不出？这样的政客如果手握大权，国家的前途、整个社会的走向不言自明。

沃伦诗中对司法不公的谴责往往与对政客、警察等立法、执法人员的批判联系在一起，因为立法、司法与执法本就环环相扣、不可分割——从《新闻照片》里玩弄权术的州长到《乡村广场残破舞台与香蕉树旁的午休》（“Siesta Time in Village Plaza by Ruined Bandstand and Banana Tree”）中笑容可掬却不问同是子民的印第安百姓疾苦的总统，从《内伤》里敷衍了事、种族歧视的警察，到《在上帝活生生面前皇家大街上的愚行》（“Folly on Royal Street before the Raw Face of God”）里叼着牙签、衣衫不整的巡警——他们的丑陋折射着法律的不公。一个国家如果法律不公，那就意味着上层建筑出现了严重的问题，势必造成政府管辖时“上不正，下参差”，百姓受到伤害时告状无门，整个社会都会因公义的偏颇、价值观的模糊和道德感的缺失而陷入混乱，而这些正是沃伦诗歌所要传达的忧患意识。法律不公是对作为西方宪政、民主和法治基础的契约精神的破坏，只有杜绝法律不公这种不正当暴力，人民的自由意志和利益需求才能得到保障，国家和社会的前进才不乏动力，民众才能过上真正和谐的生活。

生态破坏虽不是直接加诸人的暴力，但自然界的生命同样是生命，对它们的破坏也是一种暴力行径。而且这种暴力还会反过来威胁到人类自身，因为随着大自然日益遭到破坏，作为大自然一部分的人类必将面临丧失自我的危机，并在这种惯性思维和行动模式下把枪口对准动物的同时也终将对准人类自己。所以，人类对于生态的破坏不仅造成自然界的生灵涂炭、造成人与自然之间的关系紧张，还会导致人类自我的丧失及相互之间的杀戮，最终酿成人类与自然界其他生物共同的悲剧命运。从小亲近并热爱自然的沃伦在他的诗歌中对生态破坏这种暴力行为进行了痛斥与反思，强烈地表达了对人与自然和谐共生的企盼。

基督教教义中本就包含人是上帝按照自身形象创造的，并被上帝赋予“管理海里的鱼、空中的鸟，和地上各样行动的活物，并地上所爬的一切昆虫”（《创世记》1：26）之权力的思想。也就是说，作为西方文化重要基石的基督教在伦理思想上肯定了人类对自然界的统治权，这无形中助长了人类对大自然随意掠夺和破坏的倾向，而这种倾向在工业化大生产的时代达到了空前的高峰。在沃伦生活的年代，工业化大生产对各种资源的需求节节攀升，疯狂追求剩余价值的人们在功利价值观的影响下，不惜牺牲大自然以换取物质利益和个人享受，于是对生态的破坏演变成了一种司空见惯的暴力。比如《久旱的佛蒙特黎明时的链锯声》（“Chain Saw at Dawn in Vermont in Time of Drouth”）一诗所描绘的：

> 1.
> 黎明，远处，钢铁的咆哮和树林深处
> 链锯唱出的歌：
> 我醒了。这是
> 树干的尖叫，树枝的擦擦撕裂声，接着是砰然倒地声？
> 不——只是链锯唱的歌，链锯
> 这样唱：now！唱到
> Now, now, now, 在那
> 永恒的现在的鞭笞和嗜血中，现在
> 谋杀了过去，神经尖叫着，链锯
>
> ……
>
> 链锯，有那么一刻，停住了，而
> 在拉锯者蓝衬衣的腋窝处

汗水结成冰冷的珠子，而
在这可憎的链锯的寂静中，

一只乌鸦，在远处，用悲愤之心
啼出清澈之美。

我学会如何活着了吗？
……

这首诗中树林深处钢锯切割树木的咆哮声、树干的尖叫声、树枝的撕裂声和树身倒地的砰然声，这一系列声音昭示着人类破坏自然的暴行；而那被炽热阳光践踏着的小山、无力垂下的山毛榉叶、卵石周围开始干涸的溪水，这一系列景象表明人类破坏自然的恶果。这种前因后果的关系昭然若揭，触痛着尚有良知人群的听觉与视觉，但沃伦诗歌的深刻就在于它还叩问和揭露了背后真正的原因。是谁制造了这些暴力，导致了今日的后果？是伐木工吗？不是。他们不过是被人雇用的工具，终日劳碌却难以果腹，真正掠夺和破坏森林的是那些以此盈利、欲壑难填的人，是工业化时代普遍存在的对物质的过度需求。这些可怕的声音惊醒地不仅是远处沉睡的"我"（因我尚存良知），还有森林另一端一位垂死的伐木工（因他人生将尽也弄不明白一生都在听的链锯的 "now, now!" 声到底意味着什么，也弄不明白自己为何劳苦一生、债务难清）。那链锯歇斯底里的、刺耳的"now, now!"声就是过分强调眼前利益（"now" 除了拟声，本身还有"现在、眼前"的含义，一语双关）、肆意破坏大自然、不顾未来发展的暴力之音。这种做法就是"在那／永恒的现在的鞭笞和嗜血中，现在／谋杀了过去"。那链锯间歇安静时人们听到的远处乌鸦的嘎嘎叫声因成为仅存的能听到的来自大自然的声音而竟带有一种清澈的美，而这发自"悲愤之心"的啼叫就是对生态破坏这种暴力的控诉之声以及对人与自然和谐的呼唤之声，试图教会人们"如何活着"。

又比如《几乎遗忘的，本可成为短篇小说的一部分》（"Part of What Might Have Been a Short Story, Almost Forgotten"）一诗描写了商业观光

对自然生态的破坏：为了迎合纷至沓来的观光客的需要，通往肖肖尼瀑布的原本粗糙且有人迹罕至味道的砾石路被改造成了适合一车一车游客驶入的平坦大道，原始的味道荡然无存；人们随手乱扔的垃圾和高挥发性汽油燃烧后弥漫的臭味破坏了美景和原本清新的空气。这些都是商业运作的结果，是为了营利的毫无顾忌，是为了满足人们的个体享受而对大自然的戕害。更可悲的是迎合来的游客根本不懂得欣赏瀑布轰鸣直泻所展示的大自然的力与美，反而将其视作噪声而躲进车里！这是对过度开发的旅游业多么大的嘲讽。诗中的“我”虽是来欣赏大自然的美，但车头的强光不仅破坏了欣赏着的星光，还激怒了一只神秘的野兽。它那敌视入侵的眼神让人触目惊心，是一种无声的控诉。就像诗中所写，我们的良心也会像那只野兽一样，不知蹲伏在哪个角落，对我们施予自然的暴行怒目而视，而解救的良方只有篇末点出的字——爱！我们要爱自然，才会尊重自然，才不会出于自私的目的而对其施以暴行。

再比如《加利福尼亚之行》(“Trips to California”）一诗描写了人们破坏自然的恶果之一“沙尘暴”所带来的危害——公路上厚厚的尘土，午后红色的雨水，所剩无几的牧场，遮天蔽日的沙尘，避风处死掉的牲畜……而在印第安人住在这片土地的时候(被屠杀前)，这里曾是牛羊遍地的。诗人悲愤地对比了印第安人与自然的和谐共荣及白人对自然的贪婪掠夺，并深刻地把其与白人种族主义者对印第安同胞的屠杀联系在一起。现今沙尘堆积、满目疮痍的景象是对加利福尼亚“花园城市”这个名称的极大嘲讽，而诗人更是把污染的红雨比作上帝惩罚法老的血灾，把沙尘暴比作“上帝之怒”，希望唤起人们的警醒，以免最终走向与自然同归于尽的结局。

沃伦诗中描述的对于动物的残忍杀戮行为更是比比皆是，比如《秋天的心》中人们对野鹅的枪杀，以及《地中海滩秋分时节》(“Autumnal Equinox on Mediterranean Beach”）中用动物毛皮制成的衣服——在诗人眼中，无论是滥杀的行为还是那些以动物生命换来的衣服都丑陋无比，折射的是人的自大与贪婪。

总之，这种种生态破坏的暴行和其严重后果在沃伦的诗中展现得淋漓尽致，而要根除这类暴行，就要摒弃极端的人类中心论，建立一种与之相对的人与自然的关系。正如沃伦在《威廉·福克纳》一文中所言："正确对待自然与人的态度是爱，而爱是那种凌驾于自然或其他人之上的权力欲的反义词。"①《十字架》("The Cross")中"我"对溺死小猴的尊重、陪伴与掩埋，《第一次》("The First Time")中"我们"对麋鹿拟人化的昵称与对其责任感的敬佩，《树叶》中"我"对蚂蚁智慧的观察以及与鲱鱼的亲切交谈等，无不显示了人与动物间的平等与爱；在《忘却的记忆》("Memory Forgotten")中"你"清晨光着脚踏着晶莹的露水、满心喜悦奔跑的情景，在《洞窟探索》("Speleology")里"我"躺在洞中溪水旁听着汩汩声入睡、心随着大地脉搏跳动的画面，无不展现了人与自然的和谐与相融——这种种基于爱的人与自然的相处之道才是诗人不懈"追寻"的。

沃伦的诗歌还触及了一些其他的暴力现象，如商业化的血腥格斗比赛(《摔跤赛》"The Wrestling Matc")、暴乱与暴动(《幽灵》"Eidolon")以及谋杀(《比利·波兹谣曲》"The Ballad of Billie Potts"，《基于吉勒姆一家悲惨死讯的一课》"School Lesson Based on Word of Tragic Death of Entire Gillum Family")等。所有的不正当暴力，无论是不义战争、私刑、种族压迫，还是法律不公、生态破坏，抑或其他，归根结底都源于人的欲望、自命的优越感及对"负责任的自我"的摒弃。这欲望也许源自杀戮与破坏带来的原罪般的快感，也许源于金钱与权力带给人的巨大诱惑，也许来自物质享受让人产生的无限向往——它们引诱着人们用暴力的手段强行占有与操控本来不该属于自己的事物。而自命的优越感让人们自以为有资格对他者实施暴力暴行，于是他们发动战争、实施私刑、掠夺弱小、颠倒是非、破坏自然，仿佛这一切都理所当然。此外，人的异化所带来的"负责任的自我"之概念的失落使得人们不顾自己行为的后果而肆意妄为，因此各种暴力暴行愈加泛滥。人们只有摆脱那些建立在暴力暴行基础上的欲望，把自身与世界其他生命视若平等，爱人、爱自然如爱己，并不断反思自身行为给自我、他人和社会带来的影响，才能"追寻"到真正的和平与和谐。

---

① Warren, Robert Penn. William Faulkner[A]. In: Robert Penn Warren ed. New and Selected Essays[M]. New York: Random House, 1989: 208.

（三）从迷茫无知到内外认知

对认知自我（“Who am I?”）和认知世界（“What’s the name of the world?”）的探讨一直都存在沃伦的诗歌中，成为他的特色之一。沃伦探讨的“知”（“Knowledge”）并不仅仅是普通意义上对某个事物形态性质的了解，而是哲学意义上感性与理性的碰撞中人类对之前信仰的不断修正[①]，并且可以与“爱”等同（“什么是爱？ / 它的一个名字是知”）。“知”在沃伦的作品中被赋予了丰富的内容，包括人对自身有限性的认识、对人类内在善恶本质的认识、对人与自然及他人联系的认识、对所在世界过去、现状与未来的认识等。认知自我与认知世界是“知”的两个最重要的维度，二者一内一外、相辅相成、密不可分，从本质上讲都是服务于人这个主体，使其摆脱迷茫无知、麻木被动的状态，并因“知”而“爱”。

沃伦对“认知自我与世界”的关注与其生活经历和所处历史背景密切相关。沃伦自幼喜好探索，不仅在外公和父母的熏陶下博览群书，而且足迹遍及肯塔基的洞窟、山谷、森林、草地；他好学多问，热衷观察自然、了解世界、洞悉人心与人性，而这些都在他的诗歌中展露无遗。沃伦 37 岁之前（1905—1942）的大部分时光是在美国南方度过的，那时的南方受内战战败的影响、北方工业化大潮的席卷和第一次世界大战的冲击，正经历着从经济形式到生活方式再到思想意识等领域的一系列深刻变革，人们处于一种社会转型期的阵痛与迷茫之中：机械化的大生产与车间流水线作业取代了传统的农耕劳动与手工制作，作为劳动者的人不再与土地及劳动产品直接相连，而是异化为一个机器的零件、一个流水线上固定的程序，丧失了自我的价值感与身份感。现代化的突飞猛进和生活节奏的不断加快让原本习惯田园闲适生活的南方人感到与时代脱节，难以融入。内战战败的阴影、第一次世界大战造成的生存困惑、经济大萧条（The Great Depression）带来的恐慌、传统价值观的失落使人们精神压抑、无所依归，而大行其道的功利价值观又让人堕失在物质的迷雾中，心灵更加空虚。旧的世界已打碎，而新的世界又让人看不透、

---

① Hendricks, Randy. Lonelier than God—Robert Penn Warren and the Southern Exile[M]. Athens: University of Georgia Press, 2000: 22.

读不懂，不知何去何从。面对这种现状，作为一个对其所处时代敏感而自觉的诗人，沃伦在他的诗歌中着手探讨了人的身份与自我认知、环境的变化、生存的困境与未来的前途等。1942 年《南方评论》因受第二次世界大战影响而停刊，沃伦被迫离开南方故土而迁往北方居住，这种“离开”使其得以从远观的角度重新审视南方并在现代工业文化与传统农耕文化的对比中加深了对南方的理解。正如他在《南方：距离与变化》采访中所说“离南方越远，对南方想得越多”[①]，而“流浪者”的身份也使沃伦对于“我是谁”这个命题有了更敏感、更深刻的思考，并对整个社会有了更全面的认知。沃伦生活的年代几乎跨越了整个 20 世纪，他亲身经历了两次世界大战和越南战争以及经济大萧条时期等，对整个社会的动荡不安、支离破碎与痛苦迷茫有着强烈的感受。在这样的境遇中认知自我、认知世界以及认知自我与世界的联系变得愈发重要，而何为个体生命的意义以及如何正视现状、重建秩序等问题也变得迫在眉睫。基于以上原因，有着如此生活背景的沃伦把对迷茫无知的“逃逸”与对内外认知的“追寻”作为自己诗歌的一个重要主题，希望通过“知”来让人们重塑自我、拯救世界。

人的迷茫无知在沃伦的诗歌中首先表现为对自我及自身生存状态的无法辨识。比如《在我们充满偶然的世界里，对爱的丢失》(“Loss, of Perhaps Love, in Our World of Contingency”)一诗就提到人们已经不认识镜中的自己。而《夏日午后与催眠》中“心脏似乎停止跳动，干涸的嘴唇慢慢张开，/在惊恐中低声问道：‘那就是/我这些年一直过着的，但并不了解的生活吗？’”的情景更是形象地说明了人们只是麻木地生活，而对自身生活的状态却一无所知。

人的迷茫无知在沃伦的诗中还表现为对人性的不能辨识。人性是人所共有的，如果不能认清人性，就无法正确认知自我、他人以及二者之间的联系。基督教思想、尤其是奥古斯丁哲学对沃伦的影响很大，这从他在《化身：诗 1966—1968》《抑或：诗 1968—1974》《此时与彼时：诗 1976—1978》《在这儿：诗 1977—1980》等诗集的扉页处对《圣经》和

① Warren, Robert Penn. The South: Distance and Change[A]. In: Floyd C. Watkins et al. eds. Talking with Robert Penn Warren[M]. Athens: The University of Georgia Press, 1990: 279.

奥古斯丁的多处引用就可见一斑，而沃伦对人性的看法也主要受到了这二者的影响，尤其是后者。奥古斯丁在《上帝之城》（*The City of God*）中说："在人这条河流——我是这样称呼人的——里，融会了两条源流，恶之源流出自父母，善之源流出自造物主。"[①]这种原善与原恶并存的人性观是为沃伦所认同的，但可悲的是，人们往往因无知而对人性之善与人性之恶都无法辨识。在《启示》（"Revelation"）一诗中那对母亲说了刻薄话后离家出走的小男孩因无知而无法理解母亲对他的好，只有在离开之后才感受到母爱的伟大与温柔；《读至深夜，温度下降》中那曾因无知而将父亲勇于担当、坚持不懈等美德视作平常的"我"，在历经了人生的坎坷后才知晓那是一份怎样的坚忍与牺牲——这些人性之善都因无知而没能得到辨识，致使付出爱心者被误解，勇士被小觑，原本可以更和谐的人际关系终究失之交臂。沃伦诗中探讨更多的是对人性之恶的"不知"，比如《犯罪》（"Crime"）和《原罪：一个短小的故事》（"Original Sin: A Short Story"）。这两首诗都描绘了人们没能意识到他人／自己内心无名的邪恶，尤其是《原罪：一个短小的故事》一诗，它以拟人的方式表明原罪流淌在人的血液里，是人固有的一部分，秘而不宣：

> 它从来不在青天白日下到来
> 弄得你在朋友面前丢脸，并且它也不干涉
> 你的公共经历和私人改良：
> 但它认为没有床太窄而容不下它——它歪着嘴鄙夷地站在那
> 且遗憾地摇着它的大脑袋瓜像抽象的犹太人一样
> ……
> 你经常搬家并很少留下地址，
> 听到朋友的死讯时心生诡异的快乐，
> 一种清除感和希望油然而生，这是因不幸而开出的花；
> ……

① 蒙哥马利著. 于海、王晓平译. 奥古斯丁[M]. 北京：中国社会科学出版社，1992: 22.

如诗中所述，这种人性的邪恶往往不会暴露在阳光下或公之于众人前，而是在独处时悄悄来到你的身旁，或在不经意间流露出来。正因为它的隐晦，其往往不为人所知，但却是很多行为背后的原因。要了解自我与他人就要正视这种隐秘的“邪恶”的存在，如果拒绝认识这种“人性之恶”，就会像沃伦的寓言诗《龙之乡：致雅各布·伯梅》（“Dragon Country: To Jacob Boehme”）所描绘的那样，一味的躲避与掩盖终使得恶行蔓延、道德滑坡，人们只能在恐慌与不安中苟且度日。

人的迷茫无知在沃伦的诗中还表现为对外在世界的难以理解与适应。《致一位自认为温文尔雅的朋友》（“For a Friend Who Thinks Himself Urbane”）一诗通篇都采取了愿望未达成的形式（“... But cannot.”）以表明这个沉浸在旧南方荣光中的绅士与现实的社会是如何的格格不入——他想粉饰一些糟糕的事物让它们有个好的理由，却徒劳无功；他想放下自己的身段像个下层人那样与人交流，但弯不下那柔软的膝盖；他想纡尊降贵地传授他那高尚的思想，却只惹来轻蔑与叱责；他想用微笑掩饰自己的笨拙与对世事的不解，但仍然无济于事。这首诗极其生动地刻画了在社会转型期因茫然无知而无所适从之人的典型。他们对已过时的事物与思想抱残守缺、一心粉饰，他们还停留在过去的身份与荣光中无法自拔，不能与时俱进地看待新的世界和新的自己，也找不到恰当的方法投身其中，只能用佯装的优雅来遮掩真实的内心。正是这种迷茫无知导致了他们与现实社会及其他人的难以相融。这种对世界的无法理解与无法适应发展到达极限时就会导致自杀这种极端行为，比如《诺克斯医生自杀的那天》（“The Day Dr. Knox Did It”）一诗所描绘的，因为“世界对于这些人而言，已变得无法承受”（“For some folks the world gets too much”）。

正因为人们的迷茫无知，对真理的种种启示也无法理解，譬如《自然史》一诗里“我”对父母给予的启示的“不知”（“父亲在唱一首歌，但那语言对我而言是陌生的”），《真理》（“Truth”）一诗中我们对先辈及历史给予启示的“不知”（“如果死去的人可以和活着的人交谈的话，真理会被先人告知”），以及《丢失的密码本》（“Code Book Lost”）一诗中我们对动物、自然、梦境等给予的启示的“不知”：

棕色夜鸫说了些什么，在黄昏时分的唐棣树丛中？
一定是有什么含义，要么为何你的心停止了跳动，
……
当白色的碎浪冲向黑色的玄武岩崖壁，那时风暴消散，
最后一颗星星也早消失不见，心儿听到了什么？
……
你是否想过当你，很晚，很晚时走过，城镇的街道
那里黑暗的房屋中所有的梦正在被梦着，它们意味着什么？

是的，信息接着信息，像风或水般，在光明或黑暗中，
整个世界向我们泼来。但那破解的密码本，却莫名其妙，丢了。

当人们处于迷茫无知状态的时候，那些来自父母的、历史的、动物的、自然界的、梦境的启示或信息虽源源不断扑面而来，却因为心灵的无法辨识而变得徒有其声、虚有其形却没有任何意义。

这种种的对自我、对生活状态、对人性善恶、对周遭世界、对真理启示的茫然无知会造成人的浑浑噩噩、麻木冷漠，造成对爱心美德的曲解与对原罪恶行的放纵，造成人与变化着的世界脱轨，以及无法从各种渠道的启示中汲取智慧、获得成长——这无疑是诗人要批判和“逃逸”的。试想处于种种迷茫无知状态的个人怎能从被动变为自觉、承担责任、开创未来？怎能正确处理与他人的关系、应对危机、适应变化、从启示中获得救赎与新生？而由这些迷茫无知的个体所组成的世界又将是怎样一幅支离破败、前途渺茫的光景？所以诗人在诗中表达了对内外认知的热切“追寻”。

认知自我是一个复杂而持久的过程，最重要的原因就是“自我”会随时间的流逝和阅历的增加而不断变化，所以认知“自我”这个客体的过程永无终点，而作为认知主体的“自我”，其认知标准也会因年龄的增长与经验的累积而不断改变，这二者既同一又相互影响、错综复杂。关于“自我”作为认知客体的变动性及与认知主体的相互影响，沃伦在《知识与人的意象》（“Knowledge and the Image of Man”）一文中做了言简意

赅的概括："任何行动都改变着行动者。任何看见都改变着看见者。一个人拥有的任何关于自身的知识都修正着那个自身，重新创造着那个自身，并因此改变着塑造、行动、看见的质。"[①]而关于"自我"作为认知主体的变动性及其受到认知客体的影响，沃伦在1970年的一次采访中又做了如下表述：

> 生活是一个关于我们自己价值观的考验与犯错的过程。我们对自己的价值观可能有一些假定与判断。我们确实有。但在某个年龄，譬如21岁，我们感觉到的是一种样子；到了我们31岁时，我们感觉到的会很不相同。我们的观念已经变化了。这些观念可能因为生活经历而变得更加坚定；它们也可能因为生活经历而被完全推翻。理所当然，它们不会一成不变；它们也不可以一成不变。这些观念将，或多或少地，历经生活经历的考验。哪怕只是又活了短短一点儿时光，它们都不会与之前相同。[②]

可见，"自我"作为认知客体和主体永远处于变动不居的状态且相互影响，这就使得"认知自我"成为一个环环相扣的动态过程，而"认知世界"的基点与主体也是"自我"。那到底怎样才能"认知自我"呢？沃伦在《知识与人的意象》一文中给出了方法论上的指导：

> 人把自身从世界和其他人中区分出来。他打碎自身原始的、本能的统一感，发现分离状态。在这个过程中他发觉自我批判的痛苦与隔离的痛苦。但是如果他幸运的话，这种痛苦会发展出其自身的价值，并自行治愈。在自我批判的痛苦中，他可以发展出一种关于卓越的理想，而某种关于卓越的理想一经建立，就暗含了对于该理想的一种去个性化的认同。在隔离的痛苦中，他可以获取直面生活

① Warren, Robert Penn. Knowledge and the Image of Man[A]. In: John Lewis Longley ed. A Collection of Critical Essays[M]. New York: Greenwood Press, 1965: 242.

② Walker, Marshall. Robert Penn Warren: A Vision Earned[M]. Glasgow: Robert MacLehose and Co., Ltd., 1979: 69.

> 悲剧性伤痛的勇气和清晰的头脑，而一旦他认识到悲剧经历普遍存在且是人在自然中位置的一个必然结果时，他会重新回归与人及自然的统一体。①

由此可知，自我认知必须经历与世界及他人的分离、在自我批判和隔离痛苦中的反思以及重新回归与自然及他人的统一体这一系列过程，且缺一不可。其中“自我”与世界及他人的分离是自我认知的第一步，即首先要从原来身处其中的环境及人群中“逃逸”出来；但“逃逸”出来成为分离的个体只是前提条件，还要在分离的痛苦中进行自我批判与反思，因为只有在自我批判的过程中才能知晓自身的现状、优缺点以及固有的劣根性，并在此基础上建构一种关于“更好的自我”（better self）的理想，也只有在隔离的、没有任何帮助的独处中才能获得自己直面生活伤痛的勇气与清醒的头脑；最后当自我批判与反思让人认清自身的缺陷与救赎的途径并有勇气理性地面对这一切时，“自我”会坦然接受其在自然中的有限性，并进而理解其他人和这个世界的有限性与不完美，就这样“自我”最终在大彻大悟的认同中得以重新获得与他人及自然的统一，实现升华后的回归。沃伦的《夏日午后与催眠》一诗就是这种“逃逸与追寻”式自我认知过程的生动例证：

> 你被溪流的汩汩声和夏日午后的醺醺然
> 弄得昏昏欲睡，当太阳西斜，你在柳荫的
> 保护下，躺着。远处世界唯一的声响是
> 羊铃柔和的乐声，一下接着一下，
> ……

诗中的“你”独自一人“逃逸”至大自然中（溪流旁、柳荫下），原来身处其中的世界现在变得遥远（所以诗中称“远处世界”），嘈杂的人群也不复存在，唯一的声响是“羊铃柔和的乐声”（颇有中国古诗“鸟鸣山更

---

① Warren, Robert Penn. Knowledge and the Image of Man[A]. In: John Lewis Longleyed. A Collection of Critical Essays[M]. New York: Greenwood Press, 1965: 73.

幽”的境界），这就使“你”得以把自身从原先的世界和人群中分离出来，打碎了之前浑浑噩噩的统一感，开始清醒地认知“自我”——

是的，被这样催眠着，你的生活臻于坦诚，
在这样的坦诚中爱、恨、欲、勇、怯、怒，
连同终从谎言中撕扯出来的真相，一同从朦胧的

时间迷雾里浮现出来，并列队在无时间性中
寻找其单一的及赤裸裸的真实。而你的心，
困惑着有如在镜子冰冷的胁迫中，
它好似停止了跳动，而你干裂的唇慢慢张开

在惊恐中低声问道：“那就是
我这些年一直过着的，但并不了解的生活吗？”

因为独处，“你”可以抛却伪装与谎言，不受世俗干扰地面对自我、直视真相，于是“你”看到了自己光明与黑暗并存的两面（有爱有勇，但也有恨有怯，还有着色欲与愤怒），也看到了自己混沌麻木的过往（“这些年一直过着的，但并不了解的生活”）。正因为“自我”有过爱与勇，那么恨与怯的克服就有了可能；正因为自己身上有摆脱不掉的七宗原罪（色欲与愤怒属于这“七宗罪”，其余五个是傲慢、妒忌、懒惰、贪婪与贪食），那么就与他人因同有原罪而形成了一种“共性”；正因为审视了过往，今后就能拥有担当的勇气并树立一个超越过往、扬弃自我的理想——这样就完成了自我批判和隔离痛苦中的反思。由于这种反思，“自我”可以理性地看待自身及他人的缺陷（包含缺点与人性固有之恶）与世界和过往生活的不完美而不退缩，并意识到属于本性的东西，包括时间的流逝、人性的善恶等，尽管有可能带来伤痛，但会普遍存在 ——

你真的认为现在太阳会停住不动吗？
你真的认为溪水会不再流淌吗？

但心在跳动，并且世界将继续着它的本性，
时间之潮回卷时比芬迪湾的海水还能淹没、还要汹涌，
不管那是什么，一个人已经承受的他仍能承受，
那高大松树的阴影给夜命了名，而在那阴影

触到远方布满苔藓的石头时，你将已然把催眠的自我
惊醒，并迈步走向归程，那归程
通向屋顶，而在那屋顶之下你找到了房屋中
神秘的、爱的、救赎的笑容。

因此“自我”被重新注入勇气去面对这一切（“一个人已经承受的他仍能承受”）并因彻悟了悲剧经历的共性（“世界将继续着它的本性”）而重新获得了与他人及自然的统一（比如由“屋顶”隐喻的与他人的“统一体”），实现了升华后的回归（诗中用实体的“迈步走向归程”来隐喻精神的回归），圆满完成了从混沌到自觉的“自我认知”（“把催眠的自我/惊醒”）之旅。有了关于“自我”的“知”，诗中的“你”也因此获得了“爱”并得到了救赎（“你找到了房屋中/神秘的、爱的、救赎的笑容”），这验证了沃伦关于“知即是爱”的界定，并表明了他诗歌中“逃逸”迷茫无知、“追寻”内外认知的主题从本质上讲是为了“追寻”一种救赎——重塑自我、拯救世界。

沃伦提出的“自我认知”是以“自我”与原先和世界及他人组成的统一体相分离开始，并以“自我”与世界及他人的重新融为一体结束，关键在于中间“自我”对自身有限性与善恶并存本性的辨识。因为经历了这种“自我解剖”，“自我”才能自觉关照自身，成长为成熟的、有担当的个体，即创造出升华的“自我”，所以在沃伦笔下有大量认知自我有限性和善恶并存本性的诗歌，并常常离不开“照镜子”这个关于认知自我的隐喻。比如《镜子》（“Mirror”）、《凝视的自我》（“The Self That Stares”）、《镜子的性质》（“The Nature of a Mirror”）等：

镜子

笔直的、一丝不苟的，在镜子中
我的形象摆着姿势，梳理着黑色的头发。
"天哪，"我突然恐惧地想到——
"明天或之后的一天，某一天，
他们会过来、放进长生盒、并抬走
这颗头及其精细的长发！"哦那太古怪了！
一个人用极其痛苦的眼光注视着
他那梳理着颅骨上黑色头发的尸体。

什么样的古老、冷漠而特别的星群
聚在一起引领我来到这条大街上，
离开我镜中的影像，而看到
再一次并无疑在每张我遇到的脸上
那精确的、不可改变的、冷冰冰的
我自身必死命运的折射？

这首诗中的主人公在照镜子时突然想到生命的流逝与无常，从而顿悟了人的有限性，这种认知让他感到突如其来的恐惧（"sudden terror"）和极度的痛苦（"anguished"）。他来到街上却发现他人这面"镜子"同样折射着那不可改变的必死的命运，这让他认识到了必死性的普遍存在，并因找到了与他人的共性而冷静下来。相对于那古老的、冷漠的星群所代表的亘古的自然，这就是人类在宇宙中的位置！认识到自身的有限性是"自我认知"的一个重要方面，而当"我"认识到所有人都有着共同的必死的命运时，"我"就能理性镇静地接受这个事实，并因与他人形成统一体而完成了升华后的回归，即"自我认知"的最后一个环节。认知了人的必死性会让人们不再麻木度日而更珍惜现存的时光，把有限的生命过得更加充实和有意义。而《凝视的自我》一诗不仅展现了照镜子时领悟的自我的有限性，还提出了"时间有如展开下落的线轴"，人的过去、现在与将来紧密相连的命题，以警醒世人每个人的时光不但长度有限，而且生命各个阶段连接成的时间链是前后相连、不能分割的，所以每个人不仅要珍惜时光，还要对自己在人生每一个阶段的行为负责。这种自我认知无疑是关于人的本质的认识，因此诗人在这首诗的副标题中引用了民谣的一句话“一个人不是别的就是一个人”（“A man ain’t nothing but a man”）。就认知自我而言，认识到自身的有限性及其普遍存在只是其中的一部分，关于人的善恶本性的“知”也不可或缺，沃伦《镜子的性质》一诗就探讨了对人性之恶的认知：

> 天空的眼中有股杀气，而我
> 心中有股杀念，因为我
> 也只不过是人。
> 我们凝望对方，天空和我。
> 我们彼此了解……

这里“我”和天空的对望让我们因为内心共有的邪恶而“惺惺相惜”，在彼此凝视中互相了解。这里的“杀念”（“murder”）就是原罪的代名词，而一句“因为我／也只不过是人”更是表明了原罪这种恶是人所共有的人性的一面，也是“自我”与他人建立统一体的一个基础。天空原本是没有生命的，诗中的拟人手法其实表明了天空在这里是自我的投射，是折射自我的一面“镜子”，助其认识到自身人性中恶的一面。

由这些可见，沃伦在诗歌中对“认知自我”有着热切的“追寻”，时而孜孜以求，时而谆谆教导，因为他希望人们在清醒认知自我后能成长为有责任的、因“知”而爱的个体，不但能正确地扬善抑恶、自我救赎，还能理性接纳和改造这个与自我一样不完美的世界，并与同样不完美的他人建立基于认同的和谐相处的关系。《潜水者》一诗或可作为这种理念的象征性表达：

> ……
> 此时在水中的微光里，
> 在这没有声音，也没有俗世老恶狗般

恼怒的叫嚣与唠叨的寂静中，
身体滑行着。在这没有时间向度的安宁里
看似没有运动的运动者
随着潜水者的手向后滑动而运动着，
而在我们凝视的心中我们知道
一种身份的不容置疑的深度与平静，
而那是我们从未梦想过的。

但看哪！脸浮上来了，黑色的头发
啪地甩向一边露出男孩般灿烂的笑容。
我们，也，笑了，欢迎他回到
我们生活着的，也终将倒下的土地上的
所有欢欣与苦痛。

诗中，主人公在水下短暂地由原先所处的熙熙攘攘的世界和人群“逃逸”（“此时在水中的微光里，/在这没有声音，也没有俗世老恶狗般/恼怒的叫嚣与唠叨的寂静中”）。而正如沃伦在 1977 年的一次采访中所说的那样，一个人游泳可以让他把之前纷繁复杂的思绪放空，体验纯粹的自我，诗中的“他”也因此获得了“一种身份的不容置疑的深度与平静”。在获得了这种自我身份的认知之后，他从水中浮出，宛若洗礼后的重生，带着乐观积极的态度（“露出男孩般灿烂的笑容”）重新回到那“我们生活着的，也终将倒下的土地上的所有欢欣与苦痛”。是的，我们的生命有限（“终将倒下”），所处的世界也有苦有乐，但既然这是固有的也是普遍存在的，那么就应该勇敢地面对自身的一切并张开臂膀拥抱这个苦乐并存的世界。

认知世界与认知自我有着本质上的相通和方法上的相似。与认知自我一样，认知世界时也要把它当作一个客体进行“分析”，并以“分析”后的重建为目的。比如长诗《奥都本：一个幻象》中象征性地提到“从小就有惊人的渴望想多认识世界，尤其是想获得关于北美各种鸟类真正知识”的主人公奥都本就是通过对鸟的分析来“知”鸟，并因“知”而爱。沃伦曾在《过去的用途》一文中说“人的命运是双重的，一种外在的命运和一种内在的命运，即自我所处的世界以及作为世界的自我……这两个世界不可分割、互相渗透——是两面互相映照的镜子”[①]，可见认知世界与认知自我常常是并驾齐驱的，归根结底都是为人这个主体服务，所以向外认知的过程主要表现为认知世界与个人之间的联系，并从认知世界中获得关于自身及自身如何生活的启示。

比如《时间的故事》组诗中第五首诗《你那时在想什么，亲爱的妈妈？》(“What Were You Thinking, Dear Mother?”)就呈现了一种对认知世界的“追寻”，一种对认知他人以及认知人与自然联系的“追寻”，诗中的“我”为了获得这种认知而来到了母亲年幼时曾待过的地方，亲身感受并思考着：

还是孩童的你，那时在想什么，当你躺着，
在北美夜鹰出没的时分，藏身在长草丛中，
那时暗黑的雪松之外的，太阳，坠了下去？
你去到房子里。此时屋里已然掌灯。

你那时在想什么，当暮鸽悲鸣，
在那远远的雪松清净的幽处？
在那声音中你的心找到了什么关联？
灯光中，你父亲正埋头看他的书。

你那时在想什么，当日落的最后一抹
橘红逐渐消失在暗黑的雪松之外，
且夜晚的星挂在高贵的蓝色苍穹？
你发觉应该进入房中，

也发觉应该继续努力活下去，

① Warren, Robert Penn. The Use of the Past[A]. In: Robert Penn Warren ed. New and Selected Essays[M]. New York: Random House, 1989: 38.

以你的勇气和你快乐的秘密，
活到我们这个癫狂的世纪，
在这个世纪里生下我，而我

在这个世纪里，在公共与私人的癫狂中，
也活到现在，但记得曾经我，
一个孩童，在同一地点的草丛中，躺着，
北美夜鹰啼叫着，在那暗黑的雪松之外。

这一首诗中体现了三重探索，一重是“妈妈”还是小女孩时对自然的探索，另一重是“我”对“妈妈”当时心境以及对人与自然关联的探索，还有一重比较隐晦，那就是“妈妈”的父亲通过书本对这个世界的探索（“灯光中，你父亲正埋头看他的书”）。可见，这种对认知世界的“追寻”代代相传，是人类内心固有的一种倾向。只可惜在当今人们疯狂追逐物质利益和经济发展的时代，这种本能的、朴素的探索与求知欲被钝化麻痹了，被淹没在人们浑浑噩噩的追名逐利中了。诗人对这个主题的反复探讨旨在唤醒人们对内外认知的“追寻”。儿时的母亲置身在大自然中，通过调动触觉（“藏身长草丛中”）、视觉（暗黑的雪松、下坠的夕阳、高挂的星星、深蓝的苍穹）与听觉（北美夜鹰的啼叫和暮鸽的悲鸣）的方式来探索其与自身的关联，大自然的美丽和谐、神秘深邃、明暗的对比与变化、运程的规律与有序无不带给人启发或者快乐。大自然的美会触动人内心对美的感知，大自然的和谐是基于不同事物的共存与有序，大自然的神秘深邃昭示了世界的复杂性以及认知本身是需要由表及里并付出努力的，大自然明与暗的对立统一更折射着人性的善恶并存与世界的美丑相济，而大自然的变化与规律则同时为人们提供了可塑性与稳定性。读懂了自然与人关联的母亲（“……当暮鸽悲鸣，／在那远远的雪松清净的幽处？／在那声音中你的心找到了什么关联？”）不仅因获得启示与“知”而变得乐观，还被赋予了继续努力生活下去的勇气，不管外界的环境如何也能勇往直前（“以你的勇气和你快乐的秘密，／活到我们这个癫狂的世纪”）。诗中的“我”继承了妈妈那种对认知世界的“追寻”，也选择在北美夜鹰出没的时刻躺在妈妈曾经躺过的草丛中感受着自然，并像妈妈那样从大自然中汲取着启示与力量。但“我”比妈妈又多了一重探索，那就是亲身去体会妈妈当年的心境，所以无论是诗歌的题目还是前三诗节的排比句都是那句“你当时在想什么（亲爱的妈妈）”。这种对他人的认知也是认知世界的必要组成部分，连同妈妈和“我”对自然和自然与人关联的认知，以及外公对书本中间接经验的认知共同构成了本诗的“三重对外认知”，表达了诗人对认知世界的热切“追寻”。

沃伦诗中表达认知自身与大自然关联的还有《洞窟探索》。这首诗中“我”探索的洞穴坐落于山崖脚下一片仅存的原始森林中，那里土壤平坦肥沃，年代久远的溪流汩汩流淌。从 6 岁起每年夏天“我”都必然前往，且一次比一次探寻得更深，12 岁那年更是借着手电的帮助而得以真正地深入：

> 山洞向前蜿蜒着，洞顶越来越低
> ……
> 我关掉手电。感知着黑暗、深度和没有时间的向度
> 感觉有山洞蟋蟀爬上了我的手臂。我打开手电
> ……
> 暗礁下方，很低很低处，沟壑中的水
> 独自吟唱着，用汩汩的白色泡泡
> 回应着我高处射下的光。我关掉手电，一动不动，躺了下来。
>
> 如同听着梦中的歌曲我昏昏欲睡，知晓
> 在这样纯粹的黑暗中我不敢移动。
> 我想：这就是我。又想：我—我是谁？感到
> 心跳动着黑暗与土地的心跳，想
> 如果永驻此地将会如何，我的心，
> 在其跳动中，成为整体的部分……

这次对洞穴的探索不仅满足了“我”年少时的好奇心，还让“我”得以

发现自我并认知自身和大自然的关联。整个探寻的过程富有深意：山洞坐落的地点是人迹罕至的山崖下的原始森林中，那就意味着这里是远离“人类文明”侵扰的所在。在这充满原始味道的、有着纯粹的黑与绝对的静的自然环境中，“我”回归了生命的原初状态，用身心感受着周围的一切（包括那爬上手臂的蟋蟀、汩汩作响催“我”入眠的溪流，和身下躺着的土地），最终找回了自我（“这就是我”）并与自然融为一体（“心跳动着黑暗与土地的心跳”），认知了人与自然的关联（“成为整体的部分”）。

由此可见，这些对自然界及他人生活的“探寻”可以让人在其启发下重新获得对美的感知、快乐与达观的心境以及继续拼搏下去的勇气，可以让人加深对生活和爱的理解，可以让人找寻到失落的自我以及“自我与自然”和“自我与他人”的联系，从而弥合了人与自身、人与自然以及人与他人的分裂。

认知世界在沃伦的诗歌中还突出表现为“从动物身上获得启示”，比如《树叶》《羊鱼》（“The Red Mullet”）和《深夜我从偏僻乡村聚会驱车回家时遇到的单骡车上的老黑鬼》（“Old Nigger on One-Mule Cart Encountered Late at Night When Driving Home From Party in the Back Country”）等。以《树叶》为例：

> ……
>
> 为了真理还有什么要做的？我
>
> 曾观察过蚂蚁的调度，我
> 曾在一处深谷与火红的鲻鱼交谈。

可见，诗人一反基督教“人高于并管辖动物”的教义，把动物视作平等的生命，甚至是比人还要有智慧的生命，因为有别于人类始祖在自由意志支配下违背上帝旨意的堕落，动物可谓上帝意志的直接彰显。所以“我”从对蚂蚁（地上的动物）的观察及与鲻鱼（水中的动物）的交谈中找寻真理与启示。这还不够，“我”又亲自来到鹰（空中的动物）生活的地方，亲身感受它的居所，亲眼目睹它的生活——

> 靠近鹰筑巢的地方，在
> 巉岩之间，绝壁的高处，我曾见到
> 一年一度累积起来的一副副骨头，有野兔的、田鼠的、鸟类的，
> 在阳光曝晒下与季节交替中白如白垩，脆
> 如枯槁的草茎。在那
> ……
> 鹰在高空抖动，他抖动
> 为了在炫目的风中占有位置，参照于
> 苍穹，他抖动而世界是一个隐喻，他的眼
> 看，白色的，兔尾的闪烁，田鼠的蠢动。

因为“我”深知要认知这个世界就要有勇气去亲自尝试与体验，所以在对“知”的强烈渴求下——

> 距离不算什么，没有其他解决之道，我
> 曾张开我的口对着世界的风宛如对着酒，我想要
> 尝尝世界是什么味道，风吹干了
> ……
> 命运就是你所经验的，那
> 就是它的名和定义，也是你的名，因为
>
> 广阔世界在羞愧中垂下手：
> 这里是人类的黑暗，那里则是，广阔世界的，火焰。

诗人在这首诗中强调了要认知世界，没有其他的解决之道，只能是勇敢地尝试与体验（“尝尝世界是什么味道”）；而要认知自我（“你的名”）也要通过你自身所经历的事物，因为从本质上讲“自我就是你**做**了什么，

想做什么以及确实做了什么”[①]。人的命运是自己一言一行谱写的，而非早已注定，所以人要对自己每一个行为负责，这一点与《凝视的自我》一诗所要传达的理念异曲同工。诗中“想要尝尝世界是什么味道但却被风干的舌头”形象地说明了对知识的“渴求”。“黑暗”象征了迷茫无知的蒙昧状态，与此相对的是获得广阔世界知识后的一片明亮（“火焰”）——诗人就是在这种象征中生动地表明只有从无知的黑暗中“逃逸”，才能“追寻”到认知世界的光明。

在沃伦的诗中，认知世界还有一个重要方面，就是认知所处的社会和时代的样貌。只有认清所处社会和时代是怎样的，人们才能以正确的方式对待它而不至于像《致一位自认为温文尔雅的朋友》一诗中的主人公那样与社会和时代格格不入，因为归根结底，认知世界是为了获得关于世界的知识和启示后能够让人重新与世界合为一体。《世纪中的婴孩儿》（“Infant Boy at Midcentury”）组诗可谓这方面的代表：

> 1. 当世纪拖着沉重的步伐走来
> 当世纪拖着沉重的步伐走来，像一个车轴被卡住的巨大车轮；
> ……
> 没有方向，或地区的确切指引：你选择来到这个世上。
> ……
> 你在一个承诺被打碎的年头到来，
> 花瓣惧怕晚些的霜降，正如果实惧怕早些的霜冻；
> 这个年头年轻人没什么期望，而老年人忍受着所有的回忆，
> 却发现他们曾经接受的，或抛弃的都没有什么正当的逻辑。
> ……

这个“婴孩”到来的年头正是我们“癫狂的世纪”，这个时代的主要特征是人们丢失了信义（“承诺被打碎”），年轻人对未来缺乏期望，老年人回

① Warren, Robert Penn. Interview with Eleanor Clark and Robert Penn Warren[A]. In: Floyd C. Watkins et al. eds. Talking with Robert Penn Warren[M]. Athens: The University of Georgia Press, 1990: 327.

忆过往时却发觉一切都那么荒谬，可谓在过去、现在与未来的向度上皆一团糟。时代是形形色色人的折射，仅仅认识到存在这些社会特征是不够的，还要剖析具体的表现及其背后的原因，以图改变——

> 2. 风景的改变
> ……
> 一些人会开始信教，一些人则发现了钱的好处。
> 一些人会发觉自由事业可成为遮掩心理障碍的面具。
> 一些人会用对仆人的额外善意来为自我赎罪，
> 而一些人膜拜诚信，就是因为太缺乏诚信，如果还有的话。
>
> 一些人，憎恨所有的人，会去培养对猫咪的爱，
> 而一些人出于自我厌恶，会去对孩子变态地投入。
> 一些人会对友谊大唱赞歌，却警醒地寻找着哪怕眼皮的
> 最轻的活动，或嘴唇的抽搐，及其暗示的期待已久的背叛。
>
> 对伟人而言成功将成为心灵的面包，灵魂唯一的慰藉。
> 对另一些人而言成功会散发臭味，像月光中发亮的鲭鱼。
> 失败的念头刚刚一闪，一些人就会在夜里尿湿床单，
> 但另一些人却把失败佩戴在胸前，骄傲得像同济会员，
> 或把失败视作成年男人的第一种社会疾病。
> ……
> 但在学着面对真相那刺眼的荣耀时自然会有
> 剧痛，因为我们的双眼已经长时间被遮蔽真相的光明。

在这样的时代，有些人逃避到宗教信仰中，有些人沉浸在拜金主义里，有些人有着心理障碍却意图掩盖，有些人面对本性中的缺陷（有过罪行、缺乏诚信）却不肯直视，有些人对他人甚至对自我充满厌恶的情绪而行为偏激失常（不爱人而爱猫、对孩子变态地投入），人与人之间充满了背叛与不信任，人们要么过于看重成功，要么又以失败为荣……这些剖析

出来的形形色色的表现反映了传统价值观的失落与新的足以维持社会健康运转的价值观的缺失，而处于迷茫无知中的人们无不体现着异化与懦弱的特质——因为异化而行为失常、互相敌对、心态失衡；因为懦弱而选择逃避或遮掩、甚或是死亡。要变革这样的时代，不让自身所在的社会衰败堕落的话，就需要正视自己和这个世界，即要用“知”来拯救自我与世界——

3. 远方的明亮
你将读官方的历史——真的，毫无疑问。
摒除了全部的灾难，记录将从书架上言说。
即便记录了灾难，灾难也将为自己辩护。
因此我们所有的谎言将成为真相，而真相将怀恨退出。

记住我们的缺陷，我们免费和你们分享。
但记住我们的时代不是最坏的时代。
我们只承认愚行，而不愿承认罪行——
是的，我们把婴儿连同洗澡水倒掉，把肉扔到原已有肥肉的火中。

即使在这样的煎熬和恶臭中，正如塔西佗
曾写到的，在他那些将军、美食家、淫媒和懦夫中，
他找到了身藏美德的人，那些传统的坚毅勇敢者
那些面对再大的冲击也不低头的人；而我们知道身边仍有这样的人。
……

正如组诗收尾之作《远方的明亮》所写的，摒弃灾难的历史不会是真相，而没有缺陷的人也不会是真人，正确完整的“知”中必须包含对过往灾难与人性缺陷的认识，掩盖缺陷只会因小失大（“把婴儿连同洗澡水倒掉”）、火上浇油（“把肉扔到原已有肥肉的火中”，肉因含有脂肪可以助

燃，此处也含有“多此一举”的意味），使自身和社会都无法得到救赎，让整个世界的状况江河日下。因此人们要正视这个时代和自身的种种缺陷，做不麻木从众的勇者，在反思中逐步改变，“远方就会出现光明”。

“我是谁？”与“世界是怎样的？”这两个问题是很多作家都会追问的终极问题，也是很早就萦绕哲人脑际的两大问题，譬如希腊德尔菲神庙的镌字和中国古代典籍《老子》。由于个人的兴趣爱好、生活经历、其所处的南方社会和时代背景，这两个问题突出地存在于沃伦的诗歌中。如本节上文所述，沃伦在他诗歌中对“认知自我”与“认知世界”的大量探讨与他本人的敏感反思有很大关系。沃伦诗歌中描写认知自我与世界时，重点描写了从大自然与动物身上“寻求”启示，这既反映了基督教和重农主义等南方文化遗产对其创作的影响，又与历史上的浪漫主义诗学和美国的超验主义思想相一致，还是诗人自己“存在之必然渗透”哲学思想的直接体现，可谓吸取了多种传统和现代思想的养分。诗人想要通过他的诗歌表达：只有远离迷茫无知，积极勇敢地认知自我和认知世界（尤其是二者的善恶两面性），才能使处于自我麻痹及自我分裂状态的现代人重建与其内外部世界的和谐统一。

（四）从现代荒原到理想世界

本书中的“现代荒原”指的是现代人所处的一种精神颓废、空虚、异化、冷漠的状态，而理想世界就是诗人向往的具备拯救这种精神荒原的特质的世界。赫伯特·马尔库塞（Herbert Marcuse，1898—1979）曾提出：根据人类本性所设计的理想社会应该是一个真善美和谐统一，即逻各斯与爱洛斯联合一致的社会,因为人的真实需要不仅仅是物质享受，而是物质和精神要求并重。人类需要生存和温饱，同样也需要和平和友爱；既需要开发资源为己造福，又需要与自然处于和谐的美的平衡态中。现代工业社会片面强调和追求科技与物质发展的结果使真与善、科学与伦理分离开来，从而导致了整个社会和人的全面异化。[①]马尔库塞的这种思想可作为沃伦诗歌中表达的“逃逸现代荒原、追寻理想世界”主题

---

① Marcuse, Herbert. Technology, War and Fascism[A]. In: Douglas Kellner ed. Collected Papers of Herbert Marcuse: Volume One[M]. New York: Routledge, 1998: 45-49.

的重要注脚。

沃伦在贺兰瑟姆八十大寿的文章中说过，当他试图写诗并思考诗的时候，往往为两股力量所牵引——其中一股力量来自当时主导文坛的庞德-艾略特诗歌的影响，另一股则来自类似兰瑟姆诗歌的影响。[①]正如他后来反思的那样，无论是艾略特的《荒原》(*The Waste Land*)，庞德的《诗章》(*Cantos*)，还是兰瑟姆的关于无方向感的人以及因残缺而无法认知本性并按本性行事的人的寓言，其实都取材于并反映了他们所生活的那个破碎的荒原世界，只不过庞德和艾略特把问题置于世界舞台上，而兰瑟姆则像福克纳和弗罗斯特一样用故乡来写作。这种荒原题材也影响了沃伦的创作——不但他的诗歌，尤其是早期诗歌常带有浓郁的“荒原情结”，而且“逃逸现代荒原、追寻理想世界”也成为其诗歌的重要主题。对于该主题的表达，沃伦在继承中融入了自己的特色。他在《兰瑟姆：反讽研究》(“The Irony of John Crowe Ransom”)一文中曾评价庞德和艾略特的诗歌设计了一种引经据典、碎片化的风格来**展现**(illustrate)这种遭受着“感受力分化”病症的世界，而兰瑟姆是以连贯叙述和有序的风格把这种病症作为主题来进行**诊断**(diagnose)。沃伦自己的以“逃逸现代荒原、追寻理想世界”为主题的诗歌则兼收并蓄、风格多变，无不浸透着他对陷入危机的现代人精神世界的观察、展现与诊断，更重要的是他还针对诸多症状开出相应的“救世良方”,再次彰显了沃伦诗歌的“逃逸与追寻”主题是在批判基础上致力于重建。

沃伦笔下的“荒原”形式多样，可以田野干涸（《两个夏天的十四行诗》)，也可怪石嶙峋（《肯塔基山田》)；可以阳光炙烤（《预言》)，也可夜晚凄凉(《夜曲》)。诗人用实体的荒原影射着人们精神的荒芜，以《两个夏天的十四行诗》中的《久旱八月》(“Sonnet of August Drouth”)一诗为例：

那时的下午没完没了地霸占在
脆裂的田地上，在那被炙烤得黄而毫无生气的土地上

① Warren, Robert Penn. Notes on the Poetry of John Crowe Ransom at his Eightieth Birthday[A]. In: Robert Penn Warren ed. New and Selected Essays[M]. New York: Random House, 1989: 305.

虽然河流，那像铜头蛇般蜷曲的河流
去年夏天洪水泛滥时曾蜿蜒过干涸的平地。
只有夜晚降临我们才能听到
风中传来的遥远而又徒劳的雷声的回响
那是旧时风暴的回音，吹到脑海中
那干净的雨水冲刷过的山峦，而不是眼前这片荒芜。
当除了放荡的激情与龙牙草之外什么也不生长时
什么样的风沿着什么样的不毛之径
将播撒这死亡时间的种子？
在什么样沉重的山下——噢现在告诉我——
束缚着雷电，那将跃起震碎
我眼前堆积的黑暗之冢的雷电！

那因长久炙烤失去水分而脆裂、发黄、毫无生气的田地，那像铜头蛇般蜷曲的河流，以及那除了放荡的激情与龙牙草之外什么也不生长的不毛之径，共同构成了一幅衰败丑陋的荒原景象，而这就是现代社会的象征。眼前的这个世界丧失了生命之水，没有生机、没有活力，有的只是无尽的欲望。然而诗人并没有完全放弃希望，因为这里曾经有河水滋润干涸的平地，也曾经有干净的雨水冲刷山峦，更重要的是当夜晚来临，人们还能记起旧时的风暴、听到雷声的回响、想起曾经充满生机的景象。只要有这种宝贵的记忆在，只要有向往重建美好世界的愿望在，那沉重山下束缚的催动新生的雷电就终将跃起来震碎眼前的黑暗，让人们重见光明与希望。这是沃伦通过寓言手法对这个世界的“诊断”以及开出的良方，是沃伦对现代荒原的“逃逸”及对理想世界的“追寻”。类似写法的诗歌还有《肯塔基山田》组诗、《响尾蛇村庄》(“Rattlesnake Country”)等。沃伦的许多其他诗歌也从不同角度和不同方面探讨了现代精神荒原的种种“病症”，并勾勒了他心目中向往的理想世界。

现代荒原的病症首先表现在人们的无方向及无使命感。正因为行动没有明确的方向、心中没有崇高的使命，人们变得浑浑噩噩、麻木狭隘、缺乏活力：

预言

阳光烘灼的行进队伍毫无美感，
热浪笼罩而颤抖的公路无尽绵延，
那里欠美丽的债没有偿还，
只有灰土色的军营乏味单调列队而站。

同样无趣的是尘埃的幽灵黯然盘旋，
舞动在远山上蜿蜒爬升的云柱之端，
除了眼前境况的纷乱，自身的小灾小难，
你看不到其他事物种种般般。

但当这一切已逝而你亦跟不上
那行进脚步挥动的乐章，
你会把所有代价视若微茫，
回忆会让苦涩从甜蜜中淡忘。

首行“parched parade”（“阳光烘灼的行进队伍”）两个单词形成的头韵强调了一种丧失生命之水、毫无生气的直观感觉。“parched”的先行，使得“parade”这个多半和铿锵有力列队前行或节日盛典阅兵游行产生联想关系的词一下子变得虚弱无力，取消了该词本有可能带来的壮观之美。这种强烈的反差形成了反讽的张力，也指引了读者解读本诗的方向——对现代人组成的这个行进队伍作者持批判立场。第二行末尾使用了“mile on mile”（“无尽绵延”）的叠词结构，延续了首句孱弱无力的感觉。这个队伍没有活力，也没有目标，每个人都只是跟随流俗，拖着脚步在烈日炎炎下无奈地行走。与此相应地是第四行中那灰土色的、单调乏味、排成一列的军营。这里“美”（“beauty”）的确成了被掏空的债主，灰暗的画面给人颓废衰败、死板生硬、毫无活力的感受。第一诗节三处拟人的使用也别具匠心：第一次是颤抖的公路，诗人利用移觉手法强化的是热流和刺眼的炽热阳光给人身体虚脱打颤的感觉；第二次是把“美”拟人化，但却成了被掏空的债主；最后一次是军营好似一排士兵列队，但不是英姿勃发、气宇轩昂，而是灰土色的，单调乏味的列队。这三次拟人的反讽使用进一步取消了美感，非但没使本体带上喻体的灵动色彩，突出的反而是没有活力、麻木呆滞。这样的生存状态和环境的确让人感受不到任何美（“You see no beauty in …”）。第二诗节中“dust”（“尘埃”）和“dimly”（“黯然”）的头韵继续勾勒着灰暗的画面。如果说第一诗节出现的行进队伍、绵延公路、灰土军营排成一列等相关意象是笔直而单调的，那么第二诗节出现的“蜿蜒的云柱”（“winding column”）、“团团转的活动”（“whirl”）等意象及相关词“盘旋”（“curl”）、“爬升”（“crawling”）等则多带有弯曲和回旋的感觉，正如其边流音[l]和圆唇音[w]的发音效果一样。人们忙转于眼前关乎自己利益的事物，看到与在意的只是自己那点儿小委屈、小失误、小病痛、小折磨（wrong 和 ill 的双关义），正如尘埃幽灵的舞动和远山云柱的蜿蜒，虽是在扭曲地动，却依旧没有活力，带不来欢乐（“You take no joy when …”）。无目标无生机的人生之旅再加上客观环境艰难（太阳烘灼，尘土飞扬）和主观沉浸于自我的狭隘，又怎能感受到美和乐趣呢？最后诗节话锋一转（“But”），以“pass”出现在首行表明当一切已逝，原先的“present whirl”（“眼前的纷乱”）此时变成“paltry small”（“微茫”），[p]音和边流音[l]的呼应形成了鲜明对比——以前孜孜以求的现在变得无足轻重。此时回顾忙碌的一生那些代价都变得微不足道，而最宝贵的是回忆，因为它会“涤荡”苦涩、留下美好。最后一个单词“sweet”，长元音[i:]的使用令人产生余音绕梁、回味无穷的感觉，而诗人对现代人随波逐流、丧失方向与目标，自私狭隘、缺乏活力与生机的批判也终在谆谆教导中收尾。这“预言”展望了人的一生：什么是该舍弃、该“逃逸”的？什么才是宝贵而值得“追寻”的？通过诗人的对比与点化，答案就豁然明晰了。

相对于现代人的没有目标、麻木狭隘和缺乏活力，动物世界却是另一番光景。《秋天的心》中的大雁就完美诠释了使命感、协作精神与生命力，让迷茫呆滞的“我”不但心向往之，甚至变身大雁以“追寻”之：

> 风寻着西北方向的裂缝而来，秋天到了。
>
> 今日，在天空掠过的灰色云朵之下，在

风拂过的灰色森林之上，排着完美的队形，大雁
向着温暖水域之地飞去，砰一声响，铅弹。

一些在空中瘫倒，坠落。一些摇晃，恢复了控制，
接着做最后的滑翔飞向远处的波光。没有一个
知道发生了何事。此刻，今日，望着
不知疲倦以一个又一个“V”形箭头标识出季节逻辑的大雁，

我是否知道自己的故事？至少，它们知道
何时是振翅高飞的时刻。天空的跨越者，
星辰的跨越者——它们飞升至高空，帝王般的鸣叫，
传至远方，在旋转的天空里震颤。

它们就是知道，凭天性知道
无径之路，带着所有命定的欢乐
成就它们自己的名。
我虽知道时间与空间，但不知我为何在此。

逻辑之路，愚蠢之路，全
都一样——我站立，脸抬向天空，
听着高空的拍击，手臂伸展在刺痛的
变形过程中，很快地粗糙的腿也是如此，

带着折叠的足，飞曳在喧响通道的真空里，
我的心受到猛烈冲动的撞击
想要发出无声的鸣叫——
飞向落日，高高在上。

同样是“列队前行”，但不同于现代人毫无目标方向的无力盲从和麻木自顾，诗中的大雁是按照季节的逻辑（秋天迁徙），遵循自己的使命（“它

们知道何时是振翅高飞的时刻”)，排着完美协作的队形（“一个又一个‘V’形箭头”)，克服未知的困难（“砰一声响，铅弹。／一些在空中瘫倒，坠落。一些摇晃，恢复了控制”)，坚定不移地朝着自己的目标（“温暖水域之地”）飞去，展现了崇高的使命感、自觉的协作精神和顽强的生命力。它们前进的方向是如此明确，不但知道前进的时刻（何时振翅高飞），也通晓前进的路径（“它们就是知道，凭天性知道／无径之路”)；它们既充满力量（“飞升至高空，帝王般的鸣叫，／传至远方，在旋转的天空里震颤。”)，也充满毅力（“不知疲倦”)，与同行者有着极强的合作意识（“排着完美的队形”)，即使受伤也带着伤痕勇敢前行（“一些摇晃，恢复了控制，/接着做最后的滑翔飞向远处的波光”)。正因为如此，这些天空与星空的跨越者能享受生命的欢愉，达成使命而“成就它们自己的名”。这无疑与《预言》中不明方向、浑噩度日、忙转于自身利益、无暇顾及他人的现代人形成了鲜明对比，构成了一种隔空的对话与互文性。就这首诗本身而言，“大雁”潜在的对照者是“我”，这个浑浑噩噩、迷茫度日（“我是否知道自己的故事？”，“我虽知道时间与空间，但不知我为何在此”）的现代人。这种对比对照启发了人们要从那个因无方向感、麻木狭隘和缺乏活力而丧失美与欢乐的荒原世界“逃逸”，重新调整自我来“追寻”大雁所代表的富有使命感、协作精神和生命力的充满了生命之美与欢欣的理想世界。诗歌的结尾匠心独运——身处荒原中的“我”在强烈的向往下“变身”大雁，在落日余晖中飞向天空，以灵魂移就的方式实现了“逃逸与追寻”。

其二，现代荒原的病症还表现为到处弥漫的空虚感。《鸡尾酒会》（“Cocktail Party”）一诗就以寥寥数笔勾勒了现代人充斥着酒精、空谈、调情的空虚无聊的生活。而《最后一班夜车》（“Last Night Train”）一诗则无限感叹曾经在夜半乡村小径上感觉是晚秋中一部分的“我”，现在在月台的灯光下却感到周遭都是虚无而自己也只是虚度时光而已。现代荒原的空虚是因为人们只注重急功近利地追逐物质的富足与个人的舒适，而完全不顾精神的层面与他人的需求，在这种失衡的发展过程中越发人格分裂和自闭，丧失了原有的归属感。比如《允诺》（“Promises”）组诗中第十四首《海滩上疯狂的贵族青年》（“Mad Young Aristocrat on

Beach”）里被弟弟抢走贵族头衔的青年决心靠出卖自己娶个有钱太太以维持体面的生活，只要有钱根本不论有无真爱，婚姻的神圣在这里不值一提。但这样的生活真是他想要的吗？答案是否定的，因为没有爱的生活令他觉得乏味、孤单、空虚。他想哭泣，甚至想到了死亡。而《普遍存在》（“Immanence”）一诗则直接点破现代社会中的人，其名字与身份都附着在物与金钱（credit card）上，在这个物质之城（“The City of Things”）中过着迷失自我、空虚而没有意义的日子。《刑罚研究：南方的揭露》（“Penological Study: Southern Exposure”）中那在牢笼中靠吗啡麻醉度日的杰克就是诸多荒原人精神空虚的写照。这种空虚在现代荒原中是如此普遍，以至于原本缥缈的空虚感甚至被沃伦在诗歌中赋予了实体，这就有了《夏日之岛》组诗中的《空虚之地》（“A Place Where Nothing Is”）：

> 我去过一个地方那里
> 什么也不存在，那不是
> 寂静，因为充斥着声音，也不是
> 空，因为那里有
> 大大的满，那里
> 居住着空虚，空虚
> 压在肋骨上如同
> 愤怒的双肘，空虚的
> 肿块黏在
> 喉咙中像黏稠的
> 痰，……
> ……
> 一盏灯
> 在每个床边燃烧着，但
> 给不出光亮……

诗歌在一种抽象思辨的意境中探讨着“满与空”“存在与不存在”以及“是

与不是”。那充斥着各种杂音与满满物质的地方的确“不空”，但这种“不空”挤压着人的生存（“空虚／压在肋骨上如同／愤怒的双肘”），损害着人的健康，让人活得并不舒适（“空虚的／肿块黏在／喉咙中像黏稠的／痰”），反而倍感虚空。因为物质的富足无法填补精神的空虚，声音的充斥也排遣不了寂寞，而精神上的空虚带来的是无边的黑暗与除了嘲笑之外什么都没有的回应。这样令人窒息的生存环境是诗人渴望“逃逸”的。

其三，现代荒原的病症是人们冷漠扭曲的感情。这里爱情之花失去了原本鲜活的色泽与馥郁的香气，而变得黯然枯萎、不再芬芳。艾略特、兰瑟姆等都曾用变质的爱情这个视角审视现代的“荒原”，沃伦也是如此。在他的笔下，现代人的“爱情”也呈现种种病态的模样。比如《恐怖浪漫曲》（“The Romance Macabre”）中人们需戴着面具来掩藏那如骷髅般空洞的双眼和充满欲望但缺少真情的灵魂——没有爱、只有欲的爱情确实是“恐怖的浪漫曲”。《三位淑女的画像》（“Portraits of Three Ladies”）一诗则描写了面对爱情的女性群像：她们有的对爱情已没有憧憬，丧失了对爱的感知与激情，只能在没有行动力的情欲中挣扎；有的说着爱情的谎言，掩盖真正的内心，不惜以绝情分手为代价只为在爱情的较量中赢一次，事后却暗自悲伤；有的已然结婚却还跑去偷情，回到家中还时常回味出轨的情形，面对丈夫竟然没有丝毫的恐惧与羞愧。这些“淑女”显然与之前诗歌中典雅纯洁、浪漫多情的形象大相径庭。爱情本是人类最美好、最纯真的感情之一，而这些变了味儿的无情、绝情与偷情的爱情故事则折射了现代荒原的堕落，及身处其中的人们的迷失本性。

在现代荒原中不但爱情变了质，连亲情与友情也是如此，人与人之间的关系变得冷漠和功利，比如《对多德夫人的礼赞》（“Praises for Mrs. Dodd”）一诗：

> 死神蹲在最底下的台阶上
> 在这毫无生气的房子的毫无生气的大厅中，
> 得意地笑看那些来访者。
>
> 来访者们像蟑螂般充斥着大厅，

如穿着一身肃敬黑衣的蟑螂
向蹲在墙边的死神致敬。
……
母亲多德的灵魂在她唇边一闪而逝——
那是一簇令人窒息的微弱蓝色火焰的闪烁。
现在女儿们滑进滑出，

以绣着荷叶边打着褶的悲伤方式忧虑着
并担心自己的鼻子是否泛红。
在门上吊着绉纱与布条

象征着尘世的义务已尽，
那扫帚、抹布与墩布转化为
多德夫人赢得的竖琴与皇冠。

沃伦笔下的这个丧礼场景既可笑又可悲。多德夫人临终之时，亲朋好友特地赶来做最后的探望与道别，这本是极富人情味的场面，应该流淌着悲伤与感动，但在这里却上演了种种荒诞与冷漠。诗人把来访吊唁者喻为穿着黑衣的蟑螂，这一令人作呕的意象可谓离经叛道，但却恰如其分地表现了人们的“异化”，堪与卡夫卡《变形记》中的甲虫相媲美。因为他们不是来看望多德夫人，而是知道她命不久矣来敷衍地完成一下告别礼仪。正如诗中所说，他们是来“向蹲在墙边的死神致敬”，而这与多德夫人本身没有多少关系。用蟑螂这一冷血的动物来形容这些冷漠的吊唁者再恰当不过了。再来看看多德夫人的女儿们——她们的母亲即将逝去，她们没有丝毫悲伤，满脑子想的却是自己的梳妆打扮（“绣着荷叶边打着褶”），以及是否会因哭泣鼻子发红而影响形象。这种丧礼上荒诞的自我中心的表现把人的冷漠与无情刻画得入木三分。如果连亲生女儿面对母亲的死亡尚且如此，那这个世界上还有什么人与人之间的温情可言？难怪诗歌开篇就定义了这是“毫无生气的房子”，到处弥漫着冰冷。这种爱人、亲人、友人之间的冷漠与无情也必然会延伸到社会中，让人们对他人的痛苦也无动于衷。

《内伤》这套组诗中那名黑人妇女孤老困苦的遭遇无人同情，人们却因她的黑人身份而对她倍加不公。当她遭遇车祸后，痛苦的尖叫持续了那么久却引不来任何的关注，车站管理员漫不经心的反应，警察们不屑一顾的处理，还有那迟迟不来的救护车，这一切处处透着冷漠与无情，使得她在忍受车祸外伤的同时还不得不受到这种心灵“内伤”的折磨。这样功利冰冷的世界怎能不让人产生“逃逸”的想法？正如组诗第六首诗所言，每个人都需要改变，只有学会如何正确爱自己，才能正确爱别人、正确爱这个世界。也只有这样才能去往第七首诗中描绘的“可以开始一种新生活”的新世界。

正因为人性异化了，感情冷漠了，现代荒原中的人们也往往处于隔阂和孤独当中。比如《午夜》(“Midnight”)描写了本应是最亲近体贴的夫妻之间的冷漠与隔阂——对过去共同经历的刻意遗忘与回避；憔悴无神、不知对方所云(“uncomprehending”)的双眼；短到不能再短、甚至对方没有回应的“对话”。原本应该心心相印、无话不谈的夫妻却形同陌路、互不理解、鲜有沟通。《冰冷的谈话》(“Cold Colloquy”)中的女主人公面对对方掏心掏肺的诉说，却像大理石般冰冷而面无表情，虽是在倾听却无法因另一个人的痛苦而内心有所波动，对方那滔滔不绝充满悲伤的话语却只换来她满脸困惑的表情——女主人公的冷漠以及两人沟通的隔阂令人唏嘘。《小女孩醒得早》(“Little Girl Wakes Early”)一诗则以寓言的手法描写了现代人的孤独：

> 记得当你第一个醒来，第一个
> 在曙色凝重的房间中走动，光着小脚丫
> 踩在地板上，每一扇门都可恨地紧闭着，
> 在紧闭的门后可能没有呼吸，没有心跳。
> ……
> 因此你跑出门去，光着的小脚踏着潮湿的露水，
> 翻过你最要好朋友家的篱笆，
> 开启双唇卷起舌头，所有都准备好了

要喊她的名字——但是终究没喊出来，

因为你想到那会多么糟，如果那里没有呼吸
来做回应。泪水涌出，你跑回家，那里妈妈正
在炉子上方弯着腰，哼唱着某个最爱的旋律。
你抱住妈妈的腿，但是眼泪止不住，

就是无法停下不哭，即便她摇着你——
用力地摇着你——当你无法解释时妈妈摇得更用力了。
现在妈妈早就去世了。而你已经明白当孤独感攫住你
无人可以倾诉——即便你试了又试。

诗中的小女孩儿所在的世界“每一扇门都可恨地紧闭着”，而且紧闭的门后听不到呼吸和心跳。这紧闭的门就是人与人之间隔阂的象征，即便是最好的朋友也同样如此，而现代荒原中的人们也像小女孩儿一样终究没有勇气打破这种隔阂。那听不到的呼吸声和心跳声影射了整个世界的死气沉沉、毫无生气。身处这样的世界，每个人都像小女孩儿那样感到孤独，而这种深深的孤寂感既无从解释，也无法倾诉，即便是对自己的母亲也是如此。《小女孩醒得早》就是以这种寓言的手法诠释了现代荒原中人与人之间的冷漠隔阂以及由此产生的孤独感。

在荒原中，人们因缺乏目标与方向感，太过狭隘、自我而丢失了生气、美与欢欣；人们已丧失归属感与力量的源泉，到处充斥着空虚与颓废；人与人之间感情变得扭曲，交流充满隔阂，到处弥漫着冷漠与孤独——这样的荒原，是诗人“逃逸”的对象。归根结底，这是因为在现代工业社会里，物质生产和利益最大化成为人们压倒一切的追求。在这个过程中，不但劳动者异化为和机器一样的“物”而丧失了人的尊严，大自然亦沦为被肆意榨取的对象，他人也成为需要排挤的竞争对手，而社会则充满功利与冷酷，这种种的异化感、对立感取代了先前与自然的和谐、与他人的互助、与社会的统一而把人彻底“架空”，使人处于分裂和孤独的状态。同时，因为人们过度关注眼前物质利益的增加而忽略了

精神的同步建设与成长，所以人们倍感空虚、感情扭曲、丧失了对生命中物质以外的诸多美好的感悟力，精神世界空前贫乏。有了对现代荒原的“展现”和“诊断”，沃伦继续在他的诗歌中就如何“医治”现代荒原的种种病症展开了探讨——理想世界就是诗人向往的具备拯救精神荒原的特质的世界，由此诗人展开了对种种理想世界的“追寻”。这些美好的世界在沃伦的笔下往往与动植物组成的自然界、童年世界、印第安文明等联系在一起。

首先，沃伦诗歌里由动植物组成的自然界往往体现着诸多崇高美好的品质，比如使命感、责任感、意志力、信义、协作精神以及天然的纯洁、美和活力等。这一方面源于沃伦自儿时起对大自然的观察与热爱，另一方面则是受基督教思想和奥古斯丁哲学的影响。沃伦生于肯塔基州南部的格斯瑞小镇，周边有广阔的乡村和独具风情的坎伯兰峡谷，这为他亲密接触大自然及其动植物提供了良好的环境。据沃伦回忆，这种对自然的亲近起源于儿时一位白人小伙伴——他比沃伦大两岁，喜爱在森林中游荡，并常把沃伦带上，自此沃伦就常常去森林、藤丛和深水潭游玩，和动植物打交道并养成了观察自然的习惯。[①]这种对大自然的观察与热爱可见于沃伦的多首诗歌，比如《树叶》、《在西姆的山谷游荡的男孩》等，而沃伦自己也把这种经历描绘为“愉悦的生活”（a lovely life）[②]，所以诗人眼中的大自然及其动植物具备诸多美好的特质。沃伦所处南方的浓郁宗教氛围和父亲雇人教他细读《圣经》的经历使他的思想受到了基督教的很大影响，尤其是奥古斯丁对基督教义中原罪与原善的阐述对他影响尤深。在诗人看来，大自然的动植物没有经历像人一样的“堕落”过程，因而没有原罪，只有原善，而这种原善正是人可以赎罪的基础，是救赎现代荒原人的良药。所以诗人对动植物组成的自然界进行了热情的歌颂，表达了强烈的向往，希望借助它们来启发和恢复人类本性中的“善”与校正人性中的“恶”。

---

① Warren, Robert Penn. A Conversation with Robert Penn Warren[A]. In: Floyd C. Watkins et al. eds. Talking with Robert Penn Warren[M]. Athens: The University of Georgia Press, 1990: 391.

② Warren, Robert Penn. A Conversation with Robert Penn Warren[A]. In: Floyd C. Watkins et al. eds. Talking with Robert Penn Warren[M]. Athens: The University of Georgia Press, 1990: 248.

除了《秋天的心》中那充满使命感、生命力以及协作精神的大雁，诗人还讴歌了自然界很多其他的动植物，比如《季节浅观》(“Glimpses of Seasons”）组诗中第三首《红翼黑鹂》(“Redwing Blackbirds”）的主角——那无论飞多远也要信守与四月春天约定的红翼黑鹂，那无论有多少气息尚存也要用沙哑的、富有乐感的、深入灵魂的歌唱为蓝天白云洒满乐符的红翼黑鹂，那旋转、翻腾、滑翔、跳跃着的红翼黑鹂，那用自己阳光下的红与远山的青及新草的绿相映生辉的红翼黑鹂——它无疑是信义、责任感、意志力、生命的活力与美的象征。又如《俯冲的鹰》(“Eagle Descending”）一诗中因强大的生命力和强烈的使命感而独自翱翔在暮色的荣光里，一圈一圈、一程一程，为真理的达成而快乐歌唱的鹰。再比如《第一次》这首诗中在保护家人时体现崇高责任感的公麋鹿与有着和谐相处关系的麋鹿家庭成员。而就体现原善而言，《北美驯鹿》(“Caribou”）一诗堪为典型的代表：

远，远的向南处，森林发白，不仅仅
白如无瑕的雪，而且比冰还白，同时又分享着
神秘微蓝的、直直切下的月色，
森林在无阴影的广大里向北吸着气。
如此巨大的空间必定一度
曾经是湖，现在，年代久远，冰层坚固。

影子从森林的白里移动，看上去小
当它们移动在月光削平的远处边缘。逐渐清晰，
当双筒望远镜调好了焦距。
它们仿佛从森林的纯净中飘出。
一个一个地，上方扬着雪尘，每个影子出现，每一个
都慢慢脱离了森林的白色匿名性质，
每一个身躯
都倾斜着，每只抬起的腿都留下一团黑影好似
从雪地里抽出一半的破雪鞋。我们知道

鹿脚展开如雪鞋以支撑
那份重量，那长凳般膝盖的尴尬。

头部抬起并摇摆。必定带着唾沫
领下的须结着冰。肩
笨重地向前，好似只有骨能够，内在地，
猜中目的地。鹿角，
钝而生硬，被某位太初的工匠劈了出来。

我们不知道它们将要执行何种差事，履行
何种使命。这是一个它们
生活于其中的世界，而这是它们的生命。
它们穿过世界并呼吸着天命。
它们的天命明亮如水晶，纯洁如
一个零度的梦。它们的天命
必定像幸福即使
它们不晓得那名。
……

在这首诗中北美驯鹿出没的雪白无瑕的森林是纯净的所在，诗人用这种生存环境的纯净影射北美驯鹿自身纯洁的特质。北美驯鹿的纯洁主要体现在它们与上帝的意志融为一体（呼吸着明亮、纯洁的天命）。从基督教的观点看，这种纯洁性是指对自由意志的远离与对上帝意志的遵从，即人类在受引诱偷吃禁果犯下原罪之前在伊甸园的生活状态。体现上帝意志的北美驯鹿有着强烈的使命感，一个一个从“森林的纯净中飘出”，执行着已堕落的“我们”所无法知晓的差事，并在这个过程中享受着上帝恩赐的幸福。可见诗中的北美驯鹿被描画为原善的化身，是上帝之善的直接体现。另外有一点值得注意的是，无论是红翼黑鹂、雄鹰、麋鹿、还是北美驯鹿“生活于其中的世界”都洋溢着快乐，但它们的欢愉是来自使命的达成而非物质的享受；换言之，这种欢愉是一种富有内心成就感的、充实的而非肤浅的快乐。最后，就植物体现荒原人所缺乏的某些可贵品质而言，比较有代表性的是《常春藤》（"The Ivy"）一诗，该诗以拟人的手法表现了常春藤的决心与毅力：

常春藤向墙发起攻击。常春藤
说："我要把你推倒。"时间
对于常春藤不算什么。常春藤

夜间不会出汗，因为它像海一样
梦着一个单一的梦，那
是它自己的梦。因此

安静是那梦的名。墙
是由石头砌成的，整晚石头，
在没有星光照耀的地方，做着梦。

夜晚来临。你睡了。你又做着怎样的梦？

面对坚硬的石墙，常春藤一句"我要把你推倒"的话语流露出不达目的誓不罢休的决心。常春藤不但有决心，还有毅力，不管要花费多少时间也在所不惜（"时间／对于常春藤不算什么"）。它没有恐惧，因为它的心中有着属于自己的持久不变的梦想（"梦着一个单一的梦，那／是它自己的梦"）。在梦想的指引下，它信念坚定、不怕艰辛，为达成自己的目标奋斗不止。诗歌的结尾耐人寻味：常春藤尚且如此，那我们呢？我们还有梦想吗？还会为梦想坚持不懈地努力吗？

总之，动植物组成的自然界与现代人的荒原世界形成了鲜明的对比。各种动植物身上体现的种种优秀品质正是无方向感、麻木狭隘、缺乏活力、生活空虚、情感冷漠的现代荒原人所缺乏的，而它们身上体现的原善可以启迪与修复现代人沉睡的原善，为现代人堕落精神的救赎提供基础。所以在沃伦的笔下，动植物组成的自然界成了一种值得人们向往与“追寻”的理想世界。

如同大自然的动植物寄托着诗人对理想世界的构想，沃伦笔下的童年世界也是理想世界的模型，那里充满美、真、快乐、道德感以及人与人之间的温情。相较于颓废冷漠的现代荒原，沃伦笔下的童年世界就好似一个失落的伊甸园，永远值得人们向往与“追寻”。沃伦童年时代在肯塔基度过的美好时光——那森林山川的美丽，田园生活的快乐，外公的故事与教诲，与伙伴们玩的游戏，家庭生活的片段等——给他留下了深刻的印象，成为他日后创作灵感的重要源泉，也形成了他对世界的基本态度和看法。正如沃伦 1969 年在理查德·赛尔（Richard Sale）的采访中所言：“我认为，就写作而言，每个人的基本意象都可以追溯到他的童年时光。”[1]正因为如此，沃伦诗歌中“追寻”的理想世界就往往与那不会褪色的、和谐美好的童年故乡相关。

首先，沃伦心中的童年世界是美的。沃伦童年时代的故乡肯塔基无论是自然景色还是风土人情都有一种独特的南方的美，诗人常常用饱含深情的笔墨对它进行追忆与描画。比如《午夜独白》一诗中写道：

在松树林中我们曾奔跑、呼喊
洋溢着快乐与天真，而至今
我们的声音还在那片高高地
笼罩着我们质朴的绿色中回响。

我们也曾在冰冷的黑夜中
听到风中传来的猎犬的铃声。
（那时在追寻什么呢？）枫树
在阳光下播撒着花粉，那么悄然无声。

时间就像一团未解开的线，

① Warren, Robert Penn. An Interview in New Haven with Robert Penn Warren[A]. In: Floyd C. Watkins et al. eds. Talking with Robert Penn Warren[M]. Athens: The University of Georgia Press, 1990: 111.

土地与我们的快乐都在四季中流转；
我们的影子就像内疚，永远跟在身旁，
它们曾在草地上飘过，

也曾在月光下的雪地上飘过……

诗中童年的世界是那么美，有高大的松树、悦耳的铃声、晶莹的花粉、皎洁的月光……童年的“我们”无论春夏秋冬、白天黑夜都尽情享受着与自然亲近所带给“我们”的快乐。“我们”走过草地也走过雪地，在松林中奔跑呼喊，也在枫树下默然静观，到处都有“我们”的足迹，洒满“我们”天真淳朴的笑声，大自然的美与“我们”散发活力的天真快乐交相辉映。再如《烟草农场中的童年》一诗。那秋天火红的落日、暗铜色的树林、黑人深沉美妙的歌声、慢慢爬升的月亮，这一切交织在一起是那么美不胜收、令人神往。而儿时的肯塔基不但自然景色美，那质朴的风土人情也一样散发着美，比如《肯塔基旧时童年》一诗描写的种植园生活的宁静和谐，以及《丢失的水车池》(“Millpond Lost”)一诗描写的水车池旁儿童嬉戏的美丽场景：

……
试着，如果你可以，重现那时的情景。你能看到
现在已丢失的，巨大的水轮，旋转着，每转一下都溢出
太阳的火焰和水的银光，而，欢快地，
白而瘦的身体纷纷跃入黑色的水中，空气中充满

疯狂的呼喊直震得那最高处的树叶不断摇颤吗？
当现在你站在那里做梦时，一片树叶，慢慢地，脱离
树枝，金黄色，华美，快乐而不是悲伤，
几乎一动不动地，飘落下来，直到完全停驻在水面上。
……

那时的故乡是那么美丽，田园生活是那么和谐，尚为孩童的我们周身散发着活力、与自然以及与小伙伴们好似融为了一体，而现今呢？沃伦在《自我采访》中不禁感叹儿时的故乡本有着高低起伏的农田、美丽的林地和众多湖泊溪流，但如今溪流大多干涸而湖泊面积缩小，林地树木葱茏的浪漫也为光秃裸露的荒凉所取代……[①]现今的人们因贪图物质利益而肆意破坏自然，使得故乡往日的美景变成了《肯塔基山田》组诗中那副破败荒凉、寸草不生的情景，再也与“美”扯不上任何关联。而长大了的儿时伙伴呆滞有如行尸走肉，对周围的一切甚至包括亲人都充满了对立的情绪，在冷漠的社会环境中自甘堕落，早就失却了往日的活力以及与大自然和他人的和谐，就像第六诗节所写的——

……
或形同死去，因为厌倦工作，厌倦孩子，厌倦妻子，
或因为酗酒，因为心脏衰竭，因为警察追杀，因为疯了的工贼。
……

这样强烈的今昔对比怎能不让人渴望逃离现今颓废、冷漠、并充斥着异化的人的荒原，而去追寻那童年世界所隐喻的充满美、和谐、与活力的理想世界？

在沃伦的笔下，童年的世界不仅“美”，而且“真”。儿时“我们”透过纯净心灵所看到的世界是它最本真的样子，不掺杂丝毫世俗的偏见，也没有任何人为的标签，如《肯塔基旧时童年》中所写的：

当我还是小男孩时，我看到我所在的世界。
我看到它为它之所是。竹丛中有着
熊爪劈开的路径。烟草，
一望无垠，黑手指的粉指肚
把从烟草叶上择下的烟草虫挤成

---

① Warren, Robert Penn. A Self-Interview[A]. In: Floyd C. Watkins et al. eds. Talking with Robert Penn Warren[M]. Athens: The University of Georgia Press, 1990: 1.

> 绿色的汁。大鳟鱼
> 一动不动，静悬在那巨大的溪卵石
> 投下的阴影中。
> 但随着我长大，过去和将来都压在我身上……

在孩童的“我”的眼中，茂密的竹丛、一望无际的烟草、静悬水中的鳟鱼都是各具特色的风景，而人与人是平等的（白人种植园主与黑人劳工），动物与人也是平等的（诗中熊、人、烟草虫、大鳟鱼的并置）。但这一切随着“我”的长大就消失了，因为此时历史的重负和未来的期许会改变人的眼光，头脑中被灌输的偏见会扭曲人的视觉，世界就不再是“看到它为它之所是”了。人们失去了凭本性和自己的判断来直接感受世界的能力。

童年的世界还充满“善”——道德感、责任感、对生活的热情让那个世界中的人们活得充实而有意义。沃伦诗中（比如《肯塔基旧时童年》）写到的外公的故事与教诲，父亲的所做与所为就是最好的例证：

> ……
> 在一个洞口处我舅舅给我看海百合的茎，
> 和石灰岩中某个鱼状生物的骨架。
> “所有这些都曾在水下，”他说，“不用说有
> 好几百万年了。”他走开了，外公还和我在一起。“外公，”
> 我说，“事物像这样，你会做些什么呢？”“做你所有能做的，”
> 他说，视线离开我，从树梢间望向天空。“爱
> 你的妻子，爱你的孩子，遵守诺言，且
> 如果需要，为人们为之赴死的勇敢赴死。我们
> 没有太多选择。
> 并记住真理并不总是掌握在多数人手中。”

人生虽然短暂，能做的、能选择的并不是很多，但应该用心去爱、诚实守信、勇于牺牲、追寻真理而不盲从。外公朴实无华但掷地有声的话语

是岁月沉淀下来的人生智慧，是传统优秀价值观的形象表述，洋溢着对生活的理解与热爱，充满着道德感与责任感。外公是这样教诲的，也是这样身体力行的。当他储满寄售烟草的仓库被烧后，他毅然选择了扛起债务而不是宣告破产，所以沃伦在《自我采访》中把他称为“过去年代英雄事迹和浪漫情怀的活象征”①。沃伦的童年时代，确如外公所言，是人们有着强烈责任感和荣誉感的年代，但在现代世界中这些品质丧失殆尽，正如《重新埋葬：关于外公的回忆》一诗所写的：如果外公来到“我”现在生活的世界一定感到不适应，因为他那老式的语言、进餐的优雅、对英雄的崇拜、人应守信的理念等在现代荒原中已消失完结，而六十多年前人们崇尚的责任感和荣誉感在现代社会只会惹来嘲笑和轻蔑。

沃伦在《永久的基业》这套组诗和《读至深夜，温度下降》这组系列诗中展现的对父亲的记忆，即父亲为家庭所做的一切，更是鲜活地展示了何为崇高的道德感和伟大的责任感。《永久的基业》以父亲临终举起手臂的情景开篇，以倒叙兼插叙的方式追溯了父亲的一生——儿时的他喜欢在大自然中徜徉，过着简单快乐的生活，但十六岁那年他的父亲去世了，土地没有了，继母含辛茹苦地带着孩子们，长兄又逃窜到墨西哥以求发迹去了，面对这种情形年纪尚小的他毫不畏缩与迟疑，勇敢地挑起生活的重担，靠从事重体力活赚钱养家：

> ……
> 为该地区的第一条铁路劈枕木，
> 十六岁像个男人那样强壮——上帝作证，他那时就是男人——
> 那一次两下的啪啪的劈入红橡木的声音，在那种节奏中，
> 在他脑海里，整天，都呈现希腊文的词法变化表：
> 那就是他那时拥有的全部，以及所有他能全天带在身上的东西……

他对文学的热爱和写诗的梦想都因肩负家庭的重担而被搁置一旁，但他

① Warren, Robert Penn. A Self-Interview[A]. In: Floyd C. Watkins et al. eds. Talking with Robert Penn Warren[M]. Athens: The University of Georgia Press, 1990: 2.

毫无怨言，把日复一日伐木的声音想象成希腊文的词法变化表。他就这样默默牺牲自己，以可贵的责任感在16岁的年纪承担了一个本应成年男子在家中起到的顶梁柱作用，并一生都在为家庭操劳奉献。这种真正的男子气概和乐观精神深深地刻在了沃伦幼年的脑海中。《读至深夜，温度下降》这组系列诗中父亲那句“我觉得我很幸运，早年就懂得了人尽义务也能幸福”更是道出了父亲的朴实与伟大。父亲面对困境主动挑起家庭和生活重负的担当与勇气（“你，年届八十，说：/‘很多事我失败了，但没有人能说我没有勇气。’/说得对。/而我，/尽管有自己的无知和失败，/却原谅了你所有的美德。/甚至你的英勇”），对文学、历史等的热爱（他读休谟的《英格兰史》，罗斯福的《西方的胜利》，一本希腊文入门读本，某本大学教科书以及弗洛伊德的释梦书籍，并曾经自己创作诗歌），对知识与真理的孜孜以求（“我想我听到了/他大脑轻微的滴答声和运转声，当它/把对白纸上黑字的感知翻译成/真理。/真理即一切。/我们必须爱它。/他爱它”），对祖先与历史的尊重（每天他走到公墓去凭吊他的死者并向他们致敬），以及为避免家人担心而对自己病情的隐忍（“你，八十六岁，摔倒在地，/失去知觉。两天后，/去世。他们发现了你珍藏的秘密：/前列腺大如马苹果。癌，当然是。/难怪你，在我生命的五十年中，/从未卧病在床一天，或发过一句牢骚，/最后却喊出了声。”）都是优秀传统价值观和崇高美德的最直接生动的体现。在沃伦心中，父亲是真正的英雄，让他常怀感恩之心、敬佩之情与深深的爱。正是这些传统价值观和美德的失落才导致现代人的空虚孤独和现代荒原的颓废破碎。也正因为如此，要拯救身处现代荒原的人们就必定要“追寻”和重建那充满了“善”的理想世界。

沃伦笔下的童年世界还洋溢着爱与温情，人与人的关系和谐统一。这里有父母的体贴：《童谣》组诗第一首中当我摔倒弄破睡衣时，爸爸会把我放在膝头，于是事情又好起来，我也不再恐惧；当我半夜惊醒时，妈妈会把我搂紧，于是梦就只是梦，我也不再害怕；《回归：一首挽歌》（“The Return: An Elegy”）一诗中母亲对年幼的我的悉心照料等。这里有家庭的和谐：《童谣》组诗第三首中妈妈、爸爸、奶奶、爷爷、猫咪、小狗和我组成的“各司其职”、共享天伦的温馨大家庭；《很久以前十月的野餐》(“October Picnic Long Ago”)里全家出动、欢歌笑语、共进野餐的情景;《在月光中，某处，他们在歌唱》(“In Moonlight, Somewhere, They are Singing”)一诗中年轻的姑姑与姑父在枫树下深情对唱的画面等。这里有与伙伴一起嬉戏的快乐时光:《松鸦》(“The Jay”)中的猎兔子、《你同意我所说的？好，我刚才说了什么？》(“So You Agree with What I Say? Well, What Did I Say?”)中的棒球比赛、《丢失的水车池》中的打水仗、《美式肖像：老式风格》中的追水牛等不胜枚举。这充满爱与温情、洋溢着人与人之间和谐的童年世界与丧失爱的能力，感情扭曲贫乏，人与人之间充满冷漠隔阂的现代世界可谓云泥之别，怎能不让人向往与“追寻”？

总之，沃伦诗中的童年世界是一个理想的世界。和薇拉·凯瑟与弗罗斯特相似，沃伦的故乡也成为其批判现代荒原的标尺，而儿时的肯塔基也成为他无数次精神回归的家园——那个他在诗中回忆与“追寻”的，浸润着浪漫色彩，充满真善美，洋溢着爱与温情的理想世界。这种回望与“追寻”在沃伦的诗歌中常常化作一次次实地的、或精神上的“故地重游”。比如,《金色的林间空地》一诗中的“我”就重访了童年的森林:

徘徊着，在秋日，那童年的森林，
那里雪松，黑、粗，跨越着山脊，
心无定向有如步枪，情绪则是男孩般空荡，
……
但是在高高的岩石和树叶点缀之上，天空
依旧明亮，在令人心静的溪流旁
下倾的斜面追逐着我的脚，所以我
继续前行，静静地，穿过山毛榉林:
那里，金色光芒下，在林间空地向下延展的地方，脚站住了。

空地呈几何状，圆形，金色，
没有灌木或野草打破那金灿灿的树叶之瀑。
脚驻足在空地中央，绝对而无畏

超越了任何心灵的伤害、眼中的悲伤。
漫天的碎金，脚伫立在金色的光的瀑布中，

此刻没有呼吸，没有树叶像金子般坠落，
没有松鼠的吱吱声，也没有远处狐狸的鸣叫，
没有啄木鸟的嗒嗒声，也没有晚鸦的啼叫。
一片寂静：长满灰毛的，高大粗皮胡桃树
散发出金色的光。那里不会有黑暗……

这片童年森林中的金色林间空地象征了诗人心目中“追寻”的“圣地”——这里没有俗世的功利喧嚣，也没有心灵的悲伤痛苦，甚至没有黑暗，有的只是美丽、静谧、和谐和光明，充满理想色彩。又如，在《很久以前十月的野餐》一诗里，诗人就在回忆中重温了那个洒满十月金色阳光的美好童年世界，做了精神上的“故地重游”：

……
出了城镇，马蹄嗒嗒，直到我们发现一条幽僻小径
通往森林，那里金色的叶子摇下仙境般的光与影
……
一片环形的草地，其中的一边不远处，卵石旁，一汪泉水，
一切都为我们准备好了，还有一个原始的石头堆的火炉。
快如眨眼般，马被卸好并拴好，大点的孩子早一溜烟跑了。

一切如所料，当然——一顿周日的野餐，和那时任何
野餐一样，那个年代马厩出租一整套设备，
这是在汽车，或许多事物出现之前。
妈妈的裙子是蓝斜纹布做的，长而贴身。
爸爸的羊皮靴高高扣起，配了件诺福克的夹克。

一切如所料——午饭，婴儿睡着了，大点的孩子跑开

但并不远，爸爸妈妈也走开了，手牵着手，
头抵着头好似在长长地交谈
长到直至现在我还认为没有结束——
但是在哪呢？也许在某处高高的，云朵飘飘、阳光普照的地方……

那个从属于“在汽车，或许多事物出现之前”年代的童年世界洋溢着美（景美、人美）、快乐、活力、温馨与浓浓的爱（亲情、爱情），是诗人“逃逸”现代荒原时梦寐以求的理想世界。诗歌通篇的斜体与其带有的几分童话色彩相得益彰。这个同样洒满金色阳光的理想世界虽然缥缈（“在哪呢？也许在某处高高的，云朵飘飘、阳光普照的地方”），但永远值得“追寻”。再如《丢失的水车池》一诗中沃伦对童年世界所做的精神上的巡礼与想象中的重建：

……
试着，如果你可以，重现那时的情景。你能看到
现在已丢失的，巨大的水轮，旋转着，每转一下都溢出
太阳的火焰和水的银光，而，欢快地，
白而瘦的身体纷纷跃入黑色的水中，空气中充满

疯狂的呼喊直震得那最高处的树叶不断摇颤吗？
当现在你站在那里做梦时，一片树叶，慢慢地，脱离
树枝，金黄色，华美，快乐而不是悲伤，
几乎一动不动地，飘落下来，直到完全停驻在水面上。
……

值得注意的是，本诗中美好的童年世界依旧笼罩在金色的光辉中（“每转一下都溢出／太阳的火焰和水的银光”），与《金色的林间空地》和《很久以前十月的野餐》等诗歌中塑造的理想意境一脉相承，都有几分梦幻中伊甸园的味道。

就这样，沃伦用他的诗歌表达了对现代精神荒原的“逃逸”与对童年世界所代表的充满真、善、美、爱、乐的理想世界的“追寻”。其实结合沃伦的亲身经历和他对南方历史的熟稔来看，诗人的童年世界在很大程度上是与南方农业文明时期和田园生活模式相重合的，引用诗中的原话就是“在汽车，或许多事物出现之前”的世界，而现代荒原则是工业大潮和功利价值观大面积席卷后的产物。所以诗人在表达这种“逃逸与追寻”时，从某种意义上讲是与“逃逸派”的重农主义立场以及有机整体哲学观相一致的，这二者在他构建童年理想世界时提供了极大的启发——沃伦与其他重农主义者皆意识到在工业化大潮势不可挡的大环境中，旧南方的传统价值观、农耕生活方式和乡村小镇中人与人的亲近感在保持或重塑人的完整性及社会的和谐性上所具有的不可替代的作用。现代工业社会的机械化大生产和分工的日益细化使得劳动者们与土地和自己的劳动产品日益剥离，他们沦为被资本家剥削的对象，日复一日从事着缺乏创造性的单调乏味的工作，物化为机器的一个组件或生产流水线上的一段程序，丧失了人原有的尊严、激情和完整性。正如沃伦在一次采访中所说的那样，整个现代化的问题就在于一个人如何坚信他是“人”的这个事实，而非沦为陷进庞大复杂机器及去人性化过程的被推来搡去的“物”。[①]高速运转的物质生产和对利益最大化的追求使得大自然被疯狂掠夺和破坏，他人也都被视为需要排挤的竞争对手而被施以各种反映人性之恶的手段，整个社会变得自私、冷酷、堕落、对立感弥漫——人们丧失了许多先前的人性之善、与自然的和谐、与他人的互助以及与社会的统一。所以，只有汲取沃伦童年时代农业文明和田园生活的优秀因子才能治愈现代荒原人的破碎、异化、空虚、疏离等病症。当然，沃伦诗中“追寻”的童年世界所代表的理想世界不仅仅富有农业文明和田园生活的种种优秀特质，还带有抽象的“真善美爱乐”的伊甸园色彩。

除了动植物组成的自然界和童年世界，沃伦笔下的印第安文明也闪现着他要“追寻”的理想世界的特质。这一方面是受美国文学传统中对原始文明褒扬与“追寻”（代表作品是库柏的“皮袜子系列”和麦尔维尔

① Warren, Robert Penn. The South: Distance and Change[A]. In: Floyd C. Watkins et al. eds. Talking with Robert Penn Warren[M]. Athens: The University of Georgia Press, 1990: 282.

的“海上作品系列”）的影响，另一方面也体现着沃伦自己对美国建国构想和历史进程中缺陷（对土著印第安人的种种不公）的反思。在沃伦的诗歌里印第安人的形象时常出现，对他们的描写也大多充满赞美之情。比如在《奥都本：一个幻象》的第五篇诗歌《那风的声音》（“The Sound of That Wind”）中，当渴求认识世界的主人公奥都本看到印第安人时不禁赞叹“感受到了上帝的荣光”并在其后的信中写道：“……因为在那里我看到那个**男人**两手空空、上身**赤裸**，却没有任何后天染上的**悲伤**。”在这里诗人借助主人公奥都本之口把印第安人赞叹为“上帝之子”和“自然之子”，描写他周身流淌的是源于自然的纯洁，散发的是真男子的气概（诗人特意把“Man”大写，一方面表示强调，一方面也让人联想到上帝根据自己形象造的男人），丝毫没有沾染尘世的哀怨痛苦，而那赤裸的身体（“Naked”一词也大写，作用与“Man”的大写相同）进一步让人联想到未犯原罪之前伊甸园中亚当的身影，那是上帝庇护下纯真快乐的象征——对于印第安人如此高的评价可以反映出诗人对于印第安文明的由衷肯定和向往。又如在《加利福尼亚之旅》一诗中诗人把眼前“花园城市”环境恶化、风沙漫天、死畜遍地的情景与当年印第安人在时牧场兴盛、水牛成群、绵延数里的画面进行了生动的对比，痛斥了当年决策者发起的对印第安红种人灭绝人性的杀戮（整宿整宿的剥头皮和每天黎明见到的成百上千的新尸体）与掠夺，并讥讽了白人占领原本属于印第安人的土地后愚蠢和贪婪的过度开垦——正是对与自然和谐共生的印第安文明的毁灭和他们自私贪婪的本性才造成了今天这种荒漠般的场景，这不得不说是上帝给人类的惩罚。全诗对愚蠢贪婪的白人文化的贬斥与对天人合一的印第安文化的褒扬表明了诗人“逃逸与追寻”的立场。

当然，在描写充满理想世界特质的印第安文明这方面最有代表性的诗歌还当推《内兹帕斯的约瑟夫酋长》。这首长诗以印第安土著中一个叫内兹帕斯的部落为保卫他们的故土与白人签约、交战及最终被迫妥协的历史为背景，描写了惊心动魄的印白冲突过程。诗人对因器物落后和数量劣势而惨遭白人掠夺与破坏的印第安人及其文明流露出极大的痛惋之情，对印第安文明诸多光辉的特质进行了热情的讴歌，并表达了强烈的向往之情。诗歌的副标题“他们称自己为 Nimipu，即‘真正的人’”已开宗明义地表明了诗人的立场，那就是印第安人身上保有现代荒原人已经丧失的人的纯真本质，他们是没有被异化的“真正的人”。开篇的总注释更是通过介绍内兹帕斯部落的历史、习俗、性格、价值观和其在与白人交往过程中的表现，而展示给人们一个待人友善、珍惜自然、尊重祖先、热爱和平、勇敢正直的印第安民族的整体形象。诗歌主体以系列诗的形式呈现，用具体事件和画面、从不同的角度、以史诗般的格调描绘了内兹帕斯部落及其酋长约瑟夫，并在与贪婪、狡诈、残暴、背信弃义的白人的对比中进一步凸显了内兹帕斯代表的印第安文明所具有的优秀品质。举第一首诗为例，它以明亮的色调描绘了内兹帕斯部落自古居住的地方——美丽的瓦洛瓦（Wallowa）和其真挚不做作、充满活力与美、与大自然和谐统一的印第安土著：

> 河水蜿蜒的土地，瓦洛瓦，
> Nimipu 的土地，
> 对老约瑟夫支派而言神圣的土地，
> 他们的土地，在遥远的年代就由天上的神
> 交予他们的土地。他们的马驹，是由良种马交配而来
> 体内流淌着强壮的血液，恣肆地咀嚼
> 绿色的草叶。男孩儿们，裸着背，赤着身子骑着马，
> 向前一跃，高喊“啊-呀！”高喊“啊-咿！”——
> 周身散发着不受约束的荣光。鹰的翅膀掠过太阳。
> 闪耀着白色的光。男孩儿们跃入水中，快乐的就像
> 嬉戏的水獭，用伸平的手儿将水面拍打
> 像河狸用尾巴拍水发出警告一样，然后潜入，
> 像河狸一样，水的深处，脚趾随身体向下而带出一串，
> 直直向上的，闪光的泡泡。在沙滩上
> 男孩儿们伸着腰肢，打着哈欠，太阳烘干了皮肤
> 而闪着金、红、铜的颜色。每年
> 他们都去往那里，在那里来自大海的鲑鱼，晕头晕脑的，
> 在秋季之跃中却从未失败，跃过巨大的石头。它们跃过

凶巴巴地吐着白沫的溪流——寻找，寻找，
以一种盲目的冲动，像命运一样，那血液记得的
藏有鱼卵的水池。我们的血液，
那在动脉深处，在其永恒的子夜中
与脉搏一道起伏的血液，又记得些什么？
我们在睡梦中辗转。我们，也，属于
这个世界，而世界就平铺在我们眼前。

鲑鱼跳跃着，那是天上之神的赐福。
天主就这样保佑着 Nimipu
还，赐给他们，丰足的，
味道香甜的，卡玛百合的根茎。
……

内兹帕斯部落自古居住的瓦洛瓦是片美丽的土地，这里有蜿蜒的河流、翠绿的草地、清澈的溪水、丰饶的物产，是被天主赐福的所在，颇有几分伊甸园的味道。这里的人们淳朴、自由、奔放，体现着生命的本真。以印第安男孩儿为例，他们时而策马高呼，时而水中嬉戏，时而又躺在沙滩舒展身体、沐浴阳光，可谓"周身散发着不受约束的荣光"，充分享受着大自然带来的欢愉。他们那在阳光下泛着金色、红色和铜色的皮肤展现着原始的力与美，而他们骑马狂奔、潜水嬉戏时赤裸的身体又不禁让人联想到伊甸园中的亚当，寓意着纯洁与无畏。诗中印第安人居住的世界里，一切生物（包括人）都与自然和谐共生、融为一体——诗人有意将恣肆吃草的马驹、自由飞翔的雄鹰、跳跃激流的鲑鱼与活泼开朗的印第安男孩儿并置杂糅地放在一起，并用水獭、河狸等动物来形容人，而用昏头昏脑这类形容人的词来形容鲑鱼，并称赞其对于记忆的坚守与对血脉不畏艰难的追寻，彰显了生命间的平等与互融；卡玛百合与鲑鱼的丰足也不仅仅是天主的恩赐，还源于总注释中介绍的印第安人尊重自然、"按其时节"挖取或捕食的传统。总之，诗中展现的内兹帕斯部落的景象是与现代荒原有着天壤之别的，一派天人合一、充满自然与人类本

初状态真、乐、美的亮色图景。而诗中插入的来自法国殖民地行政长官、路易斯安那州总督的评价则肯定了印第安世界“善”的维度：

> “他们的诚实完美无瑕，而它们目的的纯洁和对其宗教教规的遵守始终如一、卓越不凡。他们更像是一群圣徒组成的民族而不是一帮野蛮人的群体。”
>
> ——简·巴蒂斯特·勒莫安·德·比安维尔

在接下来的诗歌里印第安文明中“善”的品质得到了丰富细致的展现。

第一，内兹帕斯后代铭记祖先关于做人要勇敢正直的教诲：

> 这是他们的土地，而他们已逝父亲的遗骨
> 仍旧爱着他们，并在黑夜中，像山猫一样，
> 照看他们的子孙仍旧无畏地生存，
> 不说谎，也不用毒舌说话。
> 这些子孙知道，在黑夜中，先父有着怎样的智慧。
>
> （I 30-34）

这几行诗表明印第安民族是一个敬重先人智慧、汲取历史精华的民族，是祖祖辈辈有着良好传承与联系的民族，而这与现代荒原人浑浑噩噩、丧失记忆的情形截然相反。另外，教诲的内容也表明了他们勇敢（“无畏地生存”）、正直（“不说谎，也不用毒舌说话”）的特质。

第二，两代约瑟夫酋长面对白人的金钱收买和武力威逼坚决不出卖和分割天神赐予的葬有祖先的土地：

> “Lapwai 那时没有被命名为居留地
> 后来它被称为居留地是因为那些人
> 把土地卖给了白人。但是不！——
> 我们永远不会——我们不会卖掉神圣的

> 祖先遗骨来换白人的钱，
> 和他们的残羹冷炙。”
>
> （I 69-74）

他们深知“必须永远不能卖掉你先人的遗骨——／因为如果出卖了它们，你就出卖了你自己**心的所在**”（II 22-23），这里印第安人对祖先的尊重与对根的重视可谓富贵不能淫、威武不能屈，与之前对先人智慧的敬重与传承一脉相连。

第三，内兹帕斯部落和白人交往的过程鲜明体现了前者的崇高正义和后者的卑劣无耻：

> 在夜晚的篝火旁老酋长们给年轻的男孩们讲述
> “戴着皇冠的人”，即头部戴着饰物的白人当初
> 是如何来到这里，而他们伟大的领袖，怀着敬意，
> 一身清正，带着勋章和礼物，与首领们坐在
> 毯子上，而头发卷曲的酋长
> 在白鹿皮上勾画出西面水声低响、风雨大作的样子，
> ……
> 那个白人领袖去了那里。回来时，说道，果真如此。
> ……

对初到此地的白人，印第安人给予的是友好的招待和热情的帮助。印第安人这种善意的友好，和对当地情况无私的指导，无疑帮助白人移民在这里扎下根来。可受过印第安人恩惠的这些白人又是怎样回报的呢？他们先是以友好的姿态与印第安人白纸黑字地签约，保证被称为“蜿蜒河流”的土地归内兹帕斯部落所有，但时隔不久就自毁契约、践踏印第安人的土地，并重新订立了束缚印第安人的条约。在印第安人看来白人的法律“那么遥远，那么摇摆不定／就像黎明风中飘散的雾气！”——这种雾气似的法律一见光就化为虚无了，而白人的神竟然远远观望、置之不理！难怪被印第安人讥讽为“食言而肥的神”或“不明真理、真假不辨

的神”。这次白人对印第安人背信弃义的伤害就像“深深埋在肉里的子弹——虽然愈合，但永远在那儿。每到夜晚就隐隐作痛”。但白人并没有就此罢休，就像诗中引用的少校 J. C. 崔姆宝所言：“任何对印第安人先前帮助过白人的回忆都无法阻挡白人的贪婪。”他们坚持把内兹帕斯一族从瓦洛瓦赶到其他根本无法维系族人正常生活的地方去，连白人印第安事务总督都觉得这样做有违起码的人性和公正。然而淘金的诱惑势不可挡，白人也不接受约瑟夫酋长在委员会上发出的“土地是天神所造、本无界线、不能分割”的申辩，而直接扬言诉诸武力。面对白人在军队数量和武器枪炮上的巨大优势，内兹帕斯人再次选择了隐忍，在白人规定的 30 天内离开瓦洛瓦。在这么短的时间内强迫内兹帕斯人举族迁离自古生活的家园已属恃强凌弱，更甚的是白人竟还趁内兹帕斯人迁徙之时无耻偷袭！结果白人将领因低估了印第安人而自取其辱，泱泱大军败在约 60 位勇士的手上，还损失了大量武器。白人的贪婪使得他们又去劫掠其他的印第安部落，甚至开枪杀死婴儿，结果促成了印第安部落之间的联盟——白人的贪婪、愚蠢和残忍可见一斑。之后沃伦又着大量笔墨具体描写了惊心动魄的印白交战过程，反复呈现白人的出尔反尔、阴险卑鄙、无知自大和贪婪残暴，与之相对的是印第安人表现出的诚实正直、正大光明、聪明机智和勇敢大义。连谢尔曼将军自己都承认：“整个过程中印第安人展现了能为其赢得普遍赞扬的勇敢和技巧；他们不干割头皮这种事；给俘虏来的女人自由；并且不滥杀无辜……他们用几近科学的技巧作战。”

此外，全诗贯穿的印第安人的自然观和人性观体现了印第安文明与大自然的和谐，以及人与人之间真正的尊重与关爱，而这些正是现代荒原人所不具备的。从印第安人名字的得来（“下过十场雪后／当时还是男孩儿的，我，才准备好／独自一人爬到山上，一动不动躺在／我做的石床上，没有食物，没有水，敞开心／驰骋幻想。好似在幻想中飘了起来并看到／最终，最终，我的**守护神**／来到我身边保护我并给了我真正的名。”）到印第安人用大自然事物比喻人、用人的特征比喻自然（“那不是草原狼！那是我们的侦察兵。／他在黑暗中潜伏，有着猫头鹰般的眼，和鹿般的耳朵”；“在东方，／群山目不转睛直视太阳的到来”），从印第安人对大自然一草一木、一山一水的熟稔（“他知道／所有奇异的小径，也通晓骗人眼目的山口。在／山间空白的土地上，他在黑夜中嗅着，／他尝着空气的味道。我们相信他。他知道／每座山的名字，在黑暗中／他听到那些山的低语。”）到他们每去一处都珍爱自然并在临行前尽力恢复大自然原貌的行为（“那里露水似乎都未从最羞涩的树叶上摇落，／那里鹅卵石晶莹完美没有任何泥的痕迹。／而那，当然就是内兹帕斯人撤退的路径，是红种人的／魔法”），从印第安人通过观察自然而采取行动（“我可以远远地就闻到白人，那些士兵的味道……我观察羚羊是否行为蹊跷。那可能预示着危险。如果许多草原鸟振翅向上飞向远处，那可能是水牛在逃窜……甚或是注意到一块大岩石上突然出现某个影子。”——黄狼，内兹帕斯的侦察员）到认为土地是天神所造、本无界线、不能分割的思想（“**天神**／创造了土地但没有划线／把它分开，而且一切／都必须维持**他**创造之初的样子，因为对于每个人而言／土地都是**母亲和奶娘**，而对于那把他／喂养大的土地，他必须，／用爱来眷恋”），无一不体现着一种天人合一的自然观及印第安文明对大自然的尊重与爱护。而面对在经济、器物和人数上占绝对优势的白人军队，约瑟夫酋长没有因自己的自尊心拒降而白白赔上族人性命的人道主义思想（“我有什么权利／去死——而留下老弱女幼——去迎合／我心灵的骄傲？因为一个真正的酋长应舍弃自我”）更是鲜明地体现了印第安人的人性观，充满了悲壮与崇高。总之，诗人通过这首长诗勾勒了印第安世界的种种理想特质，并使其在白人世界的反衬下愈发显得光辉夺目，它们正是医治荒原病症的良药。诗人对印第安文明的赞扬与向往既继承了库柏的衣钵，又融入了自己的创新和深入的思考。

沃伦在他的《民主与诗歌》（*Democracy and Poetry*, 1975）一书中将诗歌看作对社会进行诊断和治疗的手段①，他的各种以“逃逸与追寻”为主题的诗歌显然体现了这一宗旨——这些诗歌充分暴露了社会中存在的种种病症，与其在《威廉·福克纳》一文中所做出的“现代世界处在道德混乱之中。它苦于缺乏纲纪、法度，缺乏人们共有的价值观和一种

① Warren, Robert Penn. Forword[A]. In: Democracy and Poetry[M]. Cambridge: Harvard University Press. 1975: 2.

使命感”[①]的诊断高度契合，且更加全面。而沃伦诗歌中大自然的动植物、美好的童年世界及令人向往的印第安文明所体现的种种理想特质对已丧失目标与使命感、麻木堕落、缺乏活力、精神空虚、感情异化、与自然和他人充满对立与分裂的现代人无疑是一剂剂宝贵的良药，帮助人们摆脱现代荒原的颓废与冷漠，建立一个充满真、善、美、爱，物质与精神同样充实的理想世界。

如上所述，“逃逸与追寻”主题在沃伦这位美国诗人笔下得到了丰富的书写，这与该主题本身的普世性以及在美国文学土壤中尤其发达有紧密联系。

从宏观上看，“逃逸与追寻”作为人类的一种行为模式和心理倾向有着悠久的历史。在远古时期人们以采集果实和渔猎为生，当出现干旱、洪涝、强敌入侵等天灾人祸时，人们迫于生存的压力就会从原居住地迁出、寻觅新的适合生活的栖身之所，这就是最早的“逃逸与追寻”——那时虽没有成熟的文字出现，但祖先刻在洞壁或器物上的图画已对此有了生动的记录。在后来的游牧文明时期，人们“逐水草而居”，不断迁徙，寻找草肥水美牛羊壮的栖息地——这种“逃逸与追寻”在很多民族的口头传说或经典典籍中都有所呈现，比如《圣经》中亚伯拉罕去往“流着奶与蜜”的迦南之地的旅程，以及《庄子》中描绘的炎帝与黄帝迁徙的历史等。在与游牧文明相对应的农耕文明中，人们相对固定在一个地方精耕细作、豢养牲畜，但在一地生活久了就形成了“领地意识”，一旦有外族侵略就会激发强烈的反抗，人为战祸的惨烈超过以往，使得战败的一方被迫迁离。上述这些主要是客观生存环境导致的身体的“逃逸与追寻”。此外，随着农耕文明的发展，人们的生活日趋稳定，劳作和奔波之余的大量空闲推动了包括宗教、政治在内的精神文化的发展，社会逐步建立起系统的组织并代代相传，民众选贤为首领的“公天下”为贵族世袭的“家天下”所取代，社会出现了严格的等级划分和由此带来的剥削和不公，于是大量精神层面的“逃逸与追寻”纷纷涌现，表达着对现实的批判与对理想的追求——这些反映到文学领域就出现了柏拉图对“理

① Warren, Robert Penn. William Faulkner[A]. In: Robert Penn Warren ed. New and Selected Essays[M]. New York: Random House, 1989: 203.

想国”的构想，宗教作品对“彼岸”的描画和陶渊明诗歌中“心远地自偏”的精神感悟等。从古代到近代再到现当代，从农业时代到工业时代再到机械和信息化时代，生产力水平不断提高，人们很少再因生存与生计而集体迁徙，但社会关系却愈加错综复杂，各种社会弊端也层出不穷，导致“逃逸与追寻”的心理张力始终存在，所以无论是独辟蹊径的“逃逸者”还是各国以“逃逸与追寻”为主题的文学作品都屡见不鲜。由此可见，“逃逸与追寻”已内化为人类共有的心理倾向，必然出现在多国文学作品中，成为一个恒久的主题，美国文学也不例外。

具体到美国而言，虽然“逃逸与追寻”的主题在许多国家的文学中都有所呈现，但仅仅有 200 多年历史的美国却集中拥有众多以“逃逸与追寻”为主题的文学作品，并在各个文学阶段都有着清晰的呈现以及各自的特点，其中的原因就要追溯到美国的建国史和其后的发展历程。

1620 年 9 月 6 日，一艘名为“五月花”（The Mayflower）的木帆船载着绝大部分为清教徒的 102 名乘客，由英国普利茅斯（Plymouth）出发，驶向北美洲今天的马萨诸塞湾，以寻求在新大陆获取宗教自由和建立一个新的上帝之城。“五月花”号并非从英国移民驶往北美的第一艘船只，但却因运载一批分离派清教徒到北美建立第一块殖民地和在该船上制定《五月花号公约》（其内容为自愿结为民众自治团体，拟定公正适当的法律、法令、规章、条例等）而名垂史册。这些早期的移民一方面不满欧洲的宗教现状和迫害而逃离，希望在美洲这个未被开发的“伊甸园”实现他们的宗教理想；另一方面也充满了占有欲和征服欲，想开辟属于自己的疆土，建立一种基于《五月花号公约》精神的新的社会结构。他们披荆斩棘，历尽千辛万苦，战胜了种种对生存的威胁而扎下根来，在弗吉尼亚建立了第一块殖民地，后来殖民地的范围逐步拓展为“东部十三州”——特拉华、宾夕法尼亚、新泽西、佐治亚、康涅狄格、马萨诸塞、马里兰、南卡罗来纳、新罕布什尔、弗吉尼亚、纽约、北卡罗来纳和罗德岛及普罗维登斯种植地，这十三州的联合体就是后来美国的雏形。因此对于美国而言，该船与该事件历史意义非凡，而这次从英国西部到美洲东部的“五月花”号之行也成为刻在人们记忆中的“逃逸与追寻”的典型事件。

当时，“东部十三州”还是英属美洲殖民地的一部分，处在英王乔治三世的统治之下，人们备受英国殖民者的剥削与欺凌。富于抗争精神的北美人民不满这种现状，在 18 世纪六七十年代进行了一系列摆脱殖民枷锁、“追寻”独立自由的抗争，并最终于 1775 年打响了“莱克星顿枪声”，掀起了反对英国殖民者的独立战争。1776 年 7 月 4 日第二次大陆会议在费城(Philadelphia)召开，经会议批准建立了“大陆军”，由乔治·华盛顿（George Washington）任总司令，会议还通过了《独立宣言》(*The Declaration of Independence*)，正式宣布 13 个殖民地独立，成立美利坚合众国（The United States of America）。1783 年独立战争结束，1787 年联邦宪法诞生，1788 年乔治·华盛顿当选为美国第一任总统，美利坚从此成为世界民族之林中的一员，完成了这次轰轰烈烈的逃脱枷锁与追寻自由的壮举。

美国建国初期领土狭小，仅限于大西洋沿岸的狭长地带，满足不了日益增长的人口和经济发展的需要，所以在独立后不久就开始了大规模的“西进运动”(Westward Movement)，从东部向西部不断扩展，从大西洋沿岸一直伸展到太平洋沿岸，横贯北美大陆，这期间通过革命、战争、掠夺、购买等手段使得国土面积从 1776 年的 80 多万平方千米增加到现在的 900 多万平方千米，列居世界前列。“西进运动”是美国发展史上极其重要的运动，对美国文化的塑造有着不可估量的影响。历史学家特纳认为，当东部的文明向西推移时会产生不同时期的边疆，在那里，文化与自然两相汇合，美国的文化与特性便在这种汇合中逐渐形成。①在初期，“西进运动”主要是政府推动和鼓励的，目的是以强有力的手段迅速将领土向西拓展并以优惠的政策吸引民众向西部移民，以扩大美国的实力和舒缓东部人口与经济发展所带来的压力。那些向西部挺进的人被官方和民众誉为“开拓者”(Pioneers)，他们筚路蓝缕、沐风栉雨，不畏艰险地向未知领域迈进，靠自己的双手建造在西部的家园，身上体现着“五月花”号清教徒的勇气和反抗殖民统治的早期移民的顽强，被视为体现美国精神的英雄，而这种英雄情结一直保留在美国文化中，在西部牛

① Turner, Frederick Jackson. The Significance of the Frontier in American History[M]. New York: Penguin Books Ltd., 2008: 8.

仔的传奇故事和白手起家的“美国梦”中都可以找到回声。后来，每当国内的发展遇到瓶颈或矛盾有激发态势的时候，大片西部未开发的土地就成为舒缓现实压力的解压阀，重新赋予人们进取的希望。西部给美国人提供了“花园神话”的梦想，让很多美国人把其视为土地肥沃、物产丰富、有着无穷无尽可能的“乌托邦”，吸引了数以万计的美国人离开贫瘠的家园，怀揣着改变命运、开拓致富的梦想奔向西部理想的天堂。整个“西进运动”从 18 世纪末一直延续到 20 世纪初，这种历时长久的“逃逸与追寻”深深影响了美利坚人民的性格，沉淀在他们的文化和潜意识中。

美国的诞生和发展本身就昭示着一种“逃逸与追寻”，而美国的文化也有个不断成长，摆脱对欧洲文化的依附的过程。不同于土生土长文化的自然萌发，脱胎于欧洲文化的美国文化经历了特有的模仿期、嫁接期、创新期和成熟期，反映到文学上也是如此——开始时大多数的美国文学作品都以模仿欧洲文学为主，从模式到风格都概莫能外，比如查尔斯·布罗克登·布朗（Charles Brockden Brown）的小说就具有浓重的英格兰哥特小说的痕迹；从欧文开始，作家们把一些欧洲的传说移植到美国本土，但已着力于表现美国的风土人情并写出了自己的特色；以爱默生和梭罗为代表的超验主义时期是美国文学独立创新的辉煌时代，而到了马克·吐温那里，美国文学无论从形式还是内容都已臻成熟。换言之，在此期间涌现的美国作家们都有着某种“逃逸”欧洲文学影响和“追寻”创作本土化的倾向，而这种倾向使得他们偏爱“逃逸与追寻”的叙述主题，以凸显美国自身的发展历程和特色。独立之后不断发展着的美国社会，正如人们所知，并非如早期一些人构想的似“人间天堂”一般，而是充斥着暴力、欺诈、贪婪、人的堕落、异化与疏离等种种弊端。这促使着作家们不断思考、继续着他们思想意识中的“逃逸与追寻”之旅。

正是源于以上这些历史背景和美国特有的文学氛围，“逃逸与追寻”作为深层的民族心理意识必然反映在美国文学中，并在不同时期有着与时俱进、各具特色的表现，而沃伦的“逃逸与追寻”诗歌正是该文学传统中重要的组成部分。

二　沃伦诗歌中的其他主题

除了占主流的“逃逸与追寻”主题，沃伦的诗歌还书写了怀念亲人、原罪等主题。本书限于篇幅，在沃伦诗歌中的其他主题方面暂只讨论出现频率较高的怀念亲人主题和原罪主题。

从本书绪篇中探讨的沃伦生平与诗歌创作以及沃伦在各大采访中的自述（多被记录在《与罗伯特·潘·沃伦交谈》一书中）可以看出，沃伦的母亲、父亲和外祖父是对他一生产生重大影响的人，沃伦以怀念亲人为主题的诗歌也主要写了对他们的真挚追忆和深切怀念。

沃伦的母亲于 1931 年去世，这对当时年仅 26 岁、新婚才 1 年的沃伦是个沉重的打击。《回归：一首挽歌》正是写于母亲弥留之际，是沃伦所写的第一首怀念母亲的诗歌，在诗中诗人借助真实的感受和强大的想象力勾勒出自己如何无法承受母亲离去之痛和对母亲深深的思念。在此之前沃伦还写过一首关于母亲的诗，即 1927 年 5 月发表在《新共和国》（*The New Republic*）杂志上的《她的生活》（“Pro Sua Vita”），该诗用独特视角想象母亲怀他十月和撒手人寰的情景。没想到他潜意识担心的事真的在四年后发生了。《回归：一首挽歌》开篇用了类似《诗经》中“兴”的手法来为母亲的死进行“欲言此，先言彼”的铺陈：

The east wind finds the gap bringing rain:
Rain in the pine wind shaking the stiff pine.
Beneath the wind the hollow gorges whine
The pines decline
Slow film of rain creeps down the loam again
Where the blind and nameless bones recline.

东风卷带着雨寻找到了那个空隙：

松风中的雨摇撼着那坚硬的松林。
风之下空空的峡谷发出悲鸣
松林俯下身形
慢慢地雨如薄膜再次爬入土地
这里有盲目无名的骨头斜躺在那里。

这一开篇诗节不着一字在母亲的死亡上，却用大自然的情景进行了充分渲染。首句卷带着雨水见缝插针的东风给人以入骨的寒冷之感，为全诗定下悲凉的基调。寒风中被冷雨摇曳的松林倒向一侧的画面竟被诗人用斜体的诗行（“*Rain in the pine wind shaking the stiff pine.*”）进行了富有画面感的生动演绎（因此译文也采用了斜体），“pine”（松林）与“pain”（疼痛）的近似发音让人联想到那种失去亲人的莫大痛苦，“stiff”（坚硬的）一词通过触感形象地说明这种丧亲之痛的突然与难以令人接受。此处的寒风隐喻了母亲死亡的噩耗，冷雨是“我”眼泪的象征，而那因寒风冷雨再也无法坚强而倒向一侧的松林不正是丧亲之痛下仿佛失去支撑的“我”的写照吗？峡谷的悲鸣正是“我”的心声，而失去母亲的“我”内心也真如掏空了（“hollow”）一般，故此无以支撑的“我”继续着这种被压弯的形象，面对残酷的现实“我”不得不低头。雨水渗入土地的画面正是“我”的泪水追随母亲被埋葬的尸体的象征，那里再也看不到的、无名的骨头不是真的无名，而是太痛苦了所以无法说出它的名字，正如下面诸多诗节反复哀悼着的“tell me its name”（告诉我它的名字）一样，因为那里埋葬着的正是诗人怎么也不愿面对的已逝的母亲。这种不愿面对母亲已亡现实的情绪在接下来不同诗节的诗行中一系列宣泄的用词(“那只老母狗已死”)“the old bitch is dead”,(“那只老狐狸已死”)“the old fox is dead”里得到了变相渲染，仿佛不断咒骂命运的安排和不断提醒其已然死亡的现实才能让自己意识到斯人已去。即便这样“我”还痴痴地想可能到了黎明，风就会停，雨就会住，眼前痛苦的黑暗就会消失，母亲就会重新回到“我”的生命里，因为黎明正是母亲咳嗽着醒来的时间。这种细节的描写、明暗的对比和愿望与现实的反差在诗人笔下是如此的动人与令人痛彻心扉！想念母亲到近乎绝望的“我”甚至希望借助“时间隧道”来穿回到“我”还是婴儿的时候，哪怕只是今晚（“turn backward o time in your flight/ and make me a child again just for tonight/ good lord he’s wet the bed come bring a light”），只为重温儿时母亲不辞辛劳照料尿床的“我”的充满母爱的一刻。又一次，这种细节的描写和愿望与现实的反差让读者也一道撕心裂肺！诚如诗中后来所说的那样“在你年轻的时光要善待你的父母，因为时间就像有毒的棉口蛇一样慢慢展开它盘着的身躯”，只有年少时就珍惜和父母在一起的时光并给予他们爱和尊重，才不会重蹈一代代“子欲养而亲不待”的悲剧。诗歌结尾处连续三次出现的虚拟语气句型 “If I could pluck”和掉尾句 “the dark and swollen orchid of this sorrow”让全诗在“假如能摘掉这朵悲伤的兰花该有多好”的对母亲化不开的思念之情的诗意表达中结束而又余音袅袅。

之后沃伦还写了许多首怀念母亲的诗歌，用不同视角和片段构筑起对母亲的回忆。比如《启示》一诗反思了自己年幼时对母亲的恶言对抗和负气出走以及母亲对待自己的态度。“我”戾语一出，觉得连天都变得异常明亮（“Because he had spoken harshly to his mother,/ the day became astonishingly bright.”），此时的“我”享受着轻狂反抗带来的新鲜快感，而“我”周围的一切似乎都受到“我”经历的影响而呈现“异象”——庞大的距离缩成一条狗跟在“我”的后方，地球的冷光似乎能驱逐黑暗的夜，屋顶哗啦作响，太阳散发着硫磺的味道——这一切都是我不平静的、带着几分骄傲、却也带着几分焦躁的心情的写照。母亲昔日的面容却不可抵挡地在“我”的脑海中浮现出来——和蔼的面容所点燃的水下的微光，像缓慢的、磷光的荣耀照亮了海底——母亲温柔的散发着爱的面庞才是直达“我”心海深底的光，也是慢慢驱散我内心阴暗的真正力量。“我”开始为自己故意伤害母亲的行为感到后悔，所以每到一处都觉得周遭的植物（菊花、紫菀等）和动物（孔雀、雄兔、猫头鹰等）在以某种方式谴责“我”，全诗在“我”的内疚、悔悟和回归中结束。正如诗中所言，母亲的和善、爱与宽容“在分离中才得到阐明”，也难怪当晚还是男孩的“我”因此“眼泪打湿了枕头”。

《疯狂的药剂师》（“The Mad Druggist”）一诗是从街上一位被大家认为疯了的药剂师的口述中侧面写出了母亲的待人接物。母亲在小镇上和许多人（“街上的”“学校的”“商店的”“教堂的”）打交道。现在当“我”想回忆母亲时却发现“我”忽视了这些和母亲打交道的人就等同于丢失掉母亲身上的一部分，因为母亲和他们是彼此联系在一起的，而“我”年少时的不屑一顾（“boyhood contempt”）导致了“我”从不把他们当作真实的存在而陷入无从回忆的困境。现今的“我”明白了有些疯人疯语也许是真理的另一个名字（“some men are mad, but I know that delusion may be one name for truth”），比如这个疯到想要发明一种药来改善全镇人品德的药剂师从某种程度上说是道出世风日下的勇敢表达者，而他口中的“但是你——当你来到我的药店时总是说一些和善的话”也正是他分享给“我”的关于母亲的真知。这位药剂师虽然在别人眼中是非正常的异类，却有智慧看出“她太宝贵了，不应该死”（“she was too precious to die”），他真正懂得欣赏母亲身上的美德，知道母亲的宝贵，而别人眼中正常的“我”当年却认识不到这些，而在母亲去世后才开始懂得。诗人正是通过这种别出心裁的方式写出了母亲的与人为善以及“我”对她的深深思念。

此外，《午夜哭喊》（“Midnight Outcry”）中带着甜甜的笑容俯身抱起婴儿的“我”来喂奶的慈爱的母亲、那个“我”一看到她心儿就欢跳的母亲（“… how sweetly the face/ Inclines over the infant to whom she gives suck./ So his heart leaps in joy …”），《唯一的诗》（“The Only Poem”）中心底里希望与工作繁忙的儿女团聚嘴上却没有说、会带着“我”一起去很有爱地照料朋友小孩儿的母亲……诗人通过这一首首诗中一幅幅鲜活的画面写出了自己对母亲浓浓的眷恋和思念，其中不乏渗透着难以释怀的歉疚之情——如果时光可以倒流，如果可以早点儿明白母亲的爱，如果知道珍惜和母亲在一起的时光，那该多好！诗人还有很多表达怀念母亲的诗歌都是融怀念母亲、怀念父亲、怀念外祖父于一体的，比如《童谣》《自然史》等，那些日常生活的片段、那些点滴的温馨与感动、那些难忘的场景和对话、那些当时不理解而现在理解的种种都是沃伦宝贵的回忆。

如果说母亲对于沃伦而言是个对孩子慈爱、对家庭关爱、对他人友爱的美好女性形象，那么沃伦诗歌中回忆的父亲则是极富责任感、有自我牺牲精神、坚强又不失浪漫情怀的男子汉形象。如本书之前提到的，沃伦父亲年少时曾遭遇其父突然病逝、一家老小失去经济来源的家庭变故，他的大哥选择了逃避，自己外出谋生去了，而十六岁的他毅然扛起家庭的重担，与继母一道撑起了整个家。《永久的基业》一诗通过用并置空间展示不同时段父亲的方式回忆了父亲的这段经历，蒙太奇般展现了本该享受男孩儿生活的父亲是如何担当起了家中顶梁柱的角色：

> ……
> 父亲死了，土地没了，带着孩子们的继母那么憔悴，
> 大哥逃去了墨西哥
> 去发他的财，金子或牛群或纸牌，
> 他除了我们看到他做的，还能做些什么？
> 为该地区的第一条铁路劈枕木，
> 十六岁像个男人那样强壮——上帝作证，他那时就是男人——
> ……

十六岁的他就这样勇敢地扛起了家庭的重担，没有逃避、没有退缩，像个真正的男子汉。他牺牲了他那个年纪对文学萌生的热爱和写诗的梦想，没有抱怨、没有沮丧，就像《读至深夜，温度下降》中父亲豁达的自述那样，“这是一种幸运，早年就懂得了人尽义务也能幸福”。一个把为家人吃苦当作理所应当、把尽义务看作幸福的朴实而伟大的父亲形象通过这些诗歌展现在了读者面前。沃伦在这些诗歌中流露的对父亲的怀念带有强烈的认同感和传承感，这也是后来他走上诗歌创作道路的重要原因，即一种代父亲完成梦想的使命感。父亲的坚强和男子汉气概不仅表现在年轻时的这段经历中，也表现在他晚年为免家人担心而对疾病（癌症）的隐忍中，这在《读至深夜，温度下降》一诗中得到了生动的描述。八十六岁的父亲摔倒在地，失去知觉，两天后去世，此时家人才发现他“珍藏的秘密：/ 前列腺大如马苹果。癌，当然是。”而父亲生前却一直操劳，从未卧病床一天或发过一句牢骚，直到临死才痛苦地喊出了声，这种坚强的隐忍不得不令人动容！诗人的那句“你有权这样做啊”是发自肺腑

的怜惜，想到父亲为家庭奉献的一切，“我”怎能不在震撼敬佩的同时痛彻心扉！

沃伦诗歌中怀念的父亲不仅有“铁汉”坚强、有担当、自我牺牲的一面，还有“柔情”浪漫的一面：《傍晚从枫树林传来的微笑的允诺是什么？》中下班回家路上归心似箭的父亲，闲暇时与儿子一起打猎但怕儿子小猎枪伤到他而耐心说着“你现在开枪还太小，但明年你就会长成大男孩儿的”父亲；《唯一的诗》中直到弥留之际谈到母亲时都在试图描述母亲年轻时如何美丽的父亲；《很久以前十月的野餐》中打扮整齐快乐地驾着马车带全家出游、一路上对妻子和孩子照顾有加，散步时和爱人手牵手、头抵头，仿佛有说不完的悄悄话（“*Heads together as though in one long conversation/ That even now I can't think has an end*”）的父亲，这些描写虽然吉光片羽，也足以让父亲的形象更加丰满立体。

外祖父是除了父母外对沃伦一生有重大影响的人。沃伦的不少诗歌都写到了外祖父的事迹、他和外祖父的交流以及对外祖父的思念，祖孙树下共话的场景甚至成为沃伦诗歌中的经典画面之一。对于沃伦而言，作为骑兵上尉亲历南北战争的外公、喜爱读讲史书和朗诵诗歌的外公、当其烟草仓库被烧后毅然选择扛起债务而不是宣告破产的外公是“过去年代英雄事迹和浪漫情怀的活象征”[①]。沃伦最早写到外祖父的一首诗是《家谱》，该诗用类似肖像刻画和传记的手法写了外祖父与外祖母的外貌、他们在镇上的生活以及外祖母死于难产的事，诗中的外祖父穿着讲究、潇洒不羁（黑色法国宽幅上等黑呢外套、帽檐压低、戴着标明已婚的金戒指、穿着靴子、骑着马），而这种带有几分牛仔和军人混合体的富有浪漫色彩的形象契合了外祖父在沃伦心中传奇英雄的模样。源于这种英雄情结，在刻画外祖父相貌时，即便是刻画已苍老的他，沃伦也总是不吝啬褒奖之词，比如《当生命开始时》：“老式古希腊风格的头直挺着，／在雪松的浓荫下那头上覆满白发，／胡须卷曲犹如匠人精湛雕刻的石像／上面凿子刻出的阴影更突显了白发。／蓝色的凝视锁定在神秘的远方。”与古希腊头像的对比使得外公硬朗优雅的外貌被充分烘托出

① Warren, Robert Penn. A Self-Interview[A]. In: Floyd C. Watkins et al. eds. Talking with Robert Penn Warren[M]. Athens: The University of Georgia Press, 1990: 2.

来，古典的韵味，浪漫的气息，雕塑的质感弥漫在字里行间。沃伦对外公虽有崇拜的仰视，但也绝不粉饰外公犯下的过错。《军法审判》一诗以祖孙树下讲故事的画面开篇，一方面通过细节点出了外祖父对浪漫主义诗歌（“拜伦、彭斯”）、历史和军事的热爱，刻画了他当年意气风发的模样，一方面突出外祖父为年轻时私刑处死多名游击队员一事的追悔。是的，在沃伦看来曾金戈铁马、不惜赴死的传奇英雄般的外祖父一样是不完美的，他也犯下过令他不堪回首的罪行，他的心路历程和虔诚忏悔给后代人以警醒。《邦联老兵试着解释这件事》一诗则刻画了阅历丰富的外祖父对死亡一事的看法，外祖父那种欲言又止、讲讲听听的复杂神态与年幼的“我”因单纯而不断发问急着要答案的样子形成了鲜明的对比。外祖父的战争经历和生死观无疑深刻影响了沃伦以战争和死亡为主题的诗歌的创作。沃伦诗歌中追忆的外祖父虽不完美，但正因经历丰富而极具智慧和人格魅力，他一字一顿说的话“爱 / 你的妻子，爱你的孩子，遵守诺言，且 / 如果需要，为人们为之赴死的勇敢赴死。我们 / 没有太多选择。/ 并记住真理并不总是掌握在多数人手中……”被沃伦完整地记录在诗中，成为一种急需被保留的已故时代美德和精神的象征。

怀念亲人的主题是沃伦诗歌中以人物为主题的诗歌的一个缩影，正如以原罪为主题的诗歌也是沃伦作为一个非宗教信徒写的有关宗教主题诗歌的样本。布鲁姆曾在《沃伦诗歌全集》序言中评价沃伦为他所知道的“最严肃的世俗道德主义者”[①]。沃伦的很多诗歌都涉及了对宗教问题的探讨，其中有不少以原罪为主题的诗歌（未被《沃伦诗歌全集》收录的《龙的兄弟》可谓探讨原罪的鸿篇巨制，此处暂不做讨论）。《原罪：一个短小的故事》以拟人及拟物手法写了原罪的代代相传、如影随形和它的隐蔽性——不同于犯罪的明目张胆，原罪是植根于人性的隐秘的恶，它跨越时空（“But there it stood, after all the timetables, all the maps”），无法逃避，所以不能否认和掩盖它的存在而应坦诚勇敢面对，这是第一要义。《比利波兹谣曲》以民间故事改编成歌谣的方式戏剧性而又象征性地表达了贪婪终将恶有恶报。见财起意、图财害命的比利夫妇最终亲手杀

① Bloom, Harold. Foreword[A]. In John Burt ed. The Collected Poems of Robert Penn Warren[M]. Baton Houge: Louisiana State University Press & Baton Rouge, 1998: XXIV.

死了被他们误认为是“富商”的多年后归来的儿子，可谓自食恶果，全诗笼罩的因果报偿的氛围具有隐喻的性质。《理想主义的两次研究：对美国和人类历史的简短调查》用题目和内容的反讽勾勒了人类充满暴力与血腥的历史，“太阳底下无新事”，历史的悲剧一次次重演，那些漫无目的的暴力与杀戮暴露了人性中最丑恶的部分。《红尾鹰与少年时代的火堆》则从细腻心理过程的角度展现了原罪毫无征兆的上演和对无辜的红尾鹰杀戮的一瞬间给少年时代的“我”带来的莫名快感。由此可见，原罪潜伏在每个人的心中，不管你是天真少年还是智慧长者，稍不防范，遇到时机它就会流露出来。如《爱上帝的一种方式》中所说的，对待原罪绝对不可以遗忘或掩盖，那样只会带来恶性循环，认清它即人性之恶，时刻保持警惕，用人性中向善的另一半如爱、使命感来克服它才是真正的“爱上帝的一种方式”。

结构篇

一首诗朝我们面前一摆，就能立即使我们心悦诚服地看到它不同于一篇散文……要说差异，诗歌的结构倒是很有希望算作一种。[①]

——约翰·克罗·兰瑟姆

（John Crowe Ransom）

诗歌结构对于诗歌而言也有本质意义。特伦斯·霍克斯（Terence Hawkes）在《结构主义和符号学》中曾说过："事物的真正本质不在于事物本身，而在于我们在各种事物之间构造，然后又在它们之间感觉到的那种关系"。[②]王夫之诗歌美学体系的理论核心是"以结构养深情"的命题。[③]新批评派认为，诗歌的结构是使其异于散文的特质。就单一的一首诗而言，其结构既包括诗节划分、韵律排列、节奏安排等外在的表层结构，也包括使诗之为诗的其既复杂又统一的内在深层结构。结构在诗歌中扮演着极其重要的角色，善于运用诗歌结构的诗人定是颇有成就的诗人。在这一章，我们从结构这个方面来审视沃伦的诗歌。

本章探讨的沃伦诗歌的结构涉及宏观和微观两个方面。宏观方面指的是沃伦一生诗歌的总体发展脉络，微观方面指的是沃伦在具体的各种主题的诗歌中常用的与该主题相称的结构。

---

① 兰瑟姆．征求本体论批评家[A]．赵毅衡编选．新批评文集[M]．北京：中国社会科学出版社，1988：73.

② 霍克斯．结构主义和符号学[M]．上海：上海译文出版社，1987：8.

③ 张节末．诗歌的结构运动与"意"的审美转化——王夫之诗歌结构论平议[J]．文艺理论研究，1990（5）：26.

一 沃伦一生诗歌的宏观结构

就沃伦诗歌的宏观结构即其一生诗歌总体发展脉络而言，沃伦的诗经历了从早期（1922—1943）的现代派风格、抽象路线以及学院化修辞，到中期（1953—1966）的浪漫与写实风格相结合、浓郁的叙述元素以及情感化用语，再到晚期（1966—1989）的神秘派风格、先知谜语般启示以及实体感用词，这种写诗风格和路线所勾勒的沃伦诗歌的总体走向，其实暗示了一种宏观上的"U"形结构。

早期的沃伦诗歌以批判现实为主，残存着模仿艾略特《荒原》的痕迹，往往"从言语的及抽象的某个点出发"[①]，多采用现代派风格和学院化修辞，从韵律到选词都有着刻意的精致，致力于以"展现"的手法勾画出人与世界的异化、破碎和衰败，如《预言》《铁滩》《一个年轻人的死亡面具》《夜曲》《恐怖浪漫曲》《两个夏天的十四行诗》《对多德夫人的礼赞》《三位淑女的画像》《镜子》《摔跤赛》《坟墓意象》《八月复活：十字形农场的交叉路口》《回归：一首挽歌》《肯塔基山田》《致人群中的一张脸》《多须的橡树》《恐怖》等。在这些诗歌中，诗人描绘了令他痛心或鄙夷的种种现状——人的无目标与方向感、空虚堕落、异化扭曲，世界的功利喧嚣、物质至上或毫无活力、死气沉沉等，诗歌总体弥漫着悲凉的味道或嘲讽的语气，表达着诗人的强烈不满。

中期的沃伦诗歌则以反思自身为主，呈现出诗人自身对写作的自由探索，诗歌的生发可以是因为一件事、一种感觉或一样触动情绪的物[②]，而浪漫与写实、感性与理性、叙述与抒情等元素也被诗人不拘一格地使用，许多诗歌周身散发着自然的情感与能量，展现着丑恶与美善并存的

① Warren, Robert Penn. An Interview with Robert Penn Warren[A]. In: Floyd C. Watkins et al. eds. Talking with Robert Penn Warren[M]. Athens: The University of Georgia Press, 1990: 239.

② Warren, Robert Penn. An Interview with Robert Penn Warren[A]. In: Floyd C. Watkins et al. eds. Talking with Robert Penn Warren[M]. Athens: The University of Georgia Press, 1990: 238-239.

世界。比如《应许：诗 1954—1956》诗集中描写纯真、美与爱的《致一个小女孩，一周岁，在一个废弃的城堡》组诗以及刻画邪恶、胆怯、谎言的《龙之乡：致雅各布·伯梅》，还有诗集《你，皇帝们，和其他：诗 1957—1960》中探讨认知自我和他人之原罪与原善并存的《献给你的花环》（“Garland for You”）等。这个阶段的沃伦诗歌既致力于揭露现实和人性丑陋的一面，也不遗余力地赞扬其美好的一面，诗风也一改其早期诗歌呈下沉趋势的悲凉与嘲讽，而总体呈现悲喜调和的持平状态。

晚期的沃伦诗歌则致力于以教导、启示等方法来“治疗”人与社会的弊端和重建自我与世界的秩序。此时的沃伦已经以强者诗人的姿态屹立于文坛，其诗歌“艰深、迷化、实体感”[①]的风格是与他教导、启示的初衷相一致的，诗歌不仅使用先知谜语般的言辞和格调，还经常援引各种生活中的实物、实事来点化世人，即用“饱含道德训诫和教育意义的逸事”[②]来启示与恢复人与世界的秩序。这些在沃伦的《在缓慢无花果紫色的倦怠中》（“Where the Slow Fig's Purple Sloth”）《自然史》《园中谜语》《红鲱鱼》《空虚之地》《晨曦的桅杆》（“Masts at Dawn”）、《树叶》《小男孩儿和丢失的鞋》（“Little Boy and Lost Shoe”）、《读至深夜：温度下降》《红尾鹰与少年时代的火堆》等小诗，以及《内伤》《奥都本：一个幻象》《内兹帕斯的约瑟夫酋长》等篇幅较长的诗歌中都有着淋漓尽致的表现。沃伦该阶段诗歌的语言因诗人先知般的教诲而常常带有隐喻性，比如《无可名状的事物》（“Nameless Thing”）和《谣言被证实》（“Rumor Verified”）等，这种扑朔迷离和弦外之音强烈要求着读者阅读时的参与性，就像解谜一般；而其诗歌中蕴含的故事又因诗人形象生动的手法而充满传奇色彩，比如《红尾鹰与少年时代的火堆》《奥都本：一个幻象》和《内兹帕斯的约瑟夫酋长》等，这种传奇色彩或史诗画面强烈触动着读者的心弦，让其随故事的跌宕起伏而边唏嘘不已边感悟真理。晚期的沃伦诗歌依旧展现了现实与理想的差距、美好与丑恶的并存，但更注重

① Bloom, Harold. Foreword[A]. In: John Burt ed. The Collected Poems of Robert Penn Warren[M]. Baton Rouge: Louisiana State University Press, 1998: XXV.

② Warren, Robert Penn. An Interview with Robert Penn Warren[A]. In: Floyd C. Watkins et al. eds. Talking with Robert Penn Warren[M]. Athens: The University of Georgia Press, 1990: 240.

于激发人们直面现实的勇气和积极进取、重建秩序的决心，而这些正是诗人所执着追寻的。正因为如此，沃伦的晚期诗歌表现出了在参透世事基础上的乐观豁达，是继早期诗歌的下沉和中期诗歌的平和之后的一种升华与向上。

弗莱在《批评的解剖》中曾阐述了以四季为基础的文学循环变形理论。①与此相类似的是，沃伦的总体诗歌也有着从秋、冬神话的悲剧与反讽（“批判”↓），走向冬、春神话的悲喜交加（“转折”→），再走向春、夏神话的喜剧与传奇（“重建”↑）的趋势，呈现了一种宏观的“U”形结构。

二　沃伦具体诗歌的主要结构

就沃伦诗歌的微观结构即具体诗歌的结构而言，主要呈现三种表现方式，即“U”形结构、突转/对比结构和环形结构。其中“U”形结构必然包含下降（descend）与上升（ascend）的过程，突转或对比结构侧重于两者的对照（只是比例或方式不同），而环形结构则有原点和终点合一的特点。

“U”形结构和突转/对比结构多出现在占沃伦诗歌主体的以“逃逸与追寻”为主题的诗歌中，与其主题相得益彰、融为一体。

（一）富有原型意味的“U”形结构

弗莱曾指出，世界各地许多原始祭奠仪式和神话传说中都潜藏着某种循环结构②，这反映了人们从远古时期起对自然更替变化形成的一种朴素认知所留在心灵上的印迹，对后世文学有着重要的影响作用。甚至

① Frye, Northrop. Anatomy of Criticism[M]. Princeton: Princeton University Press, 1971: 163.

② 弗莱. 文学的原型[A]. 朱立元，李钧主编. 二十世纪西方文论选：上卷[M]. 北京：高等教育出版社, 2002：381—382.

“他认为关于神由生而死而复活的神话已包括了文学的一切故事”[1],《圣经》和诸多文学作品中频繁出现的堕落—救赎—重生的“U”形结构就是其中的典型代表。在沃伦的诗歌中，这种富有原型意味的“U”形结构主要被用来表达“逃逸都市城镇、追寻乡村自然”以及“逃逸迷茫无知、追寻内外认知”这两类主题，由此也可看出乡村自然和“知”在沃伦诗歌中承担的“救赎”角色以及诗人对“重生”的祈盼。

在沃伦以“逃逸都市城镇、追寻乡村自然”为主题的诗歌中，主人公大多要经历从让人身心俱疲、麻木堕落的都市城镇中“逃逸”，来到宁静质朴、和谐美丽的乡村自然“追寻”身心的自由与灵魂的苏醒，待自我得到治愈与救赎后，以升华的姿态重新投入必须面对的都市城镇生活的这样一个过程，该过程可以被简单勾画为如下的“U”形结构：

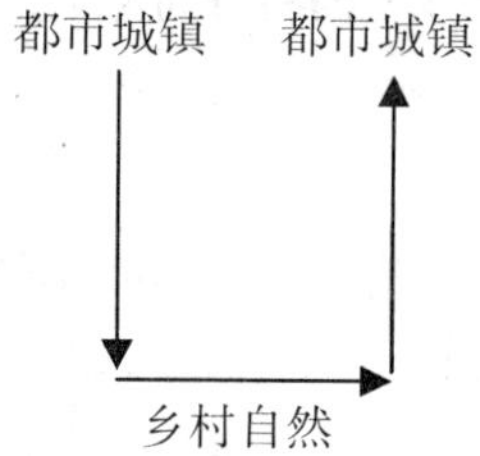

以《夏日午后与催眠》一诗为例：

> 你被溪流的汩汩声和夏日午后的醺醺然
> 弄得昏昏欲睡，当太阳西斜，你在柳荫的
> 保护下，躺着。远处世界唯一的声响是
> 羊铃柔和的乐声，一下接着一下，
>
> 穿过无尽的远方，那里充满阳光与慵懒。
> 是的，被这样催眠着，你的生活臻于坦诚，
> 在这样的坦诚中爱、恨、欲、勇、怯、怒，
> 连同终从谎言中撕扯出来的真相，一同从朦胧的

① 杜昌忠. 论弗莱之文学循环说[J]. 福建师范大学学报（哲学社会科学版），1998（1）：81.

时间迷雾里浮现出来，并列队在无时间性中
寻找其单一的及赤裸裸的真实。而你的心，
困惑着有如在镜子冰冷的胁迫中，
它好似停止了跳动，而你干裂的唇慢慢张开

在惊恐中低声问道：“那就是
我这些年一直过着的，但并不了解的生活吗？”
你真的认为现在太阳会停住不动吗？
你真的认为溪水会不再流淌吗？

但心在跳动，并且世界将继续着它的本性，
时间之潮回卷时比芬迪湾的海水还能淹没、还要汹涌，
不管那是什么，一个人已经承受的他仍能承受，
那高大松树的阴影给夜命了名，而在那阴影

触到远方布满苔藓的石头时，你将已然把催眠的自我
惊醒，并迈步走向归程，那归程
通向屋顶，而在那屋顶之下你找到了房屋中
神秘的、爱的、救赎的笑容。

全诗共分为6个诗节。第一诗节描写了主人公从都市城镇“逃逸”至大自然的情景，对应的是“U”形结构中的第一个环节。都市城镇的功利喧嚣虽没有被直接写出，但诗人用溪流旁、树荫下自然世界的静谧安详进行了隐含的对比和反衬——“远处世界唯一的声响是/羊铃柔和的乐声”一句就把那份嘈杂置于更远的背景中。这超然世外的安宁让人身心都放松下来，灵魂也得以苏醒，于是接下来的三个诗节描写了因忙碌与麻木而扭曲的自我在大自然中如何得到修复与重生，即“U”形结构中的第二个环节。卸下枷锁、摘掉面具、抛开谎言的“你”在此首次坦诚地面对自己的爱与恨、愤怒与欲望、勇敢与怯懦（善恶并存），并从浑浑噩噩中清醒过来，开始审视以前“一直过着的，但并不了解的生活”。这

里大自然无疑让人回归了自我的本真并开始用清醒的自觉意识修复已然破碎、麻木的自我。“你”意识到时间不会停驻，“世界将继续着它的本性”，但在大自然的怀抱中得到修复与救赎的“你”已然有了担当和勇气（“已经承受的他仍能承受”），所以选择“迈步走向归程”，重新回到都市城镇的生活中，完成了“U”形结构的最后一环。这种回归不是简单的重复与循环，而是一种升华后的重新融入——“你”是已经过大自然的洗礼与启迪，坦诚地面对了自身的善与恶、过往的好与坏，回归了真实的、清醒的与新生的“你”。当这样的“你”重新回到都市城镇的生活时，不再麻木冷漠，而是重新获得了对爱的感知（“你找到了房屋中／神秘的、爱的、救赎的笑容”）。整首诗从“逃逸”都市城镇起，又以回归都市城镇结束，中间是到大自然中“追寻”启迪与救赎，构成了典型的“U”形结构。

相类似的是沃伦以“逃逸迷茫无知、追寻内外认知”为主题的诗歌中的“U”形结构。主人公先要经历与世界及他人的分离而成为独处的个体，然后进行自我批判与反思，并最终在认知自我的基础上重新回归与世界和他人的统一体。这一系列过程，也可描述为如下的“U”形结构：

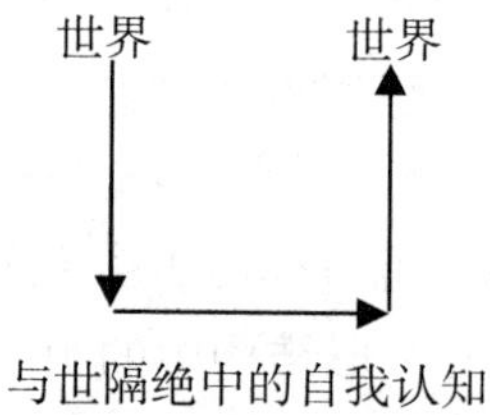

以《潜水者》一诗的象征性表达为例：

像射出的箭般，身体飞在光中。
水闭合的一霎脚后跟一闪。
那双脚踩过的踏板兀自颤动。
以水面伤口为中心，
漾起一圈圈几何学上的同心圆

那些闪亮的圆圈似靶标环般扩散开来
有着数学般的精准。

此时在水中的微光里，
在这没有声音，也没有俗世老恶狗般
恼怒的叫嚣与唠叨的寂静中，
身体滑行着。在这没有时间向度的安宁里
看似没有运动的运动者
随着潜水者的手向后滑动而运动着，
而在我们凝视的心中我们知道
一种身份的不容置疑的深度与平静，
而那是我们从未梦想过的。

但看哪！脸浮上来了，黑色的头发
啪地甩向一边露出男孩般灿烂的笑容。
我们，也，笑了，欢迎他回到
我们生活着的，也终将倒下的土地上的
所有欢欣与苦痛。

全诗共分为 3 个诗节。其中第一诗节描绘了主人公从踏板跃入水中的画面，在“水闭合的一霎”他独自一人进入与尘世隔绝的水下世界，完成了与尘世及他人的分离，即“U”形结构中的第一环。第二诗节描写了“在这没有声音，也没有俗世老恶狗般 / 恼怒的叫嚣与唠叨的寂静中”，主人公得以抛开一切烦扰和纷乱，体验纯粹的自我，并反思关于自我的一切，因此获得了“一种身份的不容置疑的深度与平静”——这里用象征的手法刻画了“自我认知”的过程，即“U”形结构中的第二环。如同从都市城镇到自然乡村的短暂“出世”终会以重新“入世”结束，第三诗节也展示了主人公最终在认知自我的基础上重新回归与世界和他人的统一体，即“U”形结构中的第三环。他从水中浮出，宛若洗礼后重生，带着乐观积极的态度（“露出男孩般灿烂的笑容”）重新回到那“我们生活着的，也终将倒下的土地上的／所有欢欣与苦痛”。是的，我们的生命有限（“终将倒下”），所处的世界也有苦有乐（“土地上的／所有欢欣与苦痛”），但既然这是固有的事实，那么就应该因“知”而“爱”，勇敢地面对自身的一切并张开臂膀拥抱这个并不完美的世界。沃伦的这首《潜水者》用其富有象征意味的三个诗节组成的“U”形结构分别对应了“逃逸迷茫无知、追寻内外认知”过程的三个环节，形象地向读者展示了诗人想要表达的思想。

（二）富有张力的突转或对比结构

“张力论”最早由“新批评”派成员之一的退特提出，他在《论诗歌的张力》（1938）一文中说：“张力（tension）作为一个特定的名词，是把逻辑术语‘外延’（extension）和‘内涵’（intension）去掉前缀而形成的。诗的意义就是指它的张力，即我们在诗中所能发现的全部外展和内包的有机整体。”[①]退特还在该文中暗示，一首优秀诗歌内部各个部分应达到一种平衡，如各种倾向的对立统一或各种矛盾的协调解决，即某种在对立中形成的稳定性。由此可见，张力存在于所有诗歌语言的外延义和内涵义之间，这二者之间的差异越大、包孕越多、越能达到最终的对立中的统一，诗歌就越具有张力和审美价值。沃伦在《纯诗与不纯诗》（1943）一文中也对“张力”提出了自己的看法——诗歌应该是各种“张力”关系的集合体，“张力”关系不仅存在于诗的韵律和语言的韵律之间，而且还存在于韵律的刻板性与语言的随意性之间；存在于特殊与一般之间；存在于具体与抽象之间；存在于比喻中的各种因素之间；存在于美与丑之间；存在于反讽包含的各种因素之间；存在于散文体与陈腐古老的诗体之间。[②]综合这二人的表述可以看出张力涵盖的范围很广，从诗中一个词意义之含混到一整首诗结构之独具匠心都概莫能外，因此沃伦以“逃逸与追寻”为主题的诗歌中所使用的突转或对比结构（主要被沃

---

① 退特. 论诗的张力[A]. 赵毅衡编选. “新批评”文集[M]. 北京：中国社会科学出版社，1988：116—117.

② Warren, Robert Penn. Pure and Impure Poetry[A]. In: Robert Penn Warren ed. New and Selected Essays[M]. New York: Random House, 1989: 3-28.

伦用来表达“逃逸暴力暴行、追寻和平和谐”以及“逃逸现代荒原、追寻理想世界”这两类主题）就是形成张力的重要手段，能吸引读者在阅读过程中进行参与和探索，从而得到相关的启示。

首先，以批判破坏生态暴行的《幻想》一诗为例，沃伦在该诗中主要使用了**突转**结构：

> 一片窄小的桤木林中飞燕草郁郁葱葱
> 我将为自己在此建上小屋一栋，
> 那里夕阳之影使紫罗兰忧郁蒙蒙，
> 那里北美夜鹰啼出诡异之声。
>
> 我将躺在河莎草铺就的床上，
> 聆听夜色如玻璃般空灵，
> 似水槽泻出的光洒在我的窗台，
> 猫头鹰盯着我，白森森冷冰冰。
>
> 曙光升起时我会烧掉我的小屋，
> 身后只留下灰烬余烟，
> 当树周灰色的烟雾随风而散，
> 再次把林地向猫头鹰和小鹿归还。

这首十二行诗结构别致，别具匠心。第一诗节前半段写“一片窄小的桤木林中飞燕草郁郁葱葱，我将为自己在此建上房屋一栋”，用词给人优美恬静的感觉。“larkspur”的前缀“lark”让人产生云雀的联想，“bloom”表明飞燕草欣欣向荣的繁盛，更添美感。第三行“夕阳”和“紫罗兰”的意象原本会延续美感，却突降为“忧郁”，色彩开始变暗，和“shadow”（“阴影”）相对应，洋溢着忧伤。而最后一行更是用了“eerie”（“诡异的”）和“whip-poor-will”（“北美夜鹰”）这样字面带暴力义（whip—抽打）和伤感义（poor—可怜）的词语，使氛围从优美恬静转向黯淡诡异。读者不禁开始疑惑这种转变的原因，诗歌也因此形成了一股悬念的张力。

第二诗节的结构也有类似之处，先是出现“河莎草铺就的床”及“如玻璃般空灵的夜色”这样优美舒缓的画面，而第三行原本会延续美感的“光”的意象被生硬地加上“guttered”（“似水槽泻出的”）这样破坏美感、形成陌生化效应的定语，让光流动的特质联系到了水沟、水槽、贫民窟（“gutter”一词在字典中的多个释义）这样的画面，形成反讽的张力。事实上，张力不仅存在于文本内部，而且存在于主体的接受心理中，主体在与文本的碰撞与互渗过程中，就充满了既统一且矛盾的心理张力；陌生化也正是凭借文本与主体接受之间的张力美，吸引主体的审美关注，使主体获得出乎意料的审美经验。[①]最后一行更是以另外一种鸟——猫头鹰“白森森冷冰冰盯着我”的画面作结，气氛变得紧张诡异，“stare”和 “stark”形成的头韵更是强化了这种效果。至此，读者的疑团仍旧没有解开，悬念也在延宕中积蓄了更多的张力。

第三诗节一上来是个更大的突变，“我”营造的小屋却被“我”亲手烧掉，和开篇呼应却形成巨大反差，正当读者迷惑不解之时，“我”抛出了答案：要把林地还给它们真正的主人，即以猫头鹰和小鹿为代表的自然界生物。悬念最终在这里得到释放，诗人呼吁的是人类远离对自然的侵占和对生态环境的破坏。而篇末一行“When, wood, with, wind”四个[w]音开头单词的头韵用法更使得诗歌的结束余音袅袅，读者好似听到风吹散小屋余烬发出的呜呜声。读到此处读者也就明了为何北美夜鹰会“啼出诡异之声”以及为何猫头鹰看着“我”的目光是“白森森冷冰冰”——表面上描写的林中不协调的景象（“外延义”），实际上反映了人侵占自然时所带来的人与自然的冲突关系（“内涵义”），诗歌也在矛盾的解决中获得了一种平衡。诗中的突转结构无疑为整首诗带来更多张力，引领着读者对背后原因进行不断探求，并最终幡然醒悟：人工对自然的侵犯会招致栖居其中的动物的抗议（北美夜鹰的诡异之啼）和敌视（猫头鹰白森森的眼神）。这种突转结构连同诗歌结尾处将自然归还给猫头鹰和小鹿的呼吁，共同传达了“远离破坏生态暴行、追寻人与自然和谐”的主题。沃伦创作中生态思想的先声在此早期诗歌中已有了展现。

---

① 杨向荣. 陌生化[A]. 赵一凡，张中载，李德恩编. 西方文论关键词[M]. 北京：外语教学与研究出版社，2006：347.

至于沃伦表达“从现代荒原逃逸、追寻理想世界”主题时富有张力的突转结构，可见于《预言》一诗：

阳光烘灼的行进队伍毫无美感，
热浪笼罩而颤抖的公路无尽绵延，
那里欠美丽的债没有偿还，
只有灰土色的军营乏味单调列队而站。

同样无趣的是尘埃的幽灵黯然盘旋，
舞动在远山上蜿蜒爬升的云柱之端，
除了眼前境况的纷乱，自身的小灾小难，
你看不到其他事物种种般般。

但当这一切已逝而你亦跟不上
那行进脚步挥动的乐章，
你会把所有代价视若微茫，
回忆会让苦涩在甜蜜中涤荡。

这首十二行诗共分为三个诗节。第一诗节刻画了在干涸（“阳光烘灼”“热浪笼罩”）、没有生机（“灰土色”）的世界上列队而行、无奈曳步的现代人。诗中象征着生机与活力的水的缺乏、让世界充满美的各种色彩的缺乏，以及人们行进时力量与激情的缺乏（富有反讽意味的“parched parade”表明这样的行进队伍恰恰是没有活力、没有美的，这一点在下文“mile on mile”叠词结构所展现的单调重复以及“the gray, drab barracks in monotonous, grim file”一句对辅音的运用所体现的生硬枯燥中得到了延续与加强）使得整个画面颓废衰败、灰暗单调，而这恰恰是现代荒原和身处其中的人们的写照。

第二诗节首行用“dust”（“尘埃”）和“dimly”（“黯然”）所形成的头韵继续勾勒着现代荒原灰暗的画面。灰尘在远山云柱之端扭动的情景更是丑陋得让人毫无快乐之感（“You take no joy ...”）。荒原中的人们则忙转于眼前关乎自己利益的事物，只关心自己的情绪，充满了自我狭隘性与对他人的漠视。如果说本诗第一诗节相当于中国古诗行文中的“起”（引入现代荒原中人们失去方向和美的主题），那么第二诗节就相当于“承”（进一步描写现代荒原人因极度自我中心而得不到真正的快乐），接下来的第三诗节则担起了“转”与“合”（点破死亡对这一切的终结以及回忆的力量）的功能。

最后诗节以“but”开头话锋突转，表明当一切已逝、人生将尽（诗中用行将跟不上队伍而停下来作比），原先的“present whirl”（“眼前的纷乱”）此时变成“paltry small”（“微茫”），[p]音和边流音[l]的呼应形成了鲜明对比——以前孜孜以求的现在变得无足轻重，生命的流逝会让之前付出的代价都变得微不足道。真正最宝贵的是回忆，因为它会“涤荡”苦涩、留下美好。最后一个单词 “sweet”长元音[i:]的使用形成余音绕梁、回味无穷的感觉，而诗人对现代人丧失方向与使命，麻木堕落、自私狭隘、缺乏活力与生机的批判也终在谆谆教导中收尾。这种富有张力的曲终突转的结构，借助结尾处的“横空一棒”凸显了什么是该批判/“逃逸”的，以及什么才是宝贵而值得“追寻”的，使沃伦诗歌“逃逸现代荒原、追寻理想世界”主题的表达更富戏剧性和吸引力。

至于沃伦诗歌表达“逃逸暴力暴行、追寻和平和谐”主题时的**对比**结构，可见于《内兹帕斯的约瑟夫酋长》等诗。《内兹帕斯的约瑟夫酋长》通过穿插并置的对比结构将印第安人正直、勇敢、平等待人、尊重自然的光辉形象与白人种族主义者毫无诚信、自大、种族歧视、屠杀妇孺的丑陋面目所形成的鲜明对照烘托得更加淋漓尽致。

富有张力的对比结构在表达“逃逸现代荒原、追寻理想世界”主题的沃伦诗歌中更是不胜枚举——现代荒原时而和自然界相对比(《秋天的心》)，时而和童年生活相对比（《丢失的水车池》)，时而和印第安文明相对比（《奥都本：一个幻象》)。现以《丢失的水车池》一诗为例：

光亮透明地，水车池水映照着九月的蓝天。
金色的，瘦瘦的枫叶，一片一片地，透过
一动不动的空气向下凝视，那里，水也一动不动，枫叶的神秘就挂在那里，金色的，但上下相反。

水满溢过堤坝顶端的旧石头
那里边缘被苔藓染绿得如此之美。但是那水车，
很久远了，一定已经腐烂。一个接一个，老木梁会掉落，
虽有一些，布满苔藓并倾斜着，穿过破烂的藤蔓，可能依旧戳在那里。

它们会，一一掉落，而每一次掉落的事实
会在一个**时间**似乎永不流逝的所在测量出时间。
但无论你现在在哪里，无论你正做着什么行为。
你坚持着人类最后的梦想，即片刻可以成为永恒。

试着，如果你可以，重现那时的情景。你能看到
现在已丢失的，巨大的水轮，旋转着，每转一下都溢出
太阳的火焰和水的银光，而，欢快地，
白而瘦的身体纷纷跃入黑色的水中，空气中充满

疯狂的呼喊直震得那最高处的树叶不断摇颤吗?
当现在你站在那里做梦时，一片树叶，慢慢地，脱离
树枝，金黄色，华美，快乐而不是悲伤，
几乎一动不动地，飘落下来，直到完全停驻在水面上。

呸！这个情景只是想象的。你整个人生
你都没有再回去，而那些男孩儿们，大多已经死去，
或形同死去，因为厌倦工作，厌倦孩子，厌倦妻子，
或因为酗酒，因为心脏衰竭，因为警察追杀，因为疯了的工贼。

在黑暗中，我试着在这么多年后想象那个水池，
或细数那些在那，曾经，快乐地呼喊过的男孩。

全诗由 7 个诗节组成。第一个诗节对重访的童年玩耍旧址进行了描画，天空的蔚蓝、池水的清亮和枫叶的金色交织在一起构成了非常美丽的乡村图景。但紧接着的第二、三诗节却描写了水坝石头的变化和水车木头的日渐腐烂——它们昭示着时间的流逝，不禁让人感慨时光终将把当年的美丽完全带走的遗憾而唏嘘。接下来的第四诗节和第五诗节的第一句是重现当年小伙伴们一同嬉戏的情景，动态的画面洋溢着美、和谐、快乐与活力（水轮旋转时溢出“太阳的火焰和水的银光”的亮色美景，“白而瘦的身体纷纷跃入黑色的水中，空气中充满／疯狂的呼喊直震得那最高处的树叶不断摇颤吗？”所彰显的和谐、快乐与活力），但第五诗节的后三句马上切入了“你”现在重访旧地时站在那里的静态画面，与之前形成对照。这种回忆与现状的对比转换好似电影中的蒙太奇手法一般。到了第六诗节，一上来有个突转——“呸！这个情景只是想象的。你整个人生／你都没有再回去”,一下子让读者意识到刚才的旧地重访只不过是想象，而那儿时的场景是“想象中的想象”。尽管重归故土、重睹童年旧址的情景“只是想象的”，但那也是源于对童年世界的“追寻”，而“想象中的想象”的儿时场景是美好童年的珍贵回忆。第六诗节的余下部分描写了现在成年的“我们”颓废冷漠的生活状态——到处弥漫着厌倦、空虚、无力、混乱（“形同死去，因为厌倦工作，厌倦孩子，厌倦妻子，／或因为酗酒，因为心脏衰竭，因为警察追杀，因为疯了的工贼”），与之前童年时代的美好形成了鲜明的对比，展现了巨大的张力。最后一个诗节则通过“我”在黑暗中努力回忆儿时水车池和曾经一同欢笑的小伙伴的名字的方式象征性地表达了对现今荒原生活的“逃逸”与对童年所代表的理想世界的“追寻”。全诗的对比结构引领着读者一起“逃逸现代荒原、追寻理想世界”，为结尾的篇末点题做了很好的铺垫。

1. 富有审美情趣的圆形结构

人们对于宇宙和生命的体悟，如自然大宇宙中日月的运行、四季的循环以及人体小宇宙中气血的周身流动等，常有一种“趋圆性”，与之相应，作品的叙事结构也往往有着这种追求。这一点在中外的许多文学作品中都有体现，比如英国著名小说家约瑟夫·康拉德（Joseph Conrad）的《间谍》（*The Secret Agent*）、美国现当代作家库特·冯纳格特（Kurt

Vonnegut）的小说《囚鸟》（*Jailbird*）、中国作家史铁生的《命若琴弦》以及中国古典戏剧中的许多作品，都使用了圆形结构。写作中的圆形结构源自圆形思维[①]，这种圆性结构颇富审美情趣，沃伦的不少诗歌中就使用了圆形结构。现以《鸡尾酒会》（“Cocktail Party”）一诗为例：

在酒精的迷雾和句法的含混外
在女郎抛来的媚眼，和个人的野心外，
你捕捉到某束眼光，感觉到一丝隐约
触动，似来自阴影中的一头野兽。它可能就是真理。

所有急促不清的谈话都爬到了多远的距离！
你看，三十片嘴唇无声地动着
好似电视出了某种问题，
你看，突然，一个女人无声的笑暴露了

嘴巴阴暗角落里闪着的金光就像无法言说的
下作，但没有声音。你试图
说话，这种紧急就像硬痰
卡在了喉咙，但发不出声。你战栗想到

真理的恐怖。它躲那儿等待——哈，哈！——
一语双关——或崛起，半透明的，似
在精雕细刻的金烟灰缸里呈半掐扁状的
染红了的烟蒂所冒出的烟雾。

等待着，它躲在那儿。或像一个肿瘤长在
你脑袋中的某处。哦，医生，请，哦，

① 杨义. 中国叙事学：逻辑起点和操作程式[J]. 中国社会科学，1994（1）：170.

切除它！费用高得离谱，我只
看到嘴唇动着。我动我的嘴唇，但没有

声发出，连谎言也发不出。是的，手术，那样我
能听到他们——并告诉他们我爱他们。至少，
如果我们都要成为真理的受害者，
那就让我们在正常的交流中被一起摧毁。

或者我只是有点醉了。哦，服务生！

该诗开篇用寥寥数语、短短两行勾勒了鸡尾酒会的氛围，每个形象传达的信息都和鸡尾酒有关——满屋弥漫的酒气和人们醉醺醺的样子，因酒醉满嘴含混不清、句法错乱的语言，酒精作用下女郎流溢的情欲和轻佻媚眼，酒精刺激下男人膨胀的野心和夸夸其谈——都市纸醉金迷的生活状态和人们空虚乏味的精神世界被典型环境下的典型人物表现出来，这种醉生梦死的画面也成为当代社会的一种提喻或象征。

接下来诗人笔锋一转，写了“你”的“世人皆醉尔独醒”，即对**真理**的感知。虽然这种感知是模糊的、不确定的（some—某、faint—隐约等用词），虽然习惯了活在虚假和谎言中的人们（包括“你”）因面对**真理**的不知所措，而将其拟物化为让人害怕的野兽（“beast”）或比作令人恐惧的肿瘤（“tumor”），甚至欲除之、切之而后快，但毕竟真理的光芒哪怕只有一点点也足以让空谈不知滚出多远（“Into what distance all gabble crawls away!”），让所有的谎话顿时失声（“thirty lips move without sound”），让人们一下子就看破佯装的笑容背后下作的真相，即便它有金箔包装也无济于事。第三至六诗节还写到被**真理**点醒的“你”想言说**真理**时却如硬痰在喉，内心着急想说，嘴里却发不出任何声音。继无法听到周围人话语的痛之后，这种无法言说的痛让“你”不禁战栗，越发觉出**真理**的恐怖（“horror of Truth”）。**真理**不易捕捉，因为它会像蹲伏的野兽让你不知它躲在哪个角落，或者像秘密长在你脑中的肿瘤，让你难以觉察它的存在；即使它现身，也是如迷似雾的，就像半掐灭烟蒂中腾

起的烟雾。诗人一连串的类比写尽了长期活在谎言和虚假中的人们对**真理**的深度恐惧和难以捉摸。从第五诗节开始，人称主语悄然从“you”改成了“I”，从第二人称外聚焦改为第一人称内聚焦，含蓄地点出了这是“你”“我”共同的困境。此时拥有了**真理**却因此丧失了与他人共同话语（谎言）的“我”进一步浮想联翩，想要把**真理**通过手术切除，只有这样才能重新与周遭的人交流，至少也是与这些人在正常的交流中被**真理**一同摧毁(“If we are to be victims of Truth, let us be destroyed together in normal communication.”)。可见，真理不会消失，它就在那里，害怕面对者需人工摒弃它（如此处“手术切除”所象征的），而人们对真理的害怕已然到了宁愿一起在假话中灭亡也不要独自面对它的地步。多么辛辣的讽刺!

结尾，诗人写道“或者我只是有点醉了。哦，服务生!”—— 一句话就把“我”连同读者关于**真理**的飘忽的思绪一下子又拉回到鸡尾酒会的现场，仿佛一切只是做了一个梦。从鸡尾酒会中的形形色色开始，又在鸡尾酒会中对服务生的召唤中结束，全诗从结构上恰好画了一个圆。这种圆形结构不仅使得诗歌在行文上首尾相应、连贯一体，也隐喻了人们从浑浑噩噩开始，却因为恐惧**真理**，不敢真面现实，而最终又遁回浑浑噩噩中去的恶性循环。

这种结构手法也出现在《向爱琴海方向，向北看：海崖上的雏鸟》（“Looking Northward, Aegeanward: Nestlings on Seacliff”）、《最后一班夜车》和《你的谜题歌谣》（“Ballad of Your Puzzlement”）等多首沃伦诗歌中。《向爱琴海方向，向北看：海崖上的雏鸟》一诗以“你”攀登上海边悬崖去看鸟窝开篇，中间描写了雏鸟的形态、海边的景色和由此畅想的古代向北远航和大海淹没一切的故事，而全诗在“你”重新想到海崖上雏鸟引颈待哺的形象中结束，勾勒了一个从现实海景、海鸟到神思历史典故再到现实海景、海鸟的圆形结构，让古今形成了对照，让死亡和求生的意象得到了鲜明的对比。类似的，《最后一班夜车》以“我”坐上铁轨上叮咣直响的最后一班夜车开始，中间有对闪烁的灯光、荒凉的月台和形形色色乘客的观察，此时的“我”虽被各种人围绕但倍感孤独；有下了喧嚣的车后归于安静时对类似的一个夜晚的怀念，那是曾经故乡小路上一个深秋的夜晚，那时的“我”与万物融为一体；海边的咸风又撩起“我”曾星光下朝大海方向裸泳的记忆；结尾处，“我”又重新回到眼前的路，听着自己的脚步声，走向停着的一辆车——以踏上归途开篇，以踏上归途终结，在一个圆形的结构中包孕了丰富的想象、场景的对比和对人生的领悟。《你的谜题歌谣》以“为等待的客人涤清灵魂。/把地扫干净，让/墙壁被好好装饰一番”的第一诗节开始，好似有一出戏要上演，中间利用蒙太奇的手法拼接了人生的许多片段，好似回顾一生的无声电影，展现了人生的种种经历，最后一个诗节再次写道：“但最终，试着重整你/自己。把地扫干净。/让墙壁被好好装饰一番”，虽有用词和标点的微小变化，但全诗明显也构成了一个首尾相接的圆形，好似历经世事百态后又重整归零，还会有新的“人生如戏”周而复始等待上演。

总之，无论是宏观上沃伦总体诗歌呈现的从秋、冬神话的悲剧与反讽（“批判”↓），走向冬、春神话的悲喜交加（“转折”→），再走向春、夏神话的喜剧与传奇（“重建”↑）的大“U”形结构，还是微观上沃伦在具体的诗歌中所使用的与该主题相称的富有原型意味的“U”形结构、充满张力的突转/对比结构，或富有审美情趣的圆形结构，都不仅仅起到了组织全诗的作用，还与诗歌主题一道展现着诗人对人、事、物及其发展的理解，可谓结构本身也包孕了丰富的社会历史文化内涵。

意象篇

And the imagery is of two kinds. One is felt imagery, an imagery which is muscular and neutral. Another kind of imagery is that of the metaphors and references …

——罗伯特·潘·沃伦

（Robert Penn Warren）

意象是古今中外很多诗歌必不可少的元素，对诗歌起着至关重要的作用。“意象”一词在中国古代文艺理论中早已有之，比如东汉王充在《论衡·乱龙篇》中就最早提出“立意于象”之说，南北朝的刘勰在《文心雕龙》中也论述了“独照之匠，窥意象而运斤，此盖驭文之首术，谋篇之大端”。意象在西方作为一个概念则在19世纪末至20世纪初才正式出现，意象派更是到了20世纪10年代才正式发展起来，其代表人物是美国诗人兼评论家庞德。根据庞德的定义，意象是“在瞬息间呈现出的一个理性和感情的复合体”[①]，是诗人所要表达的思想和情绪在其客观对应物上的呈现。综合这些原初的表述可以看出：在意象中，主观的“意”与客观的“象”是密不可分的融合体；前者是目的，后者是手段，割裂任何一方，意象作为一个整体就不复存在。同时也可看出：相同的“象”可表达不同的“意”，相同的“意”可用不同的“象”来表现。沃伦诗歌中所运用的意象就十分切合他要表达的含义，达到了主观之意与客观之象的统一。如在“鹰的影子甜蜜地扫过谷浪。/我将它比作我无法用言语表达的逃逸的思想”一句中，诗人用明喻的方式把抽象的、掠过脑海、

① 庞德. 论意象[A]. 截维·洛奇著. 葛林等译. 二十世纪文学评论[M]. 上海：上海译文出版社，1987：107—108.

转瞬即逝的思想比作具体的、扫过谷浪、倏忽消失的鹰影，生动传神地表现了逃逸的思想那种虽让人有所觉知（“影子”）但无法捕捉、一闪即过的特点，而副词“甜蜜地”又凸显了诗人对于这灵光乍现的思想的珍爱，整个意象可谓把本体的内涵淋漓尽致地展现了出来。用相同的“象”表不同的“意”、用不同的“象”表相同的“意”也是沃伦诗歌的典型方法，对这些意象的解读可以从读者和诗人共有的生活常识和感悟（传记批评）、神话和文学传统的影响（原型批评），以及诗人在诗歌中积累起来的人们对其的认识（文本细读）这三方面来把握。

沃伦诗歌中的意象多姿多彩——从天空到大地，从植物到动物、从古代到现代、从大自然到人自身，很多事物都可信手拈来为诗人所用。关于意象的分类可谓方法多样、众说纷纭，有的根据意象的组合方式把其分为叠加式、对立式和辐射式[①]，有的把意象分为比喻、象征、暗示三个层次[②]，而沃伦自己也曾口述对诗歌意象的分类——可感类意象和比喻、指涉类意象，前者诉诸人的肌肉和神经，后者来自对语言的比喻和影射性使用。[③]就《罗伯特·潘·沃伦诗歌全集》来看，沃伦对这两类意象的喜好程度不分伯仲，且使用频率也不相上下。前者比较典型的有《暮鹰》（“Evening Hawk”）第二诗节“他的翅膀／割倒了又一天，他的移动／是那种磨利的钢刃的移动，我们听到／时间之茎无摩擦声的倒伏”中“翅膀有如磨利的钢刃无声割倒时间之茎”的意象——该意象是强有力的、可感的（诉诸人们的触觉、视觉和听觉），形象地表现了时间那悄无声息却冷酷无情的流逝；后者比较典型的是《内兹帕斯的约瑟夫酋长》系列长诗里“……男孩儿们跃入水中，快乐得就像／嬉戏的水獭，用伸平的手儿将水面拍打／像河狸用尾巴拍水发出警告一样,然后潜入，／像河狸一样，至水的深处，脚趾随身体向下而带出一串，／直直向上的，闪光的泡泡……”这一段中水獭和河狸的意象——这两个意象把富有活力、天真快乐的印第安男孩儿和活跃、可爱的水中动物做了类比，

---

① 蔡晶. 论诗歌的意象[J]. 文学界（理论版），2010 （12）：145.

② 洛夫. 诗的语言和意象[J]. 东南大学学报（哲学社会科学版），2005，Vol. 7（4）：90—91.

③ Warren, Robert Penn. The Oral Roots of Literature[A]. In: Floyd C. Watkins et al. eds. Talking with Robert Penn[M]. Athens: The University of Georgia Press, 1990: 301-302.

生动体现了印第安民族天人合一的文化。总体而言，沃伦选择的意象比较多地取自生活中常见的事物，看似平凡却包孕丰富，又让人过目不忘，与其喜读的华兹华斯、哈代和弗罗斯特等人的诗歌在这一点上可谓异曲同工。

这些使用意象的特点在沃伦各种主题的诗歌中皆表露无遗，为相应主题的诗歌增色不少。陈良运曾说："以'意象'品诗，更能准确地表述诗人构思谋篇过程中的审美心理活动及其呈现在诗中的形态与情态，也更能准确地表述读者阅读鉴赏时所获得的审美快感。"[1]故此，本章选取了鸟与天空、鹿与森林、水与洞穴等意象为代表来探讨沃伦诗歌中的重要意象。

一 鸟与天空的意象

鸟的意象在沃伦的诗歌中占有很大的比重，贯穿他诗歌创作的各个阶段，拥有显要的地位，也是沃伦表达"逃逸与追寻"主题时最重要的意象之一。在他的诗歌中出现的鸟类多达 40 余种，其中隼、鹗类猛禽最多，包括鹰（hawk）、白头鹰（buzzard）、雕（eagle）、猫头鹰（owl）、北美夜鹰（whip-poor-will）、小夜鹰（bullbat）、红尾鹰（red-tail hawk）、茶隼（kestrel）等；其他鸟类包括乌鸦（crow）、松鸦（jay）、蓝松鸦（bluejay）、云雀（lark）、田云雀（field-lark）、北美红雀（cardinal）、麻雀（sparrow）、孔雀（peacock）、喜鹊（magpie）、猫鹊（catbird）、鹧鸪（patridge cock）、鹌鹑（quail）、海鸥（gull）、燕鸥（tern）、苍鹭（heron）、鸬鹚（cormorant）、鹅（goose）、大雁（wildgoose）、燕子（swallow）、京燕（flycatcher）、褐雨燕（swift）、金莺（oriole）、黑鹂（blackbird）、红翅黑鹂（red-winged blackbird）、鹩哥（grackle）、画眉（thrush）、啄木鸟（wood-pecker）、鸣鸟（warbler）、小水鸟（killdee）、卓瑞鸟（joree）、嘲鸫（mockingbird）、

[1] 陈良运. 诗学·诗观·诗美[M]. 南昌：江西高校出版社，1991：60.

棕色夜鸫（veery）、红鹳（flamingo）等。这种对各类鸟的喜爱和熟稔不禁让人联想起沃伦《奥都本：一个幻象》长诗中“从小就有惊人的渴望，想多认识世界，尤其是想获得关于北美各种鸟类真正知识”的主人公奥都本，这个人物身上无疑有着诗人自己的影子。沃伦曾在他的《自我采访》（“A Self-Interview”）中这样描述他在故乡（位于南肯塔基州）的儿时经历——“周边的乡村隶属于坎伯兰峡谷，是一个景致杂陈的乡村，肥沃的农田此起彼伏，中间夹杂着几块荒地，那里还有美丽的林地和丰沛的水源，是一个适合童年时代漫步探寻的所在”。[①]可见，沃伦小时候在肯塔基的田园生活，尤其是那时在山林绿野中的徜徉与探索，为他对大自然及动物的了解打下了很好的根基（这在他的《在西姆的山谷游荡的男孩》《树叶》等诗中都有所体现）。而正如他所说的，“就写作而言，每个人的基本意象都可追溯到他的童年时光”，沃伦童年时喜爱和熟悉的各种鸟，尤其是鹰就化作他一生诗歌中的主要意象，表达着丰富的内容。再加上他勤学好问、博览群书、足迹遍及南北，所以诸多鸟类都得以生动准确地在他的诗歌中呈现。沃伦诗歌中出现鸟的意象时，往往与天空的意象相连，沃伦笔下的鸟或展翅高飞，或直冲云霄，或跨越星辰，大多处于空中飞翔的状态，所以探讨鸟的意象时也离不开对天空意象的探讨，二者相辅相成。

在众多鸟类中，沃伦最为偏爱也是他诗歌中反复吟咏的意象是鹰。鹰的意象之于沃伦诗歌的重要性与雪莱（Percy Bysshe Shelley）的云雀、济慈（John Keats）的夜莺和叶芝（William Butler Yeats）的天鹅相比，有过之而无不及。这种典型意象的形成还与沃伦的一件个人逸事有着密切的关联：沃伦 15 岁那年一只眼睛因意外受伤而失明，这不但终结了他想成为海军军官的梦想，还使他终生都生活在害怕失去另一只眼睛的忧虑中，因此沃伦对拥有锐利目光的鹰产生了强烈的向往，并对它那凌空俯瞰的眼界无比钦羡。于是他在诗歌中经常描绘鹰，尤其是在高空飞翔的鹰的意象，比如《暮鹰》《分水岭》《过渡期》等。哈罗德·布鲁姆在为杂志《新领袖》（*The New Leader*）撰写的评论中，论述了鹰的意象在

---

① Warren, Robert Penn. A Self-Interview[A]. In: Floyd C. Watkins et al. eds. Talking with Robert Penn Warren[M], Athens: The University of Georgia Press, 1990: 1.

沃伦诗歌中的首要地位，而沃伦在1977年接受采访时，对布鲁姆的观点给予了明确的肯定（“When I read it, I realized that it is all true.”），即他本人也认为鹰是他诗歌中最典型的意象。[①]通过梳理《罗伯特·潘·沃伦诗歌全集》可以看出贯穿沃伦诗歌早、中、晚三个时期的以“逃逸与追寻”为主题的诗歌都大量借助了“鹰”的意象。

第一，鹰飞向天空的意象在沃伦的诗中可以表达“逃逸腐败尘世、追寻自由纯净”的内涵，这与上一章中探讨的“逃逸都市城镇、追寻乡村自然”的主题在本质上是一致和互相映衬的。以《必死的限度》（“Mortal Limit”）一诗为例：

> 我看到鹰在夕阳里乘着上升的气流飞翔在怀俄明上空。
> 它起自针叶林的黑暗，掠过灰色的
> 无仁慈的锯齿山脉，掠过白色，升入
> 纯净雪嶂之上有着梦般清幽之光的暮色中。

在这一诗节中沃伦运用明暗、色彩的变化和张力（“黑暗—灰色—白色—纯净雪白—清幽之光”）巧妙地表现了鹰从大地到天空的“逃逸”过程——鹰从针叶林处起飞，而那“针叶林的黑暗”恰恰是黑暗尘世的象征；接着鹰掠过灰色的锯齿山脉，黑色淡化为灰色表明逐渐接近光明；接下来鹰掠过白色，白色较之灰色，颜色越发净化；紧接着鹰掠过纯净雪嶂，雪的白则是更加纯净的白；最后鹰升入“有着梦般清幽之光的暮色”中，完成了“逃逸”尘世、追寻“天空”的过程，也完成了“逃逸”黑暗、追寻“光明”的升华。显然在这首诗中“天空”的意象是作为黑暗尘世的对立物出现的，象征着纯净光明的境界，而鹰从大地到天空的“逃逸与追寻”是一种对人们摆脱腐败黑暗的尘世、向往清净光明所在的愿望（属于沃伦阐述过的比喻、指涉类意象）的隐喻，这就与人们“逃逸”都市城镇的功利堕落、“追寻”乡村自然的质朴纯净有了内核上的一致。且与“出世”至乡村自然得到身体和心灵的修复和救赎后，带着升

① Warren, Robert Penn. An Interview with Robert Penn Warren[A]. In: Floyd C. Watkins et al. eds. Talking with Robert Penn Warren[M]. Athens: The University of Georgia Press, 1990: 239.

华的自我重新勇敢“入世”面对都市城镇一切不完美的过程相似的是，诗中的鹰也在升华中认清必死的限度（影射固有缺陷与不完美）后，重新回归有着黑暗与腐败的尘世：

……
荡入那大循环的下坠，而那下坠将恢复
大地的呼吸？岩石的呼吸？腐烂的呼吸？或别的
这类事物，以及恢复我们紧握的无论何梦的黑暗？

这种升华后的理性回归也再次验证了沃伦以“逃逸与追寻”为主题的诗歌中“逃逸是手段，重建是归宿”的取向。这也是沃伦诗歌“逃逸与追寻”主题不同于之前美国文学作品——比如欧文、库柏、狄金森等人作品——中“逃逸与追寻”主题的地方。沃伦的“逃逸与追寻”更富勇气和担当，更为成熟，也更具有实践价值和建设性意义。

第二，展翅飞翔的鹰的意象在沃伦诗歌中还可以表达“逃逸颓废冷漠的现代荒原、追寻有着真善美爱乐的理想世界”的主题，比如《记得的野餐》一诗：

那天，树叶、山峦、天空，
那么纯真地呈现在我们面前，
它们的结构是如此和谐
如此纯洁，在它们面前我们所忍受的一切
都变得如儿戏般微不足道，
现在被搁置一旁，而所有令我们抓狂的
悲伤和恐惧也随之消失了。
……

或我们是否已死，被非人化的我们
是空虚的，而我们最清澈的灵魂
疾驰而去，在静止不动的社会里

肩并肩、手拉手地游弋着那一度
我们，也，在其中徜徉的场景，
而我们现在继承了新的领地，即
爱的荒原，这片被遗失的地下国土。

那时、*现在*：每一个都是对方的
纪念碑，包含着，死去的，对方。
或者灵魂是否就是一只鹰，展开
闪着微光的翅膀逃离视觉的路径，
向在这里的我们反射最后一缕光
……

诗歌先是勾勒了一幅“天人合一”的图景，自然的美丽和谐治愈了人内心的伤痛，但后面话锋一转又描写了“爱的荒原”——“或我们是否已死，被非人化的我们／是空虚的”——直陈了现代荒原的典型病症（没有目标、没有使命、如同行尸走肉般没有活力，以及到处弥漫的空虚）。这一前一后形成了强烈的对比与张力。读罢全诗可以看出，那“记得的野餐”是诗人记忆中曾经拥有的美好场景，那时的“我们”在绿叶、青山、碧水、蓝天的画面中尽享着大自然的美、身心的轻松和生活的快乐充实，但“我们现在继承了新的领地，即／爱的荒原”，于是那些美好就只能沦为追忆，只有借着灵魂这只鹰的游弋才能再次到那个场景里徜徉。所以鹰在此处喻指飞翔的灵魂，诗人乘着这个载体，“逃逸”时空的束缚，“追寻”那曾经拥有的美好世界，而它那“闪着”微光的翅膀，也是“我们”灵魂深处闪耀的一缕希望的光。这首诗中灵魂的活动因鹰的意象而变得具体可见，诗人对现代荒原颓废冷漠的“逃逸”及对理想世界真善美爱的“追寻”也因鹰的意象而变得生动可感——这也是沃伦可感类意象的典范。

第三，从高空俯视下方的鹰，在沃伦的诗歌中象征对有限性的“逃逸”和超越以及对“知”和真理的“追寻”。如果说上述两个表达“逃逸与追寻”主题的鹰的意象都是利用了鹰可以脱离地面、自由飞翔在空中的特点作为类比基础的话，此处鹰的意象之所以能象征对有限性的超越以及对“知”和真理的追寻，主要是利用鹰居高临下的姿态和锐利的目光作为类比的根基。此外，鹰在希腊神话中是宙斯天神的比拟物，带有掌控一切、俯视一切的文化内涵，这也是它在沃伦的诗歌中能象征对有限性的超越以及对世界和真理的认知的原型基础。

人的有限性主要表现为无法“逃逸”时间的耗损（即人终将一死的命运），以及由此导致的思想认知和行动能力的局限，而沃伦诗中居高临下的鹰可以如天神般掌控一切（包括时间）、洞悉一切，寄托了诗人“逃逸有限性、追寻不朽和全知”的理想，比如《暮鹰》一诗中鹰的意象：

从光的一个平面到另一平面，双翼浸透在
夕阳垒出的几何图形和淡紫色中，
出自山峰阴影的黑色尖角，乘着
松树和咽喉峡谷之上的光的
最后喧嚣的雪崩，
鹰来了。

他的翅膀
割倒了又一天，他的移动
是那种磨利的钢刃的移动，我们听到
时间之茎无摩擦声的倒伏。

每一根茎的头都因我们错误的黄金而沉甸甸。

看！看哪！他正沿着最后的光线攀升
他既不知道时间也不知道错误，且在
他不宽恕的眼睛下面，不被宽恕的世界，摇荡
进了阴影之中。

过了很久，

最后的画眉安静了，最后的蝙蝠
正游弋在他锐利的象形文里。他的智慧
是古老的，也是广阔的。星辰
稳固，像柏拉图，照耀山岭。
……

开篇那在夕阳中穿梭于光的平面的远景描写可谓大气磅礴，接下来山峰的阴影与光的雪崩之间的明暗对比和张力也被极尽渲染，在这样高贵华丽的大背景下"鹰"出现了——这种长长的掉尾句在充分铺垫后一下子把读者的目光聚焦到这个空中之王身上。第二诗节"他的翅膀／割倒了又一天，他的移动／是那种磨利的钢刃的移动，我们听到／时间之茎无摩擦声的倒伏"则通过形象可感的方式描写了鹰对时间的主宰：时间本是看不见、摸不到的，但诗人把它比作有形体的庄稼，这种"客观对应物"的选择是基于庄稼与时间同样都是人们日常赖以生存的，鹰的双翼则被比作收割庄稼的镰刀，在这里收割着时间（这是对以莎士比亚为代表的文艺复兴时期诗歌中"时间如镰刀割刈生命"之比拟的反用，表明了一种对时间的反主宰）；时间虽悄无声息（听觉上"无摩擦声的"）但其残酷的流逝也透过鹰翅膀"磨利的钢刃的移动"这种诉诸触觉的硬冷的用词来影射；而鹰对时间的主宰鲜明地体现在时间之茎的"倒伏"二字之上，时间在鹰这个天神面前只有臣服和被掌控的份儿。之后诗节中写到的鹰对时间的"不知道"更是表明了鹰已超越时间的有限性，跳出轮回，高高在上，如天神般不朽和永生。

西方文化认为，人的有限性还表现为人不能像上帝一样是完全"原善"的——人性中既有来自上帝的原善，也有来自始祖亚当夏娃的原罪，即恶的一面。该诗中的鹰不但"逃逸"了人生命时间的有限性，还超越了人性之恶的有限性——与我们沉甸甸的错误相比，鹰"既不知道时间也不知道错误"，已然是上帝原善的化身，是诗人"追寻"的理想世界特质的载体。

用鹰来寄托对认知世界的"追寻"则主要体现在后三个诗节中：鹰高高在上的视野使世界尽收眼底——"他不宽恕的眼睛下面，不被宽恕的世界，摇荡／进了阴影之中”。正因为这种视野与全知，诗人才接下来写道：“他的智慧／是古老的，也是广阔的。”——古老代表时间的维度，广阔代表空间的维度，这里鹰的认知已覆盖整个由时空组成的宇宙或世界（宙=时间、宇=空间；世=时间、界=空间），是全知的极致境界，象征诗人所“追寻”的关于“知”的，虽永不可及但希望无限接近的终极目标。全诗也在这种宏阔的对时空的听觉中结束——“我们就会听到／地球在它的轴上碾动，或历史／在黑暗中嘀嗒，像一根地窖里漏水的管子。”可见，《暮鹰》一诗中鹰的意象是可感类意象与比喻、指涉类意象的有机结合体。

至于用从高空俯视下方的鹰来隐喻对世界的认知，《树叶》和《分水岭》两首诗也是杰出的代表：

……我看到

鹰在高空抖动，他抖动
为了在炫目的风中占有位置，参照于
苍穹，他抖动而世界是一个隐喻，他的眼
看，白色的，兔尾的闪烁，田鼠的蠢动。

（《树叶》）

在这些诗行中已分不清是“我”在看鹰，还是“我”化身为鹰在俯瞰大地，“我”与鹰达到了瞬间的灵魂合一、精神附体，“他抖动而世界是一个隐喻”一句更是表明整个世界都作为认知的对象而尽收眼底。类似的描写还出现在《肯塔基山田》组诗中的第六首《分水岭》一诗中：

从这个高处看一切都在流动。
川流分道而驰的土地，水溢向
东方、西方的土地，没有回忆……
土地上那晨霭卷起
就像世界之脊上的烟雾。

这开篇第一诗节的宏阔视角无疑是鹰的“居高临下”——广袤大地、地表的河流甚至大地上空的晨雾都一览无遗。而到了第二诗节前两行，诗人似乎又回归地面上的本体来仰视高空中的雄鹰——

> 暮鹰此刻乘着
> 高光，沿着空气的深渊向上攀升。

但到了后面诗人又情不自禁重拾鹰的视角，俯瞰下方——

> 他的下方屋顶的梁分示出
> 东方和西方。他金色的眼扫视着
> 峡谷和山峰那褶皱的阴影
> 以及那时而蜿蜒时而消失的川流，在
> 跨越了指状的山脊和它们萎缩的跨度后，再次显现。
> 在破碎的屋檐下人们休憩着。
> ……

这种眼光不但目扫高山大川，甚至能看到屋檐下休憩的人，可谓洞察一切。“金色的眼”一方面是对鹰的写实，但另一方面考虑到沃伦描写理想特质时常用的金色，以及物主代词是“他的”而不是“它的”，此处“金色的眼”亦有象征的意味，代表能洞悉一切的“上帝之眼”或“神之眼”。因此，在这些诗中从高空俯视下方的鹰的意象隐喻了对认知世界的“追寻”。沃伦诗歌中起到同样作用的还有飞机的意象，比如《达科他州上空的不朽》（“Immortality Over the Dakotas”）和《事后》（“Afterward”）中俯瞰永恒的飞机（plane），以及《内伤》组诗中俯视人间冷暖的喷气式飞机（jet）等。

而关于用高空中飞翔的鹰来象征对真理的“追寻”这一点，可见于《俯冲的鹰》（“Eagle Descending”）一诗：

> 飞过那最后被山间云彩染红的峭壁

鹰乘着气流，转着身、鼓着风，
现在又盘旋而上，平稳如上帝的意志。

飞过黑色的山峰和燃烧的云彩，他仍
目视——对我们而言不可见的——太阳，
他向下沉。飞过如鲨鱼牙般，又如锯齿状的，

新山脉，他凝视着远处的平原
那平原被鬼魅般的阴影弄得齐刷刷向东，并有
一条明亮如钢，好似迷失了方向的溪流横穿而过。

他没有伊卡尔斯愚蠢的傲慢！跨越了所有的危险后，
他向西凝望着，接着又向下望，那里太阳会掠过
地球最远的凸起。还需多久？还需多久

他那目光会与纬度的弧相切，
相切处太阳不久要有关键的接触，留得他在暮光中，

独享光荣？暮光渐渐暗淡。一只翼
慢慢地，向下一点。他倾斜。——随着这轻轻的转向，
一圈一圈、一程一程，迎着风

为真理的达成而欢快地歌唱。

整首诗淋漓尽致地描绘了鹰不畏艰险所飞过的地方（峭壁、山峰、云彩、锯齿山脉以及溪流横贯的平原等），以及在飞的过程中的动作（转着身、鼓着风、盘旋而上、向下沉落、向西凝望、向下俯瞰、点翅、倾斜、旋转高歌等）与心理（镇静、勇往直前、喜悦等），以展示一种执着的“追寻”。诗中的太阳象征着赤裸裸的真理，很多人怕刺痛双眼而选择了躲避或视而不见，但鹰对我们不敢直视的太阳却敢于直面，可见其在“追寻”

真理过程中的可贵勇气。但“他”的勇气并非蛮勇，因为“他”身上“没有伊卡尔斯愚蠢的傲慢”（西方宗教中“七宗罪”之首），所以“他”会对危险保持警醒。“还需多久？”的发问可以看出“追寻”真理道路的漫长，但鹰还是以执着和毅力继续前行，直至“为真理的达成而欢快地歌唱”。鹰的意象在此诗中象征了对真理的勇敢的、执着的、用心的、不懈的追求，而鹰在“追寻”真理过程中表现出的这些特质正是现代荒原人所缺乏的，诗人希望借此唤醒没有目标、没有追求、怯懦而碌碌无为的“我们”。由此可见，该诗中鹰的意象同时辅助表达了沃伦诗歌“逃逸迷茫无知、追寻内外认知”和“逃逸现代荒原、追寻理想世界”这两大“逃逸与追寻”的主题。

除了鹰之外，沃伦诗歌中的其他鸟类也对表达“逃逸与追寻”的主题起到了很好的烘托和展现作用，且依然与天空的意象紧密相连。例如，《秋天的心》一诗中的大雁就完美诠释了理想世界的种种特质——方向感、使命感、协作精神、大无畏精神、顽强的生命力与充实快乐的生活，让诗人不但心向往之，甚至变身大雁以“追寻”之：

> 逻辑之路，愚蠢之路，全
> 都一样——我站立，脸抬向天空，
> 听着高空的拍击，手臂伸展在刺痛的
> 变形过程中，很快地粗糙的腿也是如此，
>
> 带着折叠的足，飞曳在喧响通道的真空里，
> 我的心受到猛烈冲动的撞击
> 想要发出无声的鸣叫——
> 飞向落日，高高在上。

诗中的大雁的飞行过程本身就象征着对暴力（枪弹）暴行的“逃逸”与对和平、和谐（“温暖水域之地”——温暖一词的双关义和水的原型义）的“追寻”。在强烈的向往下，诗人“变身”为大雁，在落日余晖中飞向天空，又以灵魂移就的方式实现了对现代荒原的“逃逸”与对大雁所代

表的理想世界（充满使命感等优秀特质的充实快乐的世界）的“追寻”，以及对现代人迷茫无知(“不知道自己的故事”，“不知道自己的名，也“不知我为何在此”）的“逃逸”与对内外认知（大雁知晓自己的故事，自己的名，以及自己的方向和路径）的“追寻”——可谓同时演绎了三重“逃逸与追寻”的主题。

又如，《季节浅观》组诗第三首《红翼黑鹂》中那无论飞多远也要信守与四月春天的约定、在天空播撒快乐音符的红翼黑鹂象征着信义、责任感、意志力、生命的活力与美，它们用那沙哑、牵动人心的啼叫呼唤着人们要把生活过得愉悦欢欣、充满生机——诗人以此表达了对现代荒原的“逃逸”与对理想世界的“追寻”。再如，猫头鹰、北美夜鹰、乌鸦等鸟分别凭借其在神话传说中的**原型**和自身的生理特征——猫头鹰和乌鸦分别是智慧女神雅典娜和预言之神阿波罗的爱鸟，乌鸦在《圣经》中是传递上帝讯息的使者；猫头鹰有着独具特色的目光，北美夜鹰有着触动人心的叫声（从这种鸟的名字“whip-poor-will”构词的字面义“抽打可怜的意志力”就可见一斑）——而在沃伦的诗中成为警醒世人的**智者或先知**的象征。它们在沃伦笔下或用冷峻的目光、或用富有深意的叫声规劝着人类，呼唤着对各种暴力暴行的“逃逸”与对和平和谐的“追寻”，譬如《幻想》一诗：

> 一片窄小的桤木林中飞燕草郁郁葱葱
> 我将为自己在此建上小屋一栋，
> 那里夕阳之影使紫罗兰忧郁蒙蒙，
> 那里北美夜鹰啼出诡异之声。
>
> 我将躺在河莎草铺就的床上，
> 聆听夜色如玻璃般空灵，
> 似水槽泻出的光洒在我的窗台，
> 猫头鹰盯着我，白森森冷冰冰。
>
> 曙光升起时我会烧掉我的小屋，

身后只留下灰烬余烟，
当树周灰色的烟雾随风而散，
再次把林地向猫头鹰和小鹿归还。

第一诗节前半段写“桤木林中飞燕草郁郁葱葱，我将为自己在此建上小屋一栋”，用词给人优美恬静的感觉，仿佛将娓娓道来一个故事，但尾行却用了“whip-poor-will”（“北美夜鹰”）这个字面义带暴力（whip）和伤感（poor）的词语并描写了它诡异的叫声，使氛围从优美恬静突降为伤感神秘。读者不禁会发问，北美夜鹰为何会啼出诡异之声？第二诗节也是先出现“河莎草铺就的床”及“玻璃般空灵的夜色”这样优美舒缓的画面，但尾行却是以猫头鹰“白森森冷冰冰盯着我”的情景作结，气氛转为紧张诡异。读者不禁继续追问，猫头鹰为何也对“我”投以冷峻的目光？第三诗节一上来是个更大的突变，“我”营造的房屋却被“我”亲手烧掉，正当读者迷惑不解时，“我”抛出了答案：要把占有的林地还给它们真正的主人，即以猫头鹰和小鹿为代表的自然界生物——悬念最终在这里找到了答案。这首诗中北美夜鹰的悲愤啼叫和猫头鹰“白森森冷冰冰”的目光就象征了洞悉一切的智者或先知对破坏自然暴行的叱责，以及对人类良知的唤醒和正确行为的督导，表达了“逃逸破坏生态暴行、追寻人与自然和谐”的主题，而这首早期诗歌也成为沃伦创作中生态思想的先声。后来的《久旱的佛蒙特黎明时的链锯声》诗歌中面对人们无休无止砍伐森林的暴行，“用悲愤之心啼出清澈之美”的空中乌鸦的意象也是这种象征的延续。

二　鹿与森林的意象

沃伦诗歌中鹿的意象也多种多样，比如鹿（deer）、小鹿（fawn）、雄鹿（buck）、雌鹿（doe）、麋鹿（elk）、北美驯鹿（caribou）等，其数量仅次于沃伦的鸟类意象。如同鹰与天空的紧密相连，鹿在沃伦的诗歌中也常与森林为伴。

在沃伦笔下，森林中的鹿可以象征纯洁以及纯洁代表的原善，是诗人追寻的理想世界特质的载体。在希腊神话中，鹿是生活在森林中的月亮女神、狩猎之神阿尔忒弥斯的宠物。阿尔忒弥斯是希腊神话中三大处女神之一，代表着纯洁与贞洁，这是沃伦用鹿来比喻纯洁的原型基础，也在某种程度上解释了他的诗歌中为何鹿的意象常与森林的意象相伴。在基督教文化中，原善从根本上说就是对恶的“不知”，即纯洁，比如《北美驯鹿》一诗中：

> 远，远的向南处，森林发白，不仅仅
> 白如无瑕的雪，而且比冰还白，同时又分享着
> 神秘微蓝的、直直切下的月色，
> ……
> 影子从森林的白里移动，看上去小
> 当它们移动在月光削平的远处边缘。逐渐清晰，
> 当双筒望远镜调好了焦距。
> 它们仿佛从森林的纯净中飘出。
> ……
> 鹿脚展开如雪鞋以支撑
> 那份重量，那长凳般膝盖的尴尬。
>
> 头部抬起并摇摆。必定带着唾沫
> 颌下的须结着冰。肩
> 笨重地向前，好似只有骨能够，内在地，
> 猜中目的地。鹿角，
> 钝而生硬，被某位太初的工匠劈了出来。
>
> 我们不知道它们将要执行何种差事，履行
> 何种使命。这是一个它们
> 生活于其中的世界，而这是它们的生命。

它们穿过世界并呼吸着天命。
它们的天命明亮如水晶，纯洁如
一个零度的梦。它们的天命
必定像幸福即便
它们不晓得那名。
……

诗人开篇采用比兴的手法，借助白色的森林、无瑕的雪、白而微蓝的纯净月色，以及那片冰天雪地的纯净来影射北美驯鹿自身的纯洁。北美驯鹿这种纯洁的特质源于对上帝意志的绝对遵从和体现，即人类始祖亚当夏娃在伊甸园中偷尝禁果之前的生活状态。因为对上帝意志的遵从，北美驯鹿有着极强的使命感，为达成使命努力奔波、不畏艰险、勇往直前——“鹿脚展开如雪鞋以支撑／那份重量，那长凳般膝盖的尴尬。／／头部抬起并摇摆。必定带着唾沫／颌下的须结着冰。肩／笨重地向前，好似只有骨能够，内在地，／猜中目的地”。接下来的一句“鹿角，／钝而生硬，被某位太初的工匠劈了出来”暗示了北美驯鹿保持着上帝造物时原初的状态。北美驯鹿本能地按照天命行事（“它们的天命／必定像幸福即便／它们不晓得那名”），是原善的化身，所以它们呼吸着“明亮如水晶、纯洁如一个零度的梦”的天命，并在这种天命的达成中享受着应得的快乐和幸福。与此形成对照的是，作为现代荒原人的“我们”却“不知道它们将要执行何种差事，履行／何种使命”，这种对天命的无法辨识源于“我们”的堕落。而“这是一个它们／生活于其中的世界，而这是它们的生命”一句则表明了如今的“我们”已处于与世界脱离的状态。诗人把这样的“我们”置于对北美驯鹿的观察者的角度（“双筒望远镜调好了焦距”）就是希望借助北美驯鹿体现的原善来启迪和恢复浑浑噩噩、与世界分裂、丧失活力的现代荒原人内心深处的原善——沃伦就这样借助北美驯鹿的意象，用这种独具匠心的方式表达了“逃逸现代荒原、追寻理想世界”的主题。

此外，鹿在沃伦的诗歌中还象征了崇高的责任感与家庭的和谐，《第一次》这首诗可谓这方面的代表。诗中沃伦描绘了另外一种鹿——麋鹿，且设置的场景依旧是在森林中。诗人通过麋鹿的意象展现了令人崇敬的责任感和家庭成员之间的和谐：

……
“别动！”老杰克说。说：“看！”向后
指。“新鲜鹿粪，”他说，“现在还不太多。
接着会有牲畜来，然后是人，然后
所有的骚动。”添上一句：“都在黄昏时
为水而下来。不要动。”
……
每头麋鹿都走到了适合自己的水深中，每一头
都安静地站在涟漪里，头部弓向
流水，臀部苍白的斑点
在暮光中清晰地呈现，时不时
一声响鼻，闪亮地喷洒。

一头大雄鹿，
六头母鹿，一头小鹿。“女孩儿的季节，”老杰克说，
“近了。把他的一伙聚拢，但现在
只是个开头——那只呢是个小伙子
……
涉水去了远岸。”接着，大的那头，
站在后面好像要计数。“那个叉角，”
杰克说，“他将把一切准备就绪并加以完善
以免一头愚蠢的年轻雄鹿在那之前插进来。”

现在
都到了柳树和灌木丛那里，但他
依然等着，头高昂，映衬着
远处的雪，暗黑的披风般的
雄鹿肩此时似乎更黑了，鹿角的建筑，

在远处最后一抹雪上，恰与青天构成鲜明的反差，
平稳又高贵，鹿角的尖部
刺入红铜色的天空，仿佛
凭借鹿角的气息，来支撑，在那铜色的虚空里，巨大的
日焰之火球，现在轻裹在苍穹中。
……

诗中的麋鹿对自己的需求非常清楚——黄昏时为水而来，每头都站在适合自己的水深中，悠闲自得地饮水嬉戏。它们从属于一个集体，是一头大雄鹿带着六头母鹿、一头小鹿。一开头，大雄鹿就"把他的一伙聚拢"，然后照看它们逐一饮水嬉戏完毕走向远岸，而他"站在后面好像要计数"且"把一切准备就绪并加以完善"；当其他的鹿都走到远岸的灌木丛，他"依然等着，头高昂"——整个过程都表现了极强的责任感，让诗人的钦佩之情油然而生。在诗歌结尾处，诗人以欣赏的目光把大雄鹿置于青天苍穹的背景中，并与纯净的雪相映衬，喻指了大雄鹿的高洁。而"暗黑的披风般的／雄鹿肩此时似乎更黑了"一句不但与白雪形成了颜色的强烈反差，从而凸显了大雄鹿，还因"披风般"一词的使用而赋予大雄鹿英雄的气质。这些描写已烘托了大雄鹿的高洁与伟岸，而那关于鹿角的气息可以支撑铜色虚空中日焰之球的描写则更是把大雄鹿的担当刻画到了极致。同时，全诗无论是饮水、嬉戏还是聚拢、返回，自始至终麋鹿的家庭成员都呈现着和谐一体、其乐融融的样子。这些品质正是颓废冷漠的现代荒原人所缺乏的。诗人再次把"我们"置于观察者的角度（老杰克说："看！"），希望通过麋鹿的意象重新唤起人们的责任感与担当等优秀品质，也重建人与人之间的和谐。

最后，沃伦诗中象征着纯洁、原善、和谐的鹿的意象常与森林意象相伴的现象不仅源于森林是鹿的栖居之所这个诗人和读者共有的常识，以及森林自身原始、神秘、纯净的特质，还源于森林意象与美国文学传统的关联。从早期文学欧文的《瑞普·凡·温克尔》中那可以让人躲避现世纷乱与功利、追寻过去美好时光的仙境老林，到库柏"皮袜子五部曲"中孕育了天人合一的印第安文明、被西进运动移民想象为原始伊甸园的

草原森林；从梭罗笔下象征宇宙精神与生命力、让人与“超灵”沟通的湖畔森林，到霍桑小说中象征社会避难所、让主人公独抒性灵的原始森林；从福克纳《熊》中能让艾克跳出物质自私的罪恶社会、在自然法则中培养出健全品格的熊之森林，到海明威《太阳照样升起》中让杰克在与大自然的联系中重新找回秩序、健康与美的森林，再到莫里森《宠儿》里让丹芙的心灵从平时压抑的生活中得以释放、精神可以自由徜徉的森林——森林在美国文学传统中一直扮演着摆脱尘世的仙境、修复人灵魂的精神家园、逃开社会束缚与压迫的避难所、启迪人智慧与心性的所在，以及伊甸园般的理想世界等救赎类意象的角色。正因为如此，在沃伦的诗中，森林常与象征着纯洁、原善、和谐的鹿同时出现，并且当其作为独立意象呈现时，也与沃伦诗歌“逃逸与追寻”主题的表达息息相关，比如《记得的野餐》中那品质纯净、结构和谐、如诗如画的树林让“我们”暂时“逃逸”充满喧嚣功利、忧愁烦恼的都市城镇而“追寻”到大自然的质朴、宁静与美丽；《滂地林》中那泥泞潮湿的沼泽林成为黑人躲避私刑与种族迫害的藏身及“逃逸”之所；《树叶》中由无花果树、葡萄藤等组成的果树林（让人联想到《圣经》）启迪人对认知自我与认知世界的“追寻”；《金色的林间空地》中有着宁静和谐之美的金色山毛榉林象征着诗人想要“追寻”的理想世界。沃伦曾在采访中描述他儿时常去森林探索的经历，甚至称他虽去过许多大城市生活，但都无法在那里久待，因为他“必须能在树林中走一走”。①这种自小到大的“森林情结”成就了他诗歌中森林的意象，而他诗中饱含个人经历色彩与美国文学传统意蕴的森林意象又为他的诗歌增添了形象性、亲切性与深广性。

三　水与洞穴的意象

不同于鸟与天空以及鹿与森林意象的紧密相连，水与洞穴的意象时

① Warren, Robert Penn. Interview with Eleanor Clark and Robert Penn Warren[A]. In Floyd C. Watkins et al. eds. Talking with Robert Penn Warren[M]. Athens: The University of Georgia Press, 1990: 331.

而同时出现，时而被单独使用，并不被诗人刻意放置在一起。但和鸟与鹿的意象一样，经常出现在沃伦诗歌中的水意象也是相似事物的集合体，即“一类”意象，而非“一个”意象，包括雨水、溪水、河水、海水等。且同鸟与天空、鹿与森林意象一样，水与洞穴的意象不但带有沃伦个人经历和情感的色彩，还与美国文学传统甚至世界文学传统相关联，因此其含义的解读既要有赖于对沃伦生平的了解，以及诗人在诗歌中积累起来的人们对其的认识，还要从原型方面入手。

就沃伦个人经历与情感而言，他幼时在肯塔基的田园生活和对周边大自然的强烈探索欲决定了他对水与洞穴的熟稔，那么把它们化作诗中的意象是自然而然的，用其表达怀念家乡等主题也是得心应手的。沃伦童年回忆中的水与山林深处的洞穴多是美丽的、让人神往的（如《吹吧，西风》（“Blow, West Wind”）和《洞窟探索》），就像他在《自我采访》中所说的“那里有美丽的林地和丰沛的水源，是一个适合童年时代漫步探寻的所在”[①]，但长大后重访旧地的沃伦却发现“如今溪流因干涸而面积缩小，林地树木葱茏的浪漫也为光秃裸露的荒凉所取代”[②]，这种今昔对比让他对故乡的水与山林的感情从喜爱、向往变成了遗憾、悲凉。沃伦诗中水与林中山洞的意象也因此带上了相反相对的两种含义——它们既可以是美的、带给人愉悦的、让人向往的（《肯塔基旧时童年》），也可以是荒凉的、衰败的（如《肯塔基山田》组诗）。

就原型而言，荣格在《论分析心理学与诗的关系》一文中有着这样的界定：“原型是一种形象，它在历史进程中不断地发生并且显现于创造性幻想得到自由表现的任何地方。因此，它本质上是一种神话形象……是同一类型的无数经验的心理残迹。”[③]弗莱在《作为原型的象征》中称

① Warren, Robert Penn. A Self-Interview[A]. In: Floyd C. Watkins et al. eds. Talking with Robert Penn Warren[M]. Athens: The University of Georgia Press, 1990: 1.

② Warren, Robert Penn. A Self-Interview[A]. In: Floyd C. Watkins et al. eds. Talking with Robert Penn Warren[M]. Athens: The University of Georgia Press, 1990: 1.

③ 荣格. 论分析心理学与诗的关系[A]. 冯川译. 伍蠡甫，胡经之主编. 西方文艺理论名著选编[M]. 北京：北京大学出版社，1987：150.

原型为一种典型或反复出现的意象，把一首诗和别的诗联系起来。[①]可见，一个被称为原型的形象或意象往往具备悠久性、频现性、衍生性、代表性四个特点。水与洞穴在大自然中先于有机物的存在决定了它们的悠久性，人类从诞生起就和它们打交道；不同于其他一些自然物，水与洞穴与人类的生活息息相关——前者是人们饮用以维持生命的液体，是日常生活、灌溉饲养的必需品，后者是早期人类居住的所在，是人们用来躲避灾难、贮藏物品的场所——它们给人们留下了深刻的印象，所以被频频记录在人类的口头传说和文学作品中；随着岁月和历史的变迁，它们产生了迁衍和变异，衍生了很多新的形式而继续存在人们的生活和各种记录中；其在人类话语系统中大量反复地出现，使其已经超越自然物的普通含义，成为一种负载着复杂、深刻内蕴的代表性意象。由此可见，水与洞穴的意象属于原型的范畴，沃伦对这两个意象的使用也在个人感悟外还渗透着二者作为原型的含义。

沃伦在《自我采访》结尾处提到他“喜爱游泳和在山村间的散步”[②]，又在康奈利的采访中谈到他“在城市中待一年就无法忍受了……希望自身能和自然界的事物相连”[③]。可见就他的个人经历和情感来说，水下世界和山村世界都可为他提供类似的东西——有别于城市生活的宁静与返璞归真，所以水的意象在沃伦的诗中可以象征没有俗世功利和喧嚣的世界，让人获得短暂的宁静和对质朴本性的回归，比如《潜水者》一诗中描绘的情景：

……

此时在水中的微光里，
在这没有声音，也没有俗世老恶狗般
恼怒的叫嚣与唠叨的寂静中，

① 弗莱．作为原型的象征[A]．中载，王逢振，赵国新编．二十世纪西方文论选读[M]．北京：外语教学与研究出版社，2002：117.

② Warren, Robert Penn. A Self-Interview. [A] In: Floyd C. Watkins et al. eds. Talking with Robert Penn Warren[M]. Athens: The University of Georgia Press, 1990: 3.

③ Warren, Robert Penn. Of Bookish Men and the Fugitives[A]. In: Floyd C. Watkins et al. eds. Talking with Robert Penn Warren[M]. Athens: The University of Georgia Press, 1990: 386.

身体滑行着。在这没有时间向度的安宁里
看似没有运动的运动者
随着潜水者的手向后滑动而运动着，
而在我们凝视的心中我们知道
一种身份的不容置疑的深度与平静，
而那是我们从未梦想过的。
……

水中“没有声音，也没有俗世老恶狗般／恼怒的叫嚣与唠叨”，有的只是“寂静”，而在这样的水中，人获得了“一种身份的不容置疑的深度与平静”，那是人质朴本性的回归。诗人在此处借助水的意象表达了“逃逸都市城镇功利喧嚣、追寻自然乡村质朴宁静”的主题。

水意象作为原型时含义复杂多样。首先水既可表示灾难与死亡（希腊神话、《圣经》中神用大洪水淹没罪恶人世的故事，《玛雅圣书》中的大洪灾等），也可表示生命与希望（《创世记》中天地万物都被造齐了，地里的草木菜蔬还没有长起来，因为耶和华还没有降雨……先有水汽滋润天地，上帝才造出人来等描写；《出埃及记》中敲打磐石出水解救众生的故事；印度《梨俱吠陀》中的《水胎歌》说：“水最初确实怀着胚胎，其中聚着宇宙间的一切天神”[①]等），还可以表示净罪与再生（佛教观世音手持的净瓶中的水可以为众生清洗肉身和累世的“业”；基督教的洗礼等）。表示灾难与死亡时，水是负面意象；表示生命与希望以及净罪与再生时，水是正面意象。可见，水既能象征死亡、毁灭，又能象征救赎、复活。理解了水原型的这种传统，能更好地理解沃伦的许多诗歌，乃至更好地理解沃伦的诸多作品，比如《两个夏日的十四行诗》（由《多雨之夏》和《久旱八月》组成）中诗人对于水意象的使用：

多雨之夏

你记得，那是一个多雨的夏天；

① 晏杰雄，刘又华. 水的原型意义分析. 南华大学学报（社会科学版），2005，Vol. 6（2）：102.

我们的房屋和你那被**暴风雨**摧折的木屋间
长得高高的玉米还有那未收割的小麦，
就在这**暴风雨**夹着狂风中毁坏并迅速腐败。
你木屋那断裂的侧影后方，苍白的
太阳，就像一个落空的欲望，一直坠落
终将破碎成一片死绿色，洒在那
被风和雹撕扯着的闪着雷电的山峰。

怪的是，屋顶上的这场**雨**，而不是夏日那场，
还有那敲打着窗户玻璃的风的手指
无情地搅动了我对曾熟悉的事物的回忆——
一条小径上弥漫的湿漉漉的英国山楂的味道，
一轮扭曲的像一枚银币的月亮，及我从你那里
骑马回家时啪啪拍着湿泥的慢踏踏的马蹄声。

久旱八月

那时的下午没完没了地霸占在
脆裂的田地上，在那被炙烤得黄而毫无生气的土地上
虽然**河流**，那像铜头蛇般蜷曲的**河流**
去年夏天**洪水**泛滥时曾蜿蜒过干涸的平地。
只有夜晚降临我们才能听到
风中传来的遥远而又徒劳的雷声的回响
那是旧时**暴风雨**的回音，吹到脑海中
那干净的**雨水**冲刷过的山峦而不是眼前这片荒芜。
当除了放荡的激情与龙牙草什么也不生长时
什么样的风沿着什么样的不毛之径
将播撒这死亡时间的种子？
在什么样沉重的山下——噢现在告诉我——
束缚着雷电，那将跃起震碎
我眼前堆积的黑暗之冢的雷电！

这两首诗中都出现了诸多水的意象，比如雨水、湿泥（因下雨而形成的）、河流、洪水、暴风雨等（文中为笔者加粗）。尤其是雨水和暴风雨在两首诗中都有呈现，但象征的含义却截然相反：《多雨之夏》中的雨水、暴风雨是象征死亡、毁灭的负面意象——诗中的淫雨不断让人联想到《圣经》中上帝下了四十天雨来毁灭他创造的世界的情形；诗中的暴风雨拆屋毁田（“我们的房屋和你那被**暴风雨**摧折的木屋间／长得高高的玉米还有那未收割的小麦，／就在这**暴风雨**夹着狂风中毁坏并迅速腐败”），无情地破坏着人们赖以生存的基础，是一股强大的、促使毁灭的力量；诗中和雨水及暴风雨相关的水的变体，即在落日下坠后的黑暗中撕扯着山峰的风和雹，也被赋予了黑暗的色彩和明显的贬义。诗歌从雨的连绵不断，写到雨对房屋、庄稼、山峰的毁坏、摧残，连原本象征光明、温暖与活力的太阳也在诗中被描绘成被雨水冲刷得苍白无力的事物，其下坠也被比喻为欲望的落空。总之，这些雨水、暴风雨、风和雹的意象串联在一起，共同勾勒了一幅衰败的荒原景象。而在《久旱八月》中同为雨水、暴风雨的意象却是另一番光景——“眼前的荒芜”是因为田地被长久炙烤失去水分而脆裂、发黄、毫无生气，是因为不毛之径上“除了放荡的激情与龙牙草什么也不生长”，但“旧时**暴风雨**的回音，吹到脑海中”的是“那干净的**雨水**冲刷过的山峦而不是眼前这片荒芜”。可见，诗中的雨水象征着一股净化的力量，象征的是干净、纯洁；那句“而不是眼前这片荒芜”更是间接表明了那雨水滋润过的万物曾是生机勃勃的，所以诗中的雨水还象征着生命与活力。诗人以此告诫我们要从历史和回忆中汲取力量，震碎眼前的黑暗，用暴风雨洗刷面前这个荒芜的世界，让它重新复活而焕发盎然生机。同样的雨水和暴风雨意象却在两首诗中有着相反相对的含义，只有了解了水原型既能象征死亡、毁灭，又能象征救赎、复活时，才能深刻理解这套组诗的含义，明晰其矛盾背后的统一。诗人要“逃逸”的正是那充满死亡之水和腐败之物的荒原和因失去生命之水而干涸丑陋、徒留欲望的荒原，而去“追寻”那拥有净化之水和滋润万物之水并因此充满纯洁、美丽、欢乐的理想世界。

水的意象在沃伦诗歌中象征“新生”及诗人理想世界的例子还有很多。比如《重生》（“Twice Born”）中那夏日的暴风雨使得淋湿的“我”

感到了一种“奇特的战栗与兴奋”，继而又感到“平静的甜蜜”——此处雨水无疑为“我”重新注入了活力与激情，并让内心获得前所未有的舒缓与快乐，这种“洗礼”带来的是救赎与新生，正如本诗的名字一样。又如《内兹帕斯的约瑟夫酋长》中“……男孩儿们跃入水中，快乐得就像／嬉戏的水獭，用伸平的手儿将水面拍打／像河狸用尾巴拍水发出警告一样，然后潜入，／像河狸一样，至水的深处，脚趾随身体向下而带出一串，／直直向上的，闪光的泡泡……”一段就用河水的意象象征了充满生机、活力、美，以及人与自然、人与人之间和谐的理想世界。又如《失去的水车池》一诗中那阳光下流淌着金光、银光的河水以及水中快乐嬉戏的孩子们所象征的充满真、善、美、和谐的理想世界。

此外，水上天为雨露、入地为川泽，在天地之间为江海、湖泊、溪流，循环往复、周而复始，其运动轨迹也构成一种**原型**，象征着自然运动的规律和宇宙秩序。[①]因此，《吹吧，西风》中“那时的我，还是个小男孩，蹲在小溪旁，／看着，在阳光中，一捧的水／从我手中嘀嗒、嘀嗒落下。那些水滴——它们如此晶亮！”一段的描写就不仅仅表明了“我”在感受水的美、自然的美，还象征了“我”在**认知**自然、**认知**世界，从而表达了诗人“追寻内外认知”的主题。

就洞穴而言，沃伦自幼就有去山洞探索的习惯，而且每年都必然前往，这一点在其具有自传性质的《洞窟探索》一诗中被记录了下来：“我第一次发现洞口时应该是六岁……每年夏天我来到这里，在暮色中向里窥视，一次比一次爬得远……”沃伦甚至还专门创作了一部名为《洞穴》（*The Cave*, 1959）的小说，借书中人物展现了对洞穴以及自我的探索。

洞穴曾是远古人类的居所，甚至在当今的一些地方它的变体“窑洞”等也是一些人居住的所在，所以它可以是一种保护人类免受外界侵害的“避难所”的**原型**。正因为如此，洞穴在沃伦诗歌中可以象征远离世俗喧嚣和纷争的自然之所，比如《洞窟探索》一诗所描绘的：

……

① 晏杰雄，刘又华. 水的原型意义分析[J]. 南华大学学报（社会科学版），2005，Vol. 6（2）：102—103.

> 我关掉手电。知晓黑暗、深度以及无时间性。
> ……
> 暗礁下方，很深处，沟壑中的水
> 独自吟唱着，用汩汩的白色泡泡
> 回应着我高处射下的光。我关掉手电，一动不动，躺了下来。

诗中一句“知晓黑暗、深度以及无时间性”表明了洞穴是区别于外面喧哗尘世的一处所在；“沟壑中的水/独自吟唱着，用汩汩的白色泡泡／回应着我高处射下的光。”则是以动写静，表明这里安静得就只剩下洞中溪水的汩汩声。在这只有安静与纯粹的黑的洞穴，甚至连时间都不复存在了，让人“逃逸”了喧嚣的都市城镇生活、甚至“逃逸”了时间的流逝，“追寻”到了自然的宁静与短暂的永恒。

就原型解读而言，根据弗洛伊德的理论，洞穴还兼备着子宫与坟墓的形象，同时代表了生与死。这种同时象征生死两极的特点和水的原型非常像，尽管渊源有所不同。洞穴既是孕育我们的大地母亲的子宫的象征，同时也是我们每个人的最终归宿——坟墓的象征，所以在沃伦的诗歌中，洞穴意象也被用来象征让人获得新生的地方，或象征让人永远沉睡的所在。当这两重象征义同时出现在一首诗中时，会让这首诗充满“生”与“死”或“去”与“留”的张力：

> 如同听着梦中的歌曲我昏昏欲睡，知晓
> 在这样纯粹的黑暗中我不敢移动。
>
> 我想：*这就是我*。又想：*我——我是谁？*感到
> 心跳动着黑暗与土地的心跳，
> ……
>
> （《洞窟探索》）

在这宁静、漆黑的洞穴中，人的心灵远离繁华、骚动而得到了沉淀，灵魂与肉体也从分裂的状态开始合一，让人重新回归了自我（“我想：*这就

是我。”)。回归的自我开始摆脱麻木、进行反思，于是有了自我认知的那句追问“*我是谁?* ”。这样的自我不但找回了灵魂与肉体的合一，还与大自然重新融为一体(“感到／心跳动着黑暗与土地的心跳”)。诗歌借助洞穴之旅让“我”在寂静与纯粹中沉淀，弥合了自身的分裂，重新成为一个完整的人，让“我”摆脱迷茫混沌，成为一个有认知自我能力的自觉的人，并找寻到一种与大地相依相连的归属感，仿佛是大地母亲**子宫**中的婴儿，既得到了一种与世隔绝的庇护，又让“我”从此获得新生。所以此处洞窟的探索就不仅仅表达了“逃逸都市城镇喧嚣功利、追寻自然乡村宁静质朴”以及“逃逸茫然无知、追寻内外认知”的主题，还表达了诗人希望人们通过“追寻”到人与自身以及人与自然的重新和谐一体而获得**重生**的内涵。诗歌接下来写道：

……想
如果永驻此地将会如何，我的心，

在它的跳动中，成为整体的一部分。整体的一部分——
但突然我因一声尖叫惊醒。手电，
滑了一下，但我抓住了它。又重新拥有了光亮——
……

诗中的洞穴体验是那么美妙，那么让人有归属感，以至让“我”产生了永远留在这里的愿望(“如果永驻此地将会如何”)。此时洞穴呈现了作为永久归宿的**坟墓**的形象，而那永驻此地的愿望实质上就是**死亡**冲动的表达，“成为整体的一部分”也可以理解为《圣经》中的“你来自尘土，也必归于尘土”(《创世记》3：19)的演绎。再结合之前“如同听着梦中的歌曲我昏昏欲睡，知晓／在这样纯粹的黑暗中我不敢移动。”的诗句，更让人联想到“我”要长眠于此的情景。但如同沃伦以往诗歌中主人公并没有顺从这种从现实中永久“逃逸”的倾向一样，诗中的“我”也从沉睡中“惊醒”(来自心灵的召唤)，抓住与外界联系的“光”而重新回到自己的人生，以重生的自我面对将来的生活，“追寻”另一种美与意义。

此外，沃伦诗中还有一些给人印象深刻的意象，比如孩子。孩子可以象征纯真、光明、希望、快乐，比如《午夜独白》一诗中写道：

在松树林中我们曾奔跑、呼喊
洋溢着快乐与天真，而至今
我们的声音还在那片高高地
笼罩着我们质朴的绿色中回响。

我们也曾在冰冷的黑夜中
听到风中传来的猎犬的铃声。
（那时在追寻什么呢？）枫树
在阳光下播撒着花粉，那么悄然无声。

时间就像一团未解开的线，
土地与我们的快乐都在四季中流转；
……

诗中儿时的我们“洋溢着快乐与天真”，无论春夏秋冬、白天黑夜都尽情享受着与自然亲近所带来的欢愉。“我们”走过草地也走过雪地，在松林中奔跑呼喊，也在枫树下默然静观，到处都留有足迹，洒满天真淳朴的笑声。孩童时代的“我们”象征着纯真与快乐。又如《唯一的诗》（“The Only Poem”）中那可爱的婴儿也是爱与欢乐的象征。沃伦诗中的孩子多出现在洒满阳光与雨露的地方，象征着光明与新生的希望，比如沃伦回忆父亲儿时的《一个幻象：1880 年前后》（“A Vision: Circa 1880”）一诗，诗末那干涸的土地在小男孩绽放天真笑容后迎来雨露的描写是用孩子意象象征希望的经典片段。此外，孩子也可象征对世界的“无知”和“探索”，比如《小女孩醒得早》和《在西姆的山谷游荡的男孩》等。限于篇幅，还有许多其他意象就不在本书中逐一列举了。

鸟与天空、鹿与森林、水与洞穴意象等在沃伦诗作中频频出现，既是他诗歌创作的特色之一，也折射出诗人“逃逸与追寻”“怀念与反思”

等主体意识和心理机制。沃伦诗歌中的意象多取自乡村自然和日常生活，但在朴素中蕴含着丰富的原型解读性，可谓朴实又不简单，且他诗歌中的意象多互相关联、彼此映衬，表达着丰富的内涵。诗人通过意象传达自己的内心感受，读者通过意象走进诗人的心灵世界，感受他的思想与情感。这些意象是诗人对自然的领悟和对生命的体验的结晶，它们以有尽之言表达出无穷之意，给读者巨大的想象空间，有助于读者在深层次上理解诗人的思想情感以及领略诗歌的无穷魅力。沃伦诗歌中的各种主题也因这些生动而内涵丰富的意象而变得更加深刻、富有魅力且具有普遍意义。

聚焦篇

O yes-these paths are haunted,
For we are each a ghost ...
噢，是的——这些路上阴魂不散，
因为我们每个人都是一个鬼魂……

——罗伯特·潘·沃伦《夜曲》
（Robert Penn Warren, “Nocturne”, 1924）

沃伦诗歌的研究角度遍及新批评、新历史主义、历史编纂学、弗洛伊德心理学、女性主义和性别学、酷儿理论、非裔美国人研究、政治学和伦理学[①]、生态批评等。但至今尚未有对沃伦诗歌聚焦方面的专门研究，本章拟以叙事学中的聚焦理论为基础对其诗歌进行解析，客观上也是对新世纪作为“理论复兴”和“美学转向”产物的“新形式主义”的一种呼应。正如“新形式主义”关注形式问题，从传统形式主义理论中汲取阐释方法，但同时提倡语境批评，揭示形式蕴含的社会历史意蕴[②]，本章对沃伦诗歌的研究也包含这两个方面。

---

① 吴瑾瑾. 生之必然渗透——罗伯特·沃伦的自我认知哲学观与文学创作研究[D]. 山东大学，2008.

② 王丽亚. 什么是“新形式主义”？——《新形式主义与文学理论》述评[J]. 外国文学，2015（5）：149.

一 聚焦理论及其对沃伦诗歌的适用性

视角（perspective），视点（point of view），聚焦（focalization）——这些现代文论常用词语虽外表各异，但内核一致，皆指叙述故事时观察的角度[①]，常被用来分析小说的创作，是叙事学的核心概念。如珀西·卢伯克所说："小说技巧中全部复杂的方法问题，我认为都从属于视点问题，即叙述者与故事的关系问题。"[②]但迄今为止很少有研究者用这种概念来探讨诗歌的创作。这一方面是由于"（那时还叫）视点或视角"真正走入学术视野本就源自对19世纪福楼拜创作的《包法利夫人》这部小说创作技巧的探讨，再经由亨利·詹姆斯及其追随者珀西·卢伯克和后继者韦恩·布斯、热奈特等的大力推动才拥有今天的地位，而他们无一例外都是以小说作为探讨的平台；另一方面也由于传统意义上诗歌的叙述者给人留下的印象都较单一化，多为显性或隐性的第一人称内聚焦"我"（如舒婷的《致橡树》，惠特曼《草叶集》中的大部分诗歌等）或第三人称外聚焦全知视角（如泰戈尔《飞鸟集》中的部分诗歌，兰波的《奥菲利亚》等），而令人觉得没有太多研究价值。虽然有一些研究者在把聚焦/视角理论应用于诗歌方面进行了尝试，比如对诗歌中视角变换的探讨等，但总体处于零星分散的状态。可事实上，诗歌发展的历程，同小说一样多元而丰富，对于创作手法的自觉在国内外现当代诗歌中更比比皆是，聚焦/视角的运用也不再仅仅是一种创作技巧的问题，而拥有了更多可探讨的内涵，所以这种隐形的壁垒理应彻底打破。

聚焦/视角理论的发展有一个历史演变的过程。福楼拜与亨利·詹姆斯作为现代小说理论的奠基者，首先注意到了"限知视角"或"人物有限视角"并运用到自身的小说创作中。卢伯克则是第一位系统阐释该问题的文学批评家，他在1921年发表的现代叙事学之作《小说技巧》中

① 申丹. 视角[J]. 外国文学，2004（3）：52.

② Lubbock, Percy. The Craft of Fiction[M]. London: Jonathan Cape, 1921: 21.

将视点（point of view）问题视作所有小说技巧的根本与关键，认为小说的不同效果皆源自作者对不同视点的选用，奠定了视点问题在叙事研究中的首要地位。他在视点理论上有开山之功，但没能注意区分“以谁的视角观察”与“以谁的声音叙述”，而这一点在布鲁克斯和沃伦 1943 年出版的《理解小说》中得到了厘清。后来，受结构主义影响，逐渐形成了所谓的结构主义叙事学，视点问题成为重中之重，不同角度的视点分类层出不穷。[①]奥地利文论家斯坦采尔在《小说类型》（1955）中的三分法，瑞典文论家伯尔梯尔·隆伯格在《第一人称小说叙述技巧研究》（1962）中的四分法和美国文论家诺尔曼·弗里德曼的八分法等[②]，共核都是根据叙述者的人称和参与方式来划分，比如“第一人称叙述观察者式”等。1961 年韦恩·布斯发表了《小说修辞学》，这是关于视角研究的里程碑式的著作，对视点、叙事者、隐含作者等作者干预阅读的种种手段做了深入探讨，还指出小说中作者通过对视角变化的调节来控制读者的信息接受、价值判断和情感体验。1970 年出版的乌斯宾斯基的《结构诗学——艺术文本的结构与结构形式的类型学》一书则明确提出，当视点表达叙述者（或隐含作者）的意识形态评价时，读者的主体性也在被建构着，即叙事是制造身份和意识形态主体的方法之一，彻底打破了文本的自足性而涉及文本以外的世界；他还将视点问题视为各种类艺术文本的共性问题，不仅存在于语言艺术文本中，也存在于造型艺术文本之中，从而拓展了视角理论的疆土。乌斯宾斯基论述了视点分为意识形态层面、话语层面、空间-时间的特征描写层面和心理层面这四个层面，阐释了不同层面视点的关系及结构共性问题。总之，他对视角理论的论述有了质的飞跃。在后结构主义或后现代叙事学时期，视点问题的探讨进入整合或精细化阶段，比如 1983 年里蒙·凯南发表的《叙事虚构作品》就是对以视点问题为核心的叙事学研究成果进行初步整合的专著。这当中的杰出代表热奈特在其 1972 年的《叙述话语》和 1980 年的《新叙述话语》中对之前混淆“谁看”和“谁说”的术语“视点”（point of view）提出

---

① 苏畅. 对视点问题的重新认识——关于乌斯宾斯基的《结构诗学》[J]. 南京师范大学文学院学报，2006（3）：21—23.

② 赵毅衡. 当说者被说的时候——比较叙述学导论[M]. 北京：中国人民大学出版社，1998：13.

了批评，并用聚焦（focalization）和叙述（narration）来代替，这样“眼光”和“声音”的区别一目了然，而且他明确提出眼光的聚焦绝非单纯的感知问题，而是蕴含着思维模式、情感、立场和认知程度等。[①] 20世纪八九十年代以后及至21世纪阶段对视角问题的探讨大多是学科理论和方法交叉的结果，譬如解构主义、心理分析、性别批评等，有女性主义批评背景的米克·巴尔就是其中的一例。

聚焦理论在分析小说时的有效性毋庸置疑，大量颇有洞见的研究成果就是最好的例证。那聚焦理论是否适合诗歌的分析，具体来说，是否适合沃伦的诗歌分析呢？诗歌是否存在聚焦的变化以及这些变化/不变是否有特殊的意蕴当是衡量的基准。有诗歌专家提出“现代诗有一个强健的‘胃’，就内容而言，举凡生活的方方面面，诗人们都敢于吸纳进来，在形式上，叙事性、戏剧性、口语等因素作为亚体裁纷纷出现，诗歌越来越体现出某些综合性的特征”[②]，而传统诗歌中也不乏聚焦存在变化且这些变化/不变有特殊意蕴的诗歌，这就为聚焦理论应用于诗歌奠定了可行性基础。具体到沃伦的诗歌：哈罗德·布鲁姆在《罗伯特·潘·沃伦诗歌全集》的序言中称：“从一开始沃伦诗歌的典型模式就是戏剧-抒情诗（dramatic lyric），诗人在60岁后，把戏剧元素内化了，与时间较量、与文化和家族历史较量，尤其重要的是，与自己较量……沃伦非常擅长讲故事，其叙述技巧修习自康拉德和福克纳，情感上则更趋近巴洛克式的而不是艾略特式的。”[③]众所周知，戏剧与小说同气连枝，而康拉德和福克纳都是以多重叙述视角和高超叙事技艺而闻名的小说家，所以这段对沃伦诗歌的经典评价中那些醒目的能指都提示了沃伦诗歌不同于一般抒情诗歌的特点，那就是富含叙述元素和操控技巧，且充满张力和变化，这会给聚焦分析留有充分的施展空间。此外，沃伦的诗歌以反思社会现状与人类困境而著称[④]，他选择的诗歌形式与历史社会语境相关

① 申丹. 视角[J]. 外国文学，2004（3）：52—55.

② 汪剑钊. 诗歌的乌鸦时代[J]. 德语学习，2007（1）：6—7.

③ Bloom, Harold. Foreword[A]. In: John Burt ed. The Collected Poems of Robert Penn Warren[M]. Baton Houge: Louisiana State University Press, 1998: xxii.

④ 何欣. “逃逸与追寻”——罗伯特·潘·沃伦诗歌研究[D]. 南开大学，2013：10—46.

联，而不仅仅是为形式而形式，这也使得聚焦理论的应用可以解读出更丰富的内容。因此，以聚焦理论为基础来解析沃伦诗歌是恰当且合理的。

二 游荡的灵魂——沃伦诗歌的重要聚焦

沃伦的诗歌以丰富的语言、超拔的想象、多变的风格和契合时代精神的书写闻名。这从他在诗歌中对聚焦的运用就可见一斑。“游荡的灵魂”聚焦的使用不仅是沃伦诗歌的重要写作技巧和形式特点，也是他诗歌内容有机的组成部分，更是时代文化语境的一种折射。

（一）游荡的灵魂作为诗中参与故事的重要叙述者

沃伦前后约55年的诗歌创作时间（其中1943—1953年间有10年的诗歌空档期），以前后诗风的两次明显转变为界可分为早期（前20年，即1923—1943年）、中期（中15年，即1953—1968年）、晚期（后20年，即1968—1988年）三个时期。《记得的野餐》是其早期诗歌的一篇代表作，已然体现出沃伦诗歌对聚焦的灵活运用和特殊用意，是游荡的灵魂作为诗中参与故事的重要叙述者的典型例子：

那天，树叶、山峦、天空，
那么纯真地呈现在我们面前，
它们的结构是如此和谐
如此纯洁，在它们面前我们所忍受的一切
都变得如儿戏般微不足道，
现在被搁置一旁，而所有令我们抓狂的
悲伤和恐惧也随之消失了。

这首共六节的诗开篇以第一人称的复数“我们”作为参与故事的内聚焦叙述者出现，勾勒了从“我们”视角望去的绿树、青山、碧水、蓝天。

大自然具备神奇的治愈功能，以造化的纯美、和谐消除了“逃逸”至此的人们在都市城镇生活中所遭遇的一切矛盾与不公。让“忍受的一切”变为“微不足道”，让“令我们抓狂的”也“随之消失”。卸掉了心灵重负的“我们”享受着与大自然的亲近，于是在第二诗节中“我们”从大自然的观察者转为参与者，徜徉、伫立其中——

我们伫立在如画的林木间：
琥珀色的阳光沐浴着树木，也沐浴着我们；
或许是那光如此沉静，
如此稳定，我们的肉体，
像镶在琥珀中的孪生飞蝇一般，
以完美的状态一动不动嵌在其中
笑傲**时间**那令人惊奇的跟踪。

第二诗节第一行沿用了这种比较传统的第一人称内聚焦叙述者，但视角从第二诗节的第二行开始有了变化，“我们”不再作为主语出现，转为宾语，而自然界的阳光成为主语。此刻叙述观察的角度从第一人称的内聚焦转为第三人称的外聚焦，而实现方式就是主语和宾语位置的悄然置换。琥珀色的阳光既沐浴着树木，也沐浴着“我们”，“我们”成为和树木一样的客体。接下来把“我们”描写成“镶在琥珀中的孪生飞蝇”的一段则更是神来之笔，强化了“我们”由看的主体变成被看的客体的感觉，和被端详的昆虫并无二致，表达了人与自然的合为一体。

……
或我们是否已死，被非人化的我们
是空虚的，而我们最清澈的灵魂
疾驰而去，在静止不动的社会里
肩并肩、手拉手地游弋着那一度
我们，也，在其中徜徉的场景，
而我们现在继承了新的领地，即

> 爱的荒原，这片被遗失的地下国土。

诗歌的中间两个诗节（未完全列出）在描述“我们”在大自然中游泳、嬉戏的一系列动作画面时又切回了第一人称内聚焦，以形成与之前林中静态画面的对比和跳脱；而在描述黑暗降临到大自然和我们胸中时又换成了第三人称的外聚焦，与之前阳光照耀树木也照耀我们相呼应，仍是表现人与自然合二为一的手段。

到了第五诗节，隐含作者——即叙述者背后的操控者——则发挥了更大的效力，把叙述者的肉身直接剥离，将其变成“游荡的灵魂”，成为从生动的大自然回归麻木城市生活的人们的写照。此时，我们这些游荡的灵魂“肩并肩、手拉手地游弋着那一度/我们，也，在其中徜徉的场景”。正因为叙事者采用了“游荡的灵魂”的视角，所以得以穿越时空，飞到曾经美好的家园，俯视那片曾经美好的土地变成现在这片“爱的荒原”。这种灵魂飞升飘荡、将不同时空并置在目光之下的内聚焦的特殊体验是沃伦诗歌的特点之一。

再看第六诗节：

> *那时*、*现在*：每一个都是对方的
> 纪念碑，包含着，死去的，对方。
> 或者灵魂是否就是一只鹰，展开
> 闪着微光的翅膀逃离视觉的路径，
> 向在这里的我们反射最后一缕光
> 虽然太阳已经降落而黑暗也已临近
> ——那未知真理的高高的记录仪？

在此诗节中，前两行继续保持着“游荡的灵魂”的视角，将过去与现在并置，看到它们互相渗透、是彼此的纪念碑；当读者还沉浸在这种“游荡的灵魂”的宏阔视角时，诗人又独具匠心地把“游荡的灵魂”这个看的主体偷换成了鹰这个被“我们”看的客体，而实现手法就是基于“飞”这个共同点的暗喻（“灵魂是否就是一只鹰”），并且以扩展性暗喻

（extended metaphor）的技巧继续渲染翅膀、反光等，暗示了现代的人（通篇的复数"我们"隐喻这是共性而非个性的体验）不但肉身被剥离而只剩下"魂"，而且连这个"魂"也都将飞逝而去，留下一片黑暗（"太阳已经坠落而黑暗也已临近"）。但好在诗人并未完全绝望，所以还留下了那反射的"最后一缕光"，指引我们去追寻光明。

经以上分析可知，这首诗中"游荡的灵魂"的聚焦给予读者一种全新的审视人与自然关系、审视过去与现在对比的途径。它既是旁观者冷眼评判，又是参与者飞荡其中，最后还被赋予了一种全新的肉身，即"鹰"的肉身，从而得以超越现实引领人们追寻光明。可以说，这不仅是沃伦创作诗歌的重要形式技巧和有机内容，还折射了处于现代荒原中的人丢失了美好的过去，如鬼魅飘荡，无所依归，但仍力求追寻一线希望的社会历史内涵。把"游荡的灵魂"作为诗中的叙述者之一参与故事的，还有沃伦的《夜曲》等诗歌。

（二）游荡的灵魂作为诗中观察故事的主要叙述者

沃伦晚期诗歌之一《内伤》这套组诗描写了一位黑人年老妇女的遭遇，乍一看这只是一般的外聚焦全知叙述视角，但细读后会发现沃伦巧妙地借用一种可以任意移动位置的游荡的灵魂作为诗中观察故事的主要叙述者，即使用的是限知性视角的外聚焦，并借此以深层文本颠覆表层文本达到更深刻揭露社会不公的目的。

> 1. 事件
> *黑鬼*：年纪老了，又是个
> 女人，好像这还不够苦，又是个
> 穷人，鞋底上有个大洞
> （我看得很清楚，你瘫
> 躺在地上，是右脚）；加上

诗歌开篇的"黑鬼"（nigger）一词是文化上的禁忌语（taboo），带有强烈的种族歧视、污蔑色彩，作为体现意识形态的词语，暗示叙述者是白人至上主义者（white supremacist），由此为读者开启了表层文本带领读者一起嘲讽这个“黑鬼”妇女的模式——从外聚焦的全知视角来看，她又老，又穷，还邋遢（“鞋底上有个大洞”），接下来第二诗节继续沿着表层文本的聚焦模式嘲讽这个“黑鬼”妇女的种种不光彩：

孤苦无依（女儿远在
底特律，三年没音信；儿子
在河上游的监牢里，至少还知道
他在哪里），无亲无友，再加上

既然看似传统的全知视角聚焦，那当然可以不遗余力地写出这个黑人妇女无依无靠是因为她的女儿不理她，儿子身陷囹圄，还无亲无友没人关心。就在这个老女人已经就外在和家庭两个方面都够不光彩的了（enough to be 的反复使用）之际，她又遭逢“解雇”——且是因“盗窃”罪名而被解雇——这件更加不光彩的事：

被解雇（就是今天的事，
太不公平，那个该死的
犹太女人——根本说不出
为什么是我打开那该死的
钱包，只不过是看我的肤色
就认定是我），做人到这种地步

这下黑人妇女连经济来源都没有了，基本的生存都无以为继。诚如诗中外聚焦全知视角所感叹的，“做人到这种地步”已然太过失败了，但这种白人至上主义者式的奚落还未就此停止，还要把这种种失败归咎于她自己，而丝毫不提及社会对她的不公和鄙视：

真够受的（是的，六十八了，
只好是什么样

就什么样，是的，瞧瞧
镜子，那就是
你自己，多少年
不做祷告了），光活下去

她是个长期懈怠于祷告、没有精神信仰的人，难怪只能勉强“活下去”，而不是真正意义上的生活，把失败和不光彩都归咎于这个“黑人”妇女自身，让她连抱怨都无从抱怨，因为一切皆是她“自作自受”。这些还嫌不够，下一诗节还要再添上她身体被汽车重创的一笔，并在一系列细节上再度嘲弄她：

就够受的——耶稣，
光活着就够受，难道还要让人把尿（的确是
这么回事儿）从你身子里
压出来，用一辆1957年黄色
凯迪拉克车，开车的是个
波多黎各人，他来自
新泽西？

为什么他偏偏不是白人？
……

被汽车撞到连尿都压了出来，人的基本尊严丧失殆尽，而撞她的连个白人都不是，而是和她一样的少数有色人种。至此诗歌表层文本以表面的全知视角对这个黑人妇女极尽嘲笑挖苦之能事，宣泄了一种白人旁观者式的居高临下和幸灾乐祸。

可诗人要写的就是这些吗？不。通过文本再次细读会发现，所谓的外聚焦全知视角只是表象：第一个词“黑鬼”（*Nigger*）是斜体的，这种陌生化的文本标记昭示了深层文本上的视角是不认同这个带有种族歧视的概念的。接下来的每个诗节还有一个显著的重复使用的文本标记，那就是小括号，每次括号中的聚焦者和叙述者都提供了一些主体信息以外的补充信息，时而会俯身去观察她的伤势（瘫躺，伤在右脚），时而仿佛和她对话来宽慰她的孤苦无依（至少还知道儿子和女儿的下落），时而转换为“她”的内聚焦视角，一起谴责肤色政治（今天的事太不公平）……这种视角所在空间位置的自由转移和对部分事情了解真相（知道黑人妇女的背景和被解雇事情的真相等,但不了解黑人妇女自身的感受和痛苦，即黑人妇女本人的诸多感受和痛苦是失语、不在场的）的外聚焦限知性视角为读者揭开了深层文本的真相，那就是黑人妇女经历了种种遭遇和痛苦却得不到聆听和同情，身体遭受的外伤远比不上冷漠歧视带给她的“内伤”，至此诗歌题目“内伤”的含义才得到了比较深入的解读。而这些正是借助于一个隐形的可瞬间位移、知道背景和其他地点（不同于车祸现场的黑人妇女工作地点）发生事情真相、却不知道黑人妇女本身思想与感受的“游荡的灵魂”的视角才得以实现。这种独特的视角契合了沃伦诗歌对暴力的谴责，尤其是对无形的种种暴力的谴责。沃伦诗歌晚期代表作《文字梦》中“我”神游到《苔丝》小说中观察老年苔丝的描写等也是这种游荡的灵魂作为诗中观察故事的主要叙述者的代表。

（三）游荡的灵魂作为诗中参与和观察故事的叙述者

沃伦诗歌中游荡的灵魂有时是以上两种功能兼备的，而这些诗歌也是沃伦的一大特色，比如中期代表作《我梦想着一个白色的圣诞节：一个幻象的自然史》：“不，不是那扇门——绝不是！但是，／进来，看到。透过／有如褪色了的老银版照相纸般的褐色空气……床。／它曾在的／地方。现在成了过去……一条红色的／飘带，很久前从某个快乐的包裹上撕扯下来的，／盘曲在灰色的壁炉地面上就像／烧熔了的保险丝……我曾在的地方，／现已不在。现在是／率直的群众推推搡搡、挤挤撞撞、拖拖拉拉、磕磕碰碰／的地方，／眼含敌意……”[①]这首诗中沃伦对美好的童年以画面定格和灵魂回归的方式进行了一番特殊的巡礼，后又随灵魂游荡回“眼含敌意”的现今生活，形成了一种鲜明的对比。《丢失的

---

① 周伟驰译. 沃伦诗选[M]. 石家庄：河北教育出版社，2003：110—124.

水车池》等诗歌也是这种典型的视角，即游荡的灵魂既作为故事的参与者承担内部聚焦的功能，又带着成人的灵魂视角对过去的一切进行观察和评论。这种视角穿梭时空，把过去和现在甚至未来串联在一起，形成彼此之间的映照，并在映照中含蓄表达出诗人"逃逸与追寻"的主题和重建完整和谐自我，重建人与自然、人与他人以及人与世界关联模式的愿望。

以上三种"灵魂的游荡"是沃伦诗歌中重要的聚焦模式，总体比例不相上下，是对传统视角或聚焦模式的某种叠加和创新。这不仅是沃伦诗歌的重要写作技巧和形式特点，也是构成他诗歌内容的一部分，折射了他对现代人失去归属感"无根飘荡"以及依旧执着追寻的形象和内涵的感知。

沃伦诗歌这种游荡的灵魂的聚焦可独立存在撑起一篇诗歌，也可和其他聚焦结合，相应生辉。这种灵魂的游荡的聚焦打破了时空的束缚，营造了似梦似真的氛围，让想象随意驰骋，帮助内聚焦与外聚焦之间的切换，让第一人称视角模式中嵌入第三人称视角的"视角越界"少了分生硬，让第三人称视角模式内出现第一人称视角时更加自然。这种聚焦的选择有助于表达沃伦诗歌主流的"逃逸与追寻"主题，也有助于他诗歌其他主题的表达。这种聚焦既折射了现代人无根漂泊却又执着追寻的形象内涵，又践行了他新批评诗学思想中对"反讽"的重视（隐含作者的聚焦与叙述者聚焦不一致时，反讽就得到了凸显），是沃伦诗歌中一个值得关注的文学现象。

时间篇

In my dream Time and water interflow,
And bubbles of consciousness glimmer ghostly as they go.

——罗伯特·潘·沃伦《此时与彼时：诗1976—1978》

（Robert Penn Warren, *Now and Then*, 1976-1978）

“时间是什么”与“我是谁”一样是亘古存在的追问。时间虽然看不见、摸不到，却让每个人都真切地感觉到它的存在，人的一切活动也都和时间息息相关，所以人类很早就开始了对时间的探讨，诗歌等文学作品也不例外。而沃伦的许多诗歌，正如采访他的汤姆·维塔利（Tom Vitale）所说，“充满了记忆、生命有限性和时间指涉这些方面的意象”，可知他“对时间问题十分着迷”[①]。

一 时间观的类型

从中国古代《论语》的“逝者如斯夫，不舍昼夜”，到《尸子》的“上下四方曰宇，往古来今曰宙”，从古希腊毕达哥拉斯的“已经发生过的事物还会以循环的方式重新发生，没有什么纯新的事物”[②]，到赫拉

① Vitale, Tom. A Conversation with Robert Penn Warren[A]. In: Floyd C. Watkins et al. eds. Talking with Robert Penn Warren[M]. Athens: The University of Georgia Press, 1990: 390.

② 苗力田主编. 古希腊哲学[M]. 北京：中国人民大学出版社，1989：62.

克利特的“我们既踏进又不踏进同样的河流”[①]等，各种时间观不胜枚举。纵观历史，人们的时间观主要可以分为两大类。一类把时间视为外在的、绝对的、客观的，以亚里士多德（Aristotle, 前 384—前 322）和艾萨克·牛顿（Isaac Newton, 1643—1727）为主要代表。亚里士多德认为“时间是计算前后出现的运动得到的所计之数”。牛顿认为“绝对的、真正的和数学的时间自身在流逝着，并且由于它的本性而均匀地、同任何一种外界事物无关地流逝着”。[②]在他们看来，时间是一种外在于人的、自身同性均匀的绝对自在者，是人类一切活动的参照物，时间的存在和流逝都不以人的意志为转移，也不因人的行为而改变，它将始终沿着过去—现在—未来这个方向如直线般延伸下去并一去不返，且由于其客观性而可以通过外在的工具（比如时钟）来统一测量。另一类把时间视作内在的、相对的、主观的，以奥古斯丁（Aurelius Augustinus, 354—430）和柏格森（Henry Bergson, 1859—1941）为主要代表。奥古斯丁曾说“时间分过去、现在和将来三类是不确当的。或许说，时间分过去的现在、现在的现在、将来的现在三类，比较确当。这三类存在于我们心中，别处找不到：过去事物的现在便是记忆，现在事物的现在便是直接感觉，将来事物的现在便是期望”。[③]柏格森把通过直觉体验到的时间称作“真正的时间”，并将其命名为“绵延”，认为“绵延”既不是自身同性的，又不是可分解的，它不是从运动中抽象出来的某种属性，而是像河水一样奔流不息，各阶段互相渗透，交融汇合成一个不可分的、永远处在变化中的运动过程。[④]在他们看来，时间是一种存在于心中的、由生命体经验感知的相对存在者，因此它依附于生命和心灵，没有绝对的过去、现在或将来，其长度取决于主观心理感觉而无法客观量化。

---

① 北京大学哲学系编译. 古希腊罗马哲学[M]. 北京：商务印书馆，1961：27.
② 牛顿. 自然哲学之数学原理[M]. 王克迪译. 西安：陕西人民出版社，2001：8.
③ 奥古斯丁. 忏悔录[M]. 周士良译. 北京：商务印书馆，1994：247.
④ 朱立元主编. 当代西方文艺理论[M]. 上海：华东师范大学出版社，2005：79.

二 沃伦的时间观及其在诗歌中的体现

沃伦所持的时间观就隶属于上述时间观类型中的后者，即把时间视作内在的、相对的、主观的，这一方面源于奥古斯丁基督教神学和柏格森生命哲学对他的影响，另一方面也源于他本人对时间的关注和思索。沃伦诗集《在这儿：诗 1977—1980》（*Being Here: Poetry 1977—1980*, 1980）在扉页处引用了出自《忏悔录》第十一卷第二十三章的圣·奥古斯丁的话“我渴望知道**时间**的权利和本质”，由此可以看出奥古斯丁时间观对他的影响，且这句话也道出了沃伦本人对时间的关注和思索。而在同一扉页上诗人引用的凡·诺斯特兰《科学百科全书》中的“简言之没有关于时间的绝对标准”一句同样凸显了沃伦的相对时间观。沃伦另一部诗集《你，皇帝们，和其他：诗 1957—1960》中组诗《致你的花环》（“Garland for You”）的第七首《傲慢的法律》（“Arrogant Law”）的标题注释“这种内部的生命可以比作一个线团的展开……亨利·柏格森:《形而上学导论》”则提示了柏格森时间观对诗人的影响。事实上，这位同样“渴望知道时间的权利和本质”的诗人把对时间的讨论作为其一生诗歌的重要题材之一，并在《过去的用途》（“The Use of the Past”）一文中对时间做了自己专门的论述:“时间不是凭理智构思出来的；它就是生存的介质本身，单纯且不可分裂……过去既在现在之外，又可展现在现在之中，并也可在将来中显现……教育了我们生命进程的本质。”[①]从这段对时间的论述中，不难看出沃伦把时间视作内在的、与生命进程等同的生存介质本身，靠人的直觉经验而不是理智去把握。生命进程不可分裂，所以过去、现在和未来处于一种交融互渗的状态，呈现在人们的主观意识中。这段话可谓沃伦对自己时间观的简要表述，包含了时间的内在性、主观性、绵延连续性和交融互渗性等重要特征。具体到沃伦的诗歌，其时间

---

① Warren, Robert Penn. The Use of the Past[A]. In: Robert Penn Warren ed. New and Selected Essays[M]. New York: Random House, 1989: 50.

观又是如何显现的呢?

诗歌从本质上就与时间密不可分，正如莱辛曾在《拉奥孔》中所说："绘画用空间中的形体和颜色，而诗却用在时间中发出的声音；既然符号无可争辩地应该和符号所代表的事物互相协调，那么，在空间中并列的符号就只宜于表现那些全体或部分本来也是在空间中并列的事物，而在时间中先后承续的符号也就只宜于表现那些全体或部分本来也是在时间中先后承续的事物。"[①]诗歌所借助的媒介的符号特性（在时间中先后承继的声音）决定了它最适合于也最常被用于呈现在时间中展开的人、事、物。因此，诗人的时间观不仅可通过其以时间为描写对象的诗句来得到直接的了解，还可以通过其在诗歌中处理时间中展开的人、事、物的顺序和手法来得到间接的认识。事实上，沃伦诗歌中的时间观就是通过这两种方式来表达的。与他本人一贯的"逃逸与追寻"的二元对立思路一致，沃伦的时间观也呈现出"逃逸"外在的、绝对的、客观的时间观与"追寻"内在的、相对的、主观的时间观这两方面，并常在对比中凸显诗人的取舍倾向。

（一）短暂与永恒

关于时间有许多话题，其中一个就是与历史长河的奔流不息相比，个人生命时间的有限及倏忽即逝。这种"短暂与永恒"的强烈对比常令古往今来的人们唏嘘不已，尤以那些心灵敏感的诗人为甚，他们在诗歌中表达着对这一现象的感慨与思索，中国建安诗歌中的**朝露**比喻（曹操《短歌行》中的"对酒当歌，人生几何？譬如朝露，去日苦多"；曹植《送应氏》中的"天地无终极，人命若朝露"；阮籍《咏怀第三十二首》中的"人生若尘露，天道邈悠悠"等）与英国文艺复兴诗歌中的**镰刀**比喻（斯宾塞《仙后》中的"用摧毁的镰刀割刈（生命）"和莎士比亚《十四行诗之第六十首》中的"什么都逃不过他那横扫的镰刀"等）可谓这方面的典型代表。"朝露"意象突出的是美好人生的短暂，而"镰刀"意象则凸显了时间对生命的无情摧残——两者都强调了人生时间的转瞬即逝，但

① 莱辛. 拉奥孔[M]. 朱光潜译. 合肥：安徽教育出版社，2006：91.

在着眼点上又有着微妙的差别。当人们把时间视作一种客观存在的、不由人掌控的绝对力量时，这种短暂与永恒的矛盾就是不可调和的，其强烈的对比也会带给人们深深的恐惧感，生命时间的有限性或人的必死性这个维度就会被突出和放大，由此带来的人们面对时间的卑微与无力也会徒增很多幽怨——这正是诗人所要批判或“逃逸”的。

比如在其早期诗歌《秋日暮光篇》（“Autumn Twilight Piece”）中，沃伦就刻画了生命时间流逝给人们带来的恐惧与无奈：

> 现在既然那脆弱的光灿灿的白日
> 已被打碎，它裂碗中流溢出来的
> 陈腐的黄昏洒满了整个街道，而灵魂
> 也在等待着它们自己的傍晚的衰败。
> ……
> 秋日，我们知晓，是一年中的暮光时分。
> 这青铜杂着琥珀色的我们死亡的谣言
> 染污了远山且在不久后将为我们带来
> 冬日在大洞窟中的睡眠，到那时在
> 茴香冰冷根须下的我们将再听不到
> 春日吟诵的明亮的一首首打油诗篇。

在这首诗中，诗人借助自然界的一天和一年来比喻人生的进程，并用扩喻（extended metaphor）的手法让一天中的暮光时分（黄昏）和一年中的暮光时分（秋日）对应人们走向死亡的最后时光，让“冬日在大洞窟中的睡眠”对应最终墓穴里的寿终长眠，让富有活力的亮色春日对应人生朝气蓬勃的日子。因此，诗歌结尾处的“到那时在／茴香冰冷根须下的我们将再也听不到／春日吟诵的明亮的一首首打油诗篇”一句含蓄地表明了人生的终结，并在与自然界的四季兀自循环所形成的鲜明反差中突出人一旦死亡就无法再生的“生命时间的有限性”——这里“我们”对生命时间终将耗尽、人会不断走向死亡的恐惧和对生命短暂、不能永恒的惆怅通过“冰冷”（“frigid”）一词和“将再听不到”（“shall not hear again”）的将来时结构委婉凄凉地传达了出来，并在春日之明亮及诗意盎然与冬日之冰冷和丧失活力的对比中得到了强化。《秋日暮光篇》整首诗借助比兴手法所描写的人生命的短暂或必死的限度带给人们的恐惧在之后《镜子》等诗歌中也找到了回声（“‘天哪，’我突然恐惧地想到——／‘明天或之后的一天，某一天，／他们会过来、放进长生盒、并抬走／这颗头及其精细的长发！’哦那太古怪了！／一个人用极其痛苦的眼光注视着／他那梳理着颅骨上黑色头发的尸体”）。

这种恐惧与无奈从根本上说，源于人们将时间视作一种外在的绝对力量，它高高在上、不因人的行为而改变。但自古至今都有人并不愿臣服在时间的脚下，他们试图寻找各种途径来彰显人的主观能动性：古希腊人曾提出以勇气、旷达、放荡、狂醉、洒脱、道德努力等富有酒神精神的生活态度来抵抗生命的短暂与不断流逝[①]；中国的《左传》提出了“立德、立功、立言”以臻不朽的方法；英国文艺复兴时期的诗人们书写了“及时行乐弥补时间之短暂、恋爱成婚延续子嗣、博取诗名长存人间、英雄壮举传唱千秋、信仰上帝让灵魂永恒”[②]等方法来对抗人生命时间的有限。沃伦延续了这种不屈的精神，在他的诗歌中彰显了人之于时间的主观能动性。意象篇中所探讨的《暮鹰》一诗里那超越尘世与时间并反过来像天神般主宰时间的鹰的意象可谓诗人这种时间观的生动象征。

短暂与永恒的矛盾在绝对时间观的视域下会给人带来深深的恐惧感与无可奈何的幽怨，这正是诗人所要“逃逸”的，那怎样才能调和这对矛盾，让人们不再惧怕个体生命时间的短暂，也不再充满了对生命无法永恒的无力惆怅？英国诗人布莱克诗歌中的辩证时间观给予了沃伦解决的途径。

沃伦在彼得·斯迪特（Peter Stitt）的采访中确证了《红尾鹰与少年时代的火堆》一诗的自传性质，他自幼有阅读家中藏书的爱好和习惯，而就在这首诗中沃伦列出了家中的藏书——布莱克作品、（弥尔顿的）

---

① 刘立辉．“末世论”与斯宾塞诗歌中的宇宙时间观[J]．外国文学研究，2007（3）：35.

② 胡家峦．历史的星空——英国文艺复兴时期诗歌与西方宇宙论[M]．北京：北京大学出版社，2001：164—170.

《利西达斯》、奥古斯丁作品、哈代作品、(莎士比亚的)《哈姆雷特》、波德莱尔及兰波的作品(“Blake and *Lycidas*, Augustine, Hardy and *Hamlet*, /Baudelaire and Rimbaud”),其中列在首位的就是布莱克的作品,由此可以看出布莱克的诗歌给沃伦留下的深刻印象。

布莱克曾写过一首名为《天真的预兆》(“Auguries of Innocence”)的长诗,共130行,其中开篇的4行提出了辩证看待世间万物的观点。

> 一沙一世界,
> 一花一天堂,
> 掌心握无限,
> 刹那含永恒。
> To see a world in a grain of sand
> And a heaven in a wild flower,
> Hold infinity in the palm of your hand,
> And eternity in an hour.

这当中就包含了辩证看待时间的观点,即短暂中包孕永恒。布莱克的辩证思想使得看似有限的个体也可包含无限的内容,既能以小窥大(可从一粒沙观察尘世纷繁事象,也可从一朵花体悟天堂神圣之美),亦能对立统一(掌心本是人身体极小的部分,却能以有限的空间握住无限的事物;刹那本是时间度量中很小的单位,却能以有限的时间包孕无限的永恒),让一切都取决于人和人的心境(英文原文的“to see”与“to hold”表明了主语是祈使句中被省略掉的“你”,即泛指的人,而“hold”这个字眼更是重申了作为主体的人的掌控性),彰显了人对于时间能够把握的一面。这样一来,短促的刹那就具备了在人心中成为永恒的可能,而以此类推人有限的生命也就可抵达无限的境界,让人得以超脱终将一死的恐惧和生命短暂的惆怅所带给心灵的阴影。布莱克式的辩证时间观为沃伦找到了出路,契合了沃伦对主观相对时间观的追寻,因此为诗人所推崇,并展现在他的多首诗歌中,比如《多须的橡树》:

……
当盏盏灯光在窗户上消逝的时候，
我们的脚曾经用回声锻打着空空的街道，
……
现在心困在笼中跳着钢铁的跳
但我对你的爱并不会因此减少，
那一点点让位于黑暗的亮光即便
此刻撤出，我对你的爱也不会减少。

我们生活的时间是时间中如此有限的一点，
并且我们如此痛苦努力地学习着一切，
那么我们或许可余出这一小时的期限
拿它来实践永恒。

这里诗人用对比的手法展现了两种对时间的认知：一种是凸显人生命时间短暂的外在绝对时间观，另一种是布莱克式的辩证看待时间长短的内在相对时间观。

前者把人的生命时间看作客观时间中的一点，卑微得要用“如此有限”来形容，通过长与短的相较突出了人生短暂，这种时间观导致了“我们”因恐惧生命的短暂而加倍地忙碌，无暇顾及对生命本身的体验，既疲惫又痛苦不堪（“我们生活的时间是时间中如此有限的一点，/并且我们如此痛苦努力地学习着一切”）——这无疑是诗人所批判的；后者则提出辩证看待时间的观点，正如无论是相伴夜游的动态还是树下依偎的静态都是爱的表现，以及无论是白昼还是夜晚爱都不会改变一样（“我对你的爱并不会因此减少”），这一小时的期限也可以用来实践永恒，这种时间观辩证地看待了短暂与永恒的关系，彰显了人的主观能动性，给予了人们从容体验生命的可能——这正是诗人所肯定的。诗中结尾处的这个句子（“那么我们或许可余出这一小时的期限/拿它来实践永恒”）正是对布莱克诗歌的化用（“刹那”是追求翻译归化效果而使用的意译，其对应的诗歌原文就是“一小时”），点出了辩证时间观对人的一种解放。橡树下相依相偎的“我们”颇有几分伊甸园中亚当和夏娃的味道，用此刻心灵的交融和情感的体验超越了生命的短暂、得到了相对的永恒。

又比如《丢失的水车池》一诗中这样写道：

……

水满溢过堤坝顶端的旧石头
那里边缘被苔藓染绿得如此之美。但是那水车，
很久远了，一定已经腐烂。一个接一个，老木梁会掉落，
虽有一些，布满苔藓并倾斜着，穿过破烂的藤蔓，可能依旧戳在那里。

它们会，一一掉落，而每一次掉落的事实
会在一个时间似乎永不流逝的所在测量出时间。
但无论你现在在哪里，无论你正做着什么行为。
你坚持着人类最后的梦想，即片刻可以成为永恒。

试着，如果你可以，重现那时的情景。你能看到
现在已丢失的，巨大的水轮，旋转着，每转一下都溢出
太阳的火焰和水的银光……
……

无论是被苔藓染绿的堤坝石头，还是慢慢腐朽的木质水车都是时间流逝的明证，似乎一切都会随时间而变化直至消亡。但诗中的“你”并没有因此畏惧个体生命的消逝或充满无可奈何的惆怅，因为“无论你现在在哪里，无论你正做着什么行为。/你坚持着人类最后的梦想，即片刻可以成为永恒。”这句“片刻可以成为永恒”就是对布莱克诗句的化用——正是这种辩证看待时间的角度慰藉了心灵，使它摆脱恐惧与幽怨，专注于生命的过程。好比那童年时的美好瞬间，它虽然短暂却包孕了生命的活力与本质，虽然已经成为过去却可依靠心灵把它重拾起来一遍遍呈现在眼前，成为永恒的记忆。这样即便生命如朝露般很快消失，但因为拥

有许多不褪色的宝贵记忆而焕发永恒的光彩，超脱了生命的短暂，获得相对的永恒。

沃伦除了在诗歌中直接引用或化用布莱克含辩证时间观的诗句来阐述主观的、相对的时间观外，还通过其在诗歌中处理时间中展开的人、事、物的手法来间接达到这一目的，彰显人之于时间的主观能动性，其中最典型的就是“冻结瞬间”（freeze the moment），即让时间凝固在某一刻的手法。如《记得的野餐》一诗：

那天，树叶、山峦、天空，
那么纯真地呈现在我们面前，
它们的结构是如此和谐
如此纯洁，在它们面前我们所忍受的一切
都变得如儿戏般微不足道，
……
琥珀色的阳光沐浴着树木，也沐浴着我们；
或许是那光如此沉静，
如此稳定，我们的肉体，
像镶在琥珀中的孪生飞蝇一般，
以完美的状态一动不动嵌在其中
笑傲**时间**那令人惊奇的跟踪。
……
或我们是否已死，被非人化的我们
是空虚的，而我们最清澈的灵魂
疾驰而去，在静止不动的社会里
肩并肩、手拉手地游弋着那一度
我们，也，在其中徜徉的场景，
而我们现在继承了新的领地，即
爱的荒原，这片被遗失的地下国土。
……

美丽、和谐、纯洁的大自然让出来野餐的“我们”得以逃离俗世的喧嚣、功利与烦恼，追寻到了平静、本真与愉悦。这样的场景让人不禁流连忘返，甚至想永居其中，所以诗人发挥神奇的想象，将此刻的画面冻结，让林间沐浴着琥珀色阳光的我们“肉体／像镶在琥珀中的孪生飞蝇一般，／以完美的状态一动不动嵌在其中”，超脱了时间的流逝，定格了那一刻的永恒。这林中伫立的瞬间是抛却尘世纷繁复杂、丢掉哀怒悲恐惊、身心平静、返璞归真的瞬间，是人与自然融为一体的瞬间（“琥珀色的阳光沐浴着树木，也沐浴着我们”一句用并置的手法表明了人与草木在大自然母亲怀抱中的平等共生，而把“我们”比作“孪生飞蝇”的明喻也彰显了人与自然界的互渗互通），因此是那样的美好与可贵，难怪诗人要把它冻结住，凝为化石、永久封存，“笑傲**时间**那令人惊奇的跟踪”，获得一种相对的永恒。即便时空转换，（“我们现在继承了新的领地，即／爱的荒原”），已是“物非人非”，但那曾经被冻结的瞬间也不会因时间的流淌而消失，因为我们凭借心灵就可以重返那时的情景（“我们最清澈的灵魂／疾驰而去，在静止不动的社会里／肩并肩、手拉手地游弋着那一度／我们，也，在其中徜徉的场景”）——这种冻结瞬间的永恒“在场”让人们得以随时“穿越”去重访那曾经充满真善美爱乐的精神家园，重温当时的美好。诗中这种“冻结瞬间”的手法生动地展现了人对于时间的掌控性，是主观、内在、相对时间观的表现，使短暂与永恒具备了相互转化的可能：人们面对时间不再悲观，而是“笑傲”，因为美好的瞬间已在心中化为永恒；曾被冻结的瞬间也不会随时间消失，而是永恒“在场”，可以在心中一次次游弋探访。

又如《季节浅观》组诗中的第一首《金色之光的鲜活荣耀》（“Gasp-Glory of Gold Light”）：

> 金色枫叶上黎明金色之光的鲜活荣耀——
> ……
> 此刻你站在
> **无-时间**的刀刃上。
> 或者那不是**无-时间**，而是被充满了的**时间**？

不要转动你的头，太阳不会再升高。
不要倾听——这里没有心跳的声音，
也听不到，手表的嘀嗒。
自我流走进入一种完美的
无我状态。你能想象你感觉到

世界的双唇正吻向你的双唇吗？
……

在这首诗中，诗人用“冻结瞬间”的手法把秋日黎明中欣赏美景的“你”静止在那里——没有肢体的运动（“不要转动你的头”），没有心跳的声音，一切外在度量时间的事物也都被凝固在那里一动不动（“太阳不会再升高”；“也听不到，手表的嘀嗒”）。这一刻因为被冻结而逃脱了时间的掌控，具备了一种“无时间性”，但正是这薄如刀锋的短暂一刻却让“自我”进入了“无我”的境界，世界与自身也达成了一种交融（“世界的双唇正吻向你的双唇”），它所包孕的丰富内容使其具备了永恒的特性（“或者那不是**无-时间**，而是被充满了的**时间**？”）。如此一来，诗人借助“冻结瞬间”的手法展现了短暂中包含永恒的可能。

总之，通过沃伦诗歌对“短暂与永恒”这个时间话题的探讨和展现，可以看出诗人对外在、绝对时间观的摒弃与对内在、相对时间观的张扬。在沃伦的诗中，时间被纳入心灵的领域，所以“短暂与永恒”就具备达成和解或对立统一的可能，这缓解了人们对生命时间有限和不断流逝的恐惧与无奈，让人们可以超脱生命的短暂或流逝，而寻得一种相对的永恒，彰显了人的主观能动性对生命长度的扩展和对生命瞬间的深化的能力。

（二）“此时与彼时”

人们经常探讨的关于时间的另一个话题就是过去时光（彼时）的一去不返。当时间被视作一种客观存在的、不由人掌控的外在绝对力量时，时光之流就是滚滚向前、不可逆转的，已消逝的就永远逝去了。这样会造成一种后果，那就是人们不再回首往事，一心只关注未来。沃伦对这样的时间观提出了异议：他在《过去的用途》[①]一文中论述了虽然这种未来导向的时间观在某些情况下可以让人们卸掉包袱、轻装上阵，但因为过去是现在的源头，可以为现在提供参照系，所以对过去的抛弃往往使人们无法了解真正的自我与现状，也无法汲取过往的经验与教训，行事会有更多的盲目性，还会丢掉许多温暖心灵的美好回忆，可谓连同洗澡水把婴儿也一起倒掉了。可见，沃伦对这种未来导向的绝对时间观持批判与“逃逸”的态度，那么他在诗歌中又是如何对待“此时与彼时”的呢？

沃伦曾在“逃逸派”成员聚会的时候提到他很早就感觉到他与哈代的亲似性。[②]哈代诗歌中一个重要的描写对象就是沃伦同样热切关注的时间，他著有《今昔诗集》（*Poems of the Past and the Present*）、《时光的笑柄》（*Time's Laughing Stock*）、《梦幻时刻》（*Moments of Vision*）等，他善于使用的时光对照手法也大量地出现在沃伦的诗歌中，甚至沃伦创作的诗集《此时与彼时》（*Now and Then*）从题目上都形成对哈代《今昔诗集》的一种遥相呼应。

哈代生于乡村，在近代工业入侵前的乡村里度过了他的童年和青年时期，家乡的一草一木和朴素惬意的乡村生活都给他留下了美好、深刻的印象，而他从事文学创作的时期正值英国工业革命的迅速发展期，工业化和商业化的大潮势不可挡，传统农业日趋衰落，封建宗法制的社会经济秩序逐步瓦解，自给自足、简单恬淡的田园生活渐渐为残酷竞争、忙碌功利的“活着”所取代。[③]面对这样的境遇转变，哈代主要采取了一种悲观和抵制的态度，因为在他看来，历史变迁不一定代表着发展与进步，工业化和商业化的急剧蔓延摧毁了许多原先美好的事物。之后发生的第一次世界大战所带来的支离破碎更是让他深深怀念曾经完整、有

① Warren, Robert Penn. The Use of the Past[A]. In: Robert Penn Warren ed. New and Selected Essays[M]. New York: Random House, 1989: 29-53.

② Warren, Robert Penn. Fugitives' Reunion[A]. In: Floyd C. Watkins et al. eds. Talking with Robert Penn Warren[M]. Athens: The University of Georgia Press, 1990: 11.

③ 胡宝平. 哈代作品中的怀旧[J]. 外国文学评论，2005（2）：66—67.

序、平和的生活。因此，在哈代的作品中，“往昔”多是美好明亮的，而“现时”却充满了颓废灰暗的色调。他在诗歌中常常运用时光对照的手法来让“往昔”在“现在”重现，在对比中怀旧，在怀旧中重建过往，实现对往昔一去不返的“逃逸”。比如《以前的美人》一诗：

这些市场上的婆子，一身旧纱布，
紧绷着薄嘴唇，
莫非这就是我们当年所爱慕
和追求的美人？

莫非这就是那些粉红色的少女？
每逢夏天的星期日，
我们曾在溪边和海岸隐蔽之处
向她们山盟海誓？
……
唉，她们肯定忘了，她们不可能
记得从前的自己，
否则，回忆定会改变形象，使她们
永远显得美丽。

在这首诗中，哈代描写了如今在市场上紧绷着薄嘴唇的老婆子与过去在乡村自然中徜徉与舞蹈着的粉红色少女。诗人通过对同一些女人“往昔”与“今日”的对照（“市场上”这个地点的选择含蓄地点出了商业化的背景，“紧绷着薄嘴唇”的意象则具象化了她们现今被生活磨砺得市侩与斤斤计较，“婆子”一词则直接点出衰老并满含贬义；相对应的则是当年处于乡村自然中周身散发着美与活力的少女，“粉红色”既是对焕发青春的少女及其着装的写实，又浸染着回忆中的梦幻色彩），把“现时”的庸俗与衰败与“过去”的纯真与美好相对比来抒发怀旧心理。诗歌结尾处则直接阐明了“回忆”的重要性（“回忆定会改变形象，使她们／永远显得美丽”），因为借助“回忆”就可以让当年的美人、她们的青春，以及那种时代与生活在心灵中不断重现、化作永恒。哈代的内在、主观、相对时间观由此可见一斑。又如在《埃玛组诗》（Emma Poems）中，他将爱人曾经的美与他们拥有过的美好爱情及和谐生活一点一滴地拉回到现实中来，让一切仿佛就呈现在眼前，“甜蜜、温馨的情景……／温暖、真切而强烈”，以时光逆转的方式使亡妻重生，以寄托对她深深的悼念和慰藉自己孤独的灵魂。再如《沙场亡灵》（“The Souls of Slain”）一诗里，诗人把战后的荒凉与战前美好的生活及富有浓郁亲情的画面并置在一起，通过对战前私人空间和群体领域生活的回忆和重现来表达对战争的鞭挞与对和平的追寻。在哈代的这些诗中，“现在”与“过去”、“这里”与“那里”、梦幻与真实、理想与现状、欢乐与痛苦等等因素相交织，在冲撞跳跃中超越了时空，混扰了意识，使抒情主体的情感世界得到了最充分的表露。[①]哈代这种时光对照的方式颠覆了往昔的一去不返，通过时间的空间化而征服了时间，契合了沃伦所“追寻”的主观、相对时间观，所以也被沃伦大量地应用于诗歌当中。

沃伦的出生时间虽然比哈代晚了 65 年，但其个人经历和所处的时代背景却与哈代有着极其相似的地方，沃伦的童年也充满乡村生活恬静美好的点点滴滴，而随着时间的推移他，也深深感受到了工业化与商业化大潮对美国南方传统农业和田园生活方式的冲击。他同样亲历了第一次世界大战对人们生活的影响——社会转型、传统失落、工业化与商业化的弊端、大战空前的摧毁性力量——晦暗的现实与美好的过往等也成为他笔下描写的对象。哈代记录了威塞克斯的今与昔，沃伦则勾画了美国南方的“此时”与“彼时”，他们不约而同地借助时光对照的手法让曾经的美好重现，并对晦暗的现实形成一种强有力的批评。

比如沃伦创作的《丢失的水车池》一诗：

……

试着，如果你可以，重现那时的情景。你能看到
现在已丢失的，巨大的水轮，旋转着，每转一下都溢出

① 吴笛. 论哈代诗歌中的悲观主义时间意识[J]. 国外文学，2003（3）：55—56.

太阳的火焰和水的银光，而，欢快地，
白而瘦的身体纷纷跃入黑色的水中，空气中充满

疯狂的呼喊直震得那最高处的树叶不断摇颤吗？
当现在你站在那里做梦时，一片树叶，慢慢地，脱离
树枝，金黄色，华美，快乐而不是悲伤，
几乎一动不动地，飘落下来，直到完全停驻在水面上。

呸！这个情景只是想象的。你整个人生
你都没有再回去，而那些男孩儿们，大多已经死去，
或形同死去，因为厌倦工作，厌倦孩子，厌倦妻子，
或因为酗酒，因为心脏衰竭，因为警察追杀，因为疯了的工贼。

诗人利用记忆和想象，在当下困顿的环境中重现了儿时的美好，把往昔的画面重铺在眼前。儿时那洋溢着美、和谐、快乐与活力的情景与现在生活到处弥漫的厌倦、空虚、无力、混乱（“形同死去，因为厌倦工作，厌倦孩子，厌倦妻子，／或因为酗酒，因为心脏衰竭，因为警察追杀，因为疯了的工贼”）形成了鲜明的对比，让“我”既深刻地了解了现状，又寻找到了心灵的依归。这种时光对照的方式使过去的美好不再随时间一去不返，而是给予当下的“我”以心灵的慰藉和重建的动力与方向，所以诗人在诗歌结尾处继续写道：

在黑暗中，我试着在这么多年后想象那个水池，
或细数那些在那儿，曾经，快乐地呼喊过的男孩。

正如诗中所展示的，这种往昔的重现及与现在的对比让“我”不但重拾了往日的美好，还寻找到了未来努力的方向。斯维特兰娜·博伊姆从“怀旧”（“nostalgia”）一词词源的两个组成部分（nostos，希腊语，意为“回家”；algia，希腊语，意为“痛苦的感觉”）出发，根据侧重点的不同，将怀旧分成“重建性怀旧”（restorative nostalgia）和“反思性怀旧”

（reflective nostalgia）两种。[1]本诗里往昔的重现就属于一种“重建性怀旧”，旨在“追寻”与重建那心中曾经的伊甸园。

又如《最后一班夜车》（“Last Night Train”）一诗：

……
最后的红色灯光像一颗游荡的星星
渐渐消失进远方与黑夜。刚才火车呼啸而过的地方，
现在能听到一只最后的蟋蟀的叫声。这丢失的声音
让我不禁想起，带着一种被迅即压抑的
怀旧之情，那
一条乡村的小路，在深夜，在晚秋——在那里，
独自一人，我再次站立，成为整体的部分。
独自一人，而今我站立在绿色的火车站灯光下，
却除了流年不再是任何东西的一部分。
……

如同小玛德莱娜点心的味道触动了普鲁斯特对贡布雷往事的回忆，诗中的“我”通过似曾相识的蟋蟀叫声把人生中的“此时”与“彼时”联系起来并形成了对比——曾经在夜半乡村小径上感觉是晚秋中一部分的“我”，现在在都市月台的灯光下却感到周遭都是虚无，而自己也只是虚度时光而已——那时的天人合一和归属感与现今的异化虚无和孤独感所形成的落差，是对现实无声地批判，诗人的怀旧之情溢于言表。“我”凭借着心灵的回忆就能穿越时光隧道“再次站立”在当年的乡村小路上，又凭借着心灵将自己拉回到现在都市火车站的灯光下，时间的内在性与主观性在此处得到了生动的展现。这种“往昔”与“今日”对照所形成的奇异并置，彰显了一种对时间的掌控，摆脱了往昔的一去不返，获得了一种对“彼时”生活状态的回归与重建。

在“此时与彼时”的对照上，沃伦与哈代是相似的，但不同于后者

① Boym, Svetlana. The Future of Nostalgia[M]. New York: Basic Books, 2001: 22.

对私人空间和群体领域生活之过往的一味向往和对现实的一味悲观，沃伦在他的诗中还表达出了一种“时间的二重性”，即过去与现在的相互渗透，不但往昔能成为现在的参照，现在也可以成为往昔的参照，这使得沃伦的主观、相对时间观更加立体、更富理性。

沃伦深刻认识到过往未必全是美好的，时间的流逝与洗礼也可以带来往昔所没有的智慧与成熟，所以沃伦的诗中不仅存在博伊姆提出的“重建性怀旧”，还拥有着“反思性怀旧”，或者用沃伦自己提出的“时间的二重性”这个概念更为恰当，因为他诗歌中的时间观与他的“存在之必然渗透”哲学是一致的，强调的是“互相渗透”。突出“现在向过去渗透”这一点，可见于他的诗歌《时间的二重性》(“Doubleness in Time”)：

二重性盘曲在时间中就像
牛蛇盘曲在仍有叶子的秋天。*那时*
像*现在*一般展开了。*现在*
像*那时*。噢，那是
很久以前——许多年了，到底多少年？
五十年——但现在它才最终真实地
发生了。只是*现在*。她的双眼，

从一个站立者到另一个站立者，
环顾着。你，几乎，听到
眼睛在眼窝里吱吱嘎嘎磨动的声音。
她的眼盯在每一张脸上，并对
每一张脸都努力营造
一抹微笑。你听到
几乎，笑的磨动声
被制造出来，一点儿一点儿地。你听到
爱的磨动声。

当你努力微笑时，你听到了笑的磨动声。

她的双眼，每一次努力后，都固定在
上方的白色石膏天花板上。夕阳的粉红
染红了天花板。我凝视着
天花板。它无垠。

它庇荫着一切的时间。

医生从汗衫口袋里取出
老式的包金怀表。
当表打开时你听到嘀嗒声。
你的心如石头般一动不动静静站立。
他把着她的脉。

他点头。慢慢地。慢慢地。

我的父亲，那个高个、瘦削的男人，
头光秃如雕塑、白净如大理石，
鼻是笔直的罗马型——他最先走过去。
他俯身在那等待着的仰起来的脸上。
双唇印在了——你知道冰凉的——双唇上。
一只手握住她的一只手。
现在我正看着这一幕。
……
男孩来到休息室里。
没有言语。我的父亲
僵直地坐在一张长凳上。他的孤单
就是他似乎坚守的东西。仿佛
他是石头，暗色布下的白石头。
就像一尊古代雕塑，
几百年后出了土，穿上了

现代衣服。我为什么
不在那时笑？我
*现在*想笑。
……
我站在停车场的沙砾上，独自一人。
不是那时。
是现在。因为
真相成为真实花了很长的时间。

是秋天，*现在*正如*那时*，星星
开始了冰冷的闪烁。
月是满月、白色，
……
我望着月亮，
疑惑为何这么多年它一动不动。
我不知道为何，也不知道
为何我的悲伤未被理解，也不知道为何
它未曾理解自身的存在。

它花了很长的时间才明白
自己的诸多名字：比如
自私和珍贵的自责。

继1920年沃伦15岁时经历一只眼睛失明的人生第一次大变故后，1931年，年仅26岁的沃伦又经历了人生的第二次大变故——母亲在10月与世长辞、父亲紧接着破产。沃伦对母亲的爱在他的许多诗歌中都有着表现，比如《启示》《疯狂的药剂师》（“The Mad Druggist”）、《童谣》组诗等，而他在《回归：一首挽歌》中曾经想象将来失去母亲时自己无比痛苦、无法接受的样子，没想到一语成谶，母亲不久真的离世了，所以母亲的死亡给沃伦带来了沉重的打击，而彼时尚还年轻的他也果真像《回归：一首挽歌》中所写的那样根本无法接受这个事实。也正因为如此，事情虽然发生在诗歌创作的五十年前，但诗中写道“现在它才最终真实地／发生了”——这个悖论恰恰说明只有经过后来长时间的沉淀与成熟，诗人才能理智地面对当时的情景。于是，借助回忆“*那时*／像*现在*一般展开了。现在／像*那时*”。这句简单朴实的话语展现了沃伦内在的、主观的时间观，尤其是“彼时”与“此时”的相互渗透与转化。读者仔细阅读可以发现诗中实际上有两个视角在看待母亲濒临死亡的场面。其中一个是“彼时”在“此时”的展开，即重现了当年的“我”因过于悲痛而变得木讷，在浑浑噩噩中以不解与麻木看待母亲的死亡（“你的心如石头般一动不动静静站立”，眼睁睁看着面前家人与母亲的最后告别、医生与护士的临终诊断以及父亲僵硬如大理石的身体与动作和最终听到噩耗时的扑倒在地等竟无动于衷，好似只是一个旁观者在看着这些画面）；另一个则是“此时”对“彼时”的渗透与观照，即“我”带着现在的成熟与理性去审视和体味当年的一切，看懂了母亲在最后时刻努力环顾与微笑所传达的不舍与爱意（“你听到／爱的磨动声”），看懂了父亲坚强外表下的孤独与脆弱，也看清了自己当年逃避行为的自私与不该。有了“彼时”对“此时”的渗透，才在“今年”这个秋季重现了当年秋季的情景，而更是因为“此时”对“彼时”的渗透，才让诗人在事发五十年后第一次看清了事实的真相（“真相成为真实花了很长的时间”），并因此而感到自责（时隔如此之久，所以诗中用“珍贵的”一词来形容）。这种反思与领悟是心灵穿透时间所赋予的，外在的、客观的时间观是无法达到这样的效果的。

又如《我梦想着一个白色的圣诞节：一个幻象的自然史》一诗中诗人借助幻想，穿越了时间隧道，重访了儿时的场景，实现了一种“现在对过去的渗透”，让“我”带着现在的眼光重新体味那曾经被忽略的生活细节与浓浓的亲情：

> 不，不是那扇门——绝不是！但是，
> 进来，看到。透过
> 有如褪色了的老银版照相纸般的褐色空气。

……
看到了
在那边的旧摩利斯椅，那是婚后不久
买来的，是让他在劳累一天后休息用的。
……
一条红色的
飘带，很久前从某个快乐的包裹上撕扯下来的，
盘曲在灰色的壁炉地面上就像
烧熔了的保险丝。
……
但那声音响起：
儿子，要是那些个小人儿不来，就没有礼物啦。
……
那把小红椅子，
是给婴儿用的。仅次于最大椅子的那把
是给我小妹的，是把小红摇椅。然后，
最大的那把，是我自己的，我排行老大。

椅子全是空的。
……

诗中的画面由静止的过往的人、事、物与穿越回去、动态游走的“我”所组成，一种对时间的操控感跃然纸上，凸显了沃伦主观、内在的时间观。不同于往昔在现在的重现，这里描写的是“现在对过去的渗透”。“我”带着而今成年人的眼光对儿时的场景进行了一番“巡礼”，重新发现了许多在当时看来不那么重要的事物和它们的宝贵价值（比如：一把旧摩利斯椅子——它承载着对父亲的关爱；一根撕掉的红飘带——它曾经系着带给人愉悦的礼物；妈妈的声音——它充满了对孩子浓浓的爱；三把儿童椅——它们把兄弟姐妹聚在一起；……），而一句“椅子全是空的”则提示了亲人的不复存在和往昔圣诞节快乐场景的已然逝去，这无疑更让

人感觉到亲情的可贵，领悟到应该珍惜与身边亲人共度的时光。

可见沃伦的诗歌不仅仅通过时光对照的方式把往昔借助回忆带到眼前重温，并以此构成对现实的批判，还经常通过“时间的二重性”和“相互渗透”将现在的“我”带回过去，借助岁月打磨的眼光对往昔做一番反思或巡礼。两者相结合，彰显了沃伦内在、主观、相对的时间观，“逃逸”了往昔的一去不返，“追寻”了今昔的互通互渗，让人们对事物的感悟和理解得到了深化。

（三）弹跳交织的网状时间模式对线状和圆状时间模式的超越

沃伦的时间观不仅继承了奥古斯丁“时间存在于心灵之中”的思想，吸收了布莱克诗歌中辩证时间观的营养和哈代诗歌中时光对照的手法，还自创了一种过去、现在、未来弹跳交织的网状时间书写模式，形成了更加灵活和立体的主观、相对的时间观。这种时间模式的形成与他的“存在之必然渗透”哲学思想和“蜘蛛网联系理论”有着高度的一致性，从本质上说是对传统现状和圆状时间模式的超越。

西方文学乃至世界文学中描写时间通常主要有两种模式：一种是线状，从过去延伸到现在再延伸到未来，一路向前、不可逆转，对于个体生命而言这是一股摧毁的力量，把韶华带走，引人走向死亡；另一种是圆状，人们观察到日升日落、月满月亏、四季的变动循环等，从而体悟了一种圆状时间，这样对于个体生命而言圆形的周而复始带来的是死后重生的希望。当然无论是线状时间模式还是圆状时间模式，都沿着固定的轨道运行，只不过一个是直线上的一去不返，一个是环状的首尾相连。沃伦诗歌中则体现了一种在吸收了奥古斯丁、布莱克和哈代时间观念某些特色的基础上自创的过去、现在、未来纷然杂陈、交织渗透的独特时间模式，可谓以弹跳交织的网状时间书写模式，实现了对传统的线状和圆状两种时间模式的超越，彰显了一种独抒性灵的时间观念。

比如《基利波山的扫罗》（“Saul at Gilboa”）一诗中沃伦就清晰地描述了一个过去、现在、将来变动不居的复杂时间统一体：

现在是一层薄薄的膜，那膜

只是我的剧痛，透过这层膜
过去渗进来，穿出去，被吸到
将来中，透过这层膜
将来流着血进入，成为，过去……

这里过去可以经过现在渗透到未来，而未来也可经过现在渗透都过去，没有固定的方向，只有互相之间的渗透。

又如《永久的基业》这套组诗共分五首，其中第一首《坐夜班飞机回来的儿子走到已失去意识的父亲的床边，他的右手用一种痉挛的姿势举起，好像要建立接触：1955》：

在时间的连接和肉体的密会里，我，
抵达着，被投掷穿过黑暗和
天空抽象的飞行网格，
看到从汗渍渍的被单和
床单的褶皱中由仁慈之手
仪式般记录下来的手之
升起——看到手举起——
……
手冷冷地伸自历史
抓向黑暗天空中的一颗星，

但达不到那么远——啊，不能！
星星可怕地烧毁了，烧着，
因为在黑暗里蜡白的一抓不能
够到它，腕上的白手转过来，
在腱的最后紧张里举起，但不能
建立接触——
……

通过标记的时间（“1955”）和描写的内容可以看出，这是沃伦描画父亲临终时“我”乘飞机赶回来到他床榻前所看到的场面，尤以那只升起的想要建立接触的手给人留下的印象最深，此时的时间是沃伦 50 岁的时候。这个“我”与父亲会合的现在的时间点成为整套组诗的基点，时间的描写从此生发开来，弹跳交织、变动不居。

第二首《一种已逝的语言：大约 1885》则一下子切换到沃伦父亲小时候的情景：

> 父亲去世、土地丢失，继母憔悴地带着孩子们，
> 大长兄逃窜到了墨西哥
> 去发他的财，管它是金子或牛或卡片，
> 他除了做我们看到他所做的，还能做什么呢？
> 为该地区第一条铁路锯枕木，
> 十六岁且强壮得像个男子汉——噢上帝，那时就是个男子汉！
> ……
> 他站在镜子和小儿子前说着希腊文εναδ……
> 并笑了，“原来希腊文听起来是这样啊！”
> ……
> 从暗暗的战胜和欢乐的深处他笑着，
> 说：“希腊文——那不是属于我的。我们去吃早饭吧，儿子。”

这一首诗追溯了 1885 年前后父亲是如何因家庭的变故挑起重担而放弃自己的文学追求的，文中希腊语的符号代表了一种被残酷现实压抑的高贵梦想，但难能可贵的是父亲没有抱怨也不以此为痛苦，而是在毅然承担家庭责任的过程中寻找到了另一种快乐。

第三首《狐火：1956》又再度将时间切换到 1956 年，即父亲死后“我”整理他遗物时的情景：

> 几年后，我找到了那本旧语法书，已泛黄。
> ……

所以我把那本书放在书架上，在我自己的语法书旁，
在历史的邪恶和虚弱中，那本可怜的书燃烧了
像世界错误的渊薮中的一簇狐火。

诗中的旧语法书象征着父亲曾经的梦想，但就如同那抓星的瞬间终没有成功、而那遥远的星星可怕地烧毁了一样，父亲的可怜的梦想也被历史的现实无情地“烧毁”了。

第四首《在时间的卑鄙中：未注明年份》则跳出和父亲相关的回忆而转向抽象地探讨和批判吞噬一切的时间的邪恶，这实则是作为内在、主观、相对时间观的对立面而树立在这里的，也显示了本套组诗对时间的关注。

第五首，即最后一首《一个幻象：大约 1880》则又跳回到父亲的儿时：

……
从树林中，光着脚，那个男孩儿来了。他站在那儿，
神圣的，完全的，穿着打补丁的裤子，周身洋溢着那孩儿的惬意
……
而我——我
沿着时间的管道或时间暗黑的走廊向下看，那时间
碎裂了，像泪珠一样，洒在阳光照耀下的空间中
……
那男孩，有着高贵的肃穆，穿过一片空间，重新进入
森林的树荫中，但短暂一停，转身，咧开嘴笑了一下，
然后消失了。一片高高的橡树叶摇动了灰色，而空气，
涌动着，精神饱满起来，好似要获得远处雨水的恩露。

这里的父亲还处在他未经历家庭变故前的童年的惬意时光，他徜徉在树林中，而“我”通过时间的管道或暗黑的走廊向那时看过去，见到他那

纯真高贵的本性和灿烂的笑容像雨露般滋润着干巴巴、灰蒙蒙的树林，让这里重新焕发一派生机。

总之，这套《永久的基业》组诗的五首诗，从时间角度而言，跳跃跌宕，没有固定的顺序，前后互相连接渗透，以打破客观时间顺序的方式，重新组合父亲从儿时到去世后（“我”整理遗物）的一系列场景和画面，而现在的“我”更是通过时间隧道看到了过往的一切。这些时间的描写不可谓不神奇，是以蒙太奇的方式格外富有深意地拼接、展现了父亲的一生。这种时间书写模式就是典型的网状模式——过去、现在、未来随意切换、交织渗透、共同织就一张不可思议的时间之网，网罗住所有珍贵的瞬间和相互的联系。

沃伦的《未来的旧照片》一诗也运用了过去、现在、未来纷然杂陈的网状时间书写模式，极尽跳跃交织之能事，这点从题目就可看出端倪；此外还有《红尾鹰与少年时代的火堆》，诗中既有对儿时杀鹰片段的回忆，也有多年后在惨淡现实中忏悔过往的描写，结尾处还假想了以后生命走向尽头时希望得到大自然的宽恕，亦可谓过去、现在、未来纷然杂陈、弹跳交织，而这一切都在那一把赎罪与祭奠之火中结束。限于篇幅，本书就不对沃伦的这类诗歌一一展开说明了。

沃伦的这种网状时间书写模式打破了以往描写时间中发生的人事物的顺序模式，实现了对线状和圆状时间模式的某种超越，是一种更加灵活、立体的时间模式，鼓舞人们在有限的时间长度中“追寻”拓展各个阶段的宽度和深度，前后关照、汲取认知，在缅怀过去的同时珍视现在并放眼未来，最大限度地挖掘生命的意义。

参考文献

[1] Baldick, Chris. Oxford Concise Dictionary of Literary Terms[Z]. Shanghai: Shanghai Foreign Language Education Press, 2000.

[2] Berryhill, Billy. Politics and Philosophy in the Writings of Robert Penn Warren[D]. Louisiana State University and Agricultural & Mechanical College, 2000.

[3] Bisanz, Adam John. Robert Penn Warren: The Ballad of Billie Potts[J]. Fabula, 2009, Vol. 14 (1).

[4] Bloom, Harold. Foreword[A]. In: John Burt ed. The Collected Poems of Robert Penn Warren[M]. Baton Houge: Louisiana State University Press, 1998.

[5] Blotcher, Joseph. Robert Penn Warren: A Biography[M]. New York: Random House, 1997.

[6] Bohner, Charles. Robert Penn Warren's Life and Career[A]. In: American National Biography[C]. New York: Oxford University Press, 1999.

[7] Boym, Svetlana. The Future of Nostalgia[M]. New York: Basic Books, 2001.

[8] Brooks, Cleanth, Robert Penn Warren. Understanding Poetry (4th edition) [M]. Beijing: Foreign Language Teaching and Research Press, 2004.

[9] Cavanaugh, Christine Patricia. Moving beyond Apocalypse: Prophecy as a Political Art in Twentieth Century Novels from Orwell to DeLillo, Dystopian to Post colonial[D]. Michigan State University, 2006.

[10] Clark, William Bedford. Introduction[A]. In: William Bedford Clark ed. Critical Essays on Robert Penn Warren[M]. Boston: G. K. Hall &

Co., 1981.

[11] Cullick, Jonathan Seth. Making history: The Narratives of Robert Penn Warren[D]. University of Kentucky, 1997.

[12] Detels, Polly Elizabeth. When “the Lie Becomes Truth”: Four Historiographic Novels of the Twentieth Century[D]. University of North Texas, 1999.

[13] Flora, Joseph M. et al. eds. The Companion to Southern Literature: Themes, Genres, Places, People, Movements, and Motifs[M]. Baton Rouge: Louisiana State University Press, 2002.

[14] Frye, Northrop. Anatomy of Criticism[M]. Princeton: Princeton University Press, 1971.

[15] Funk, William H. Glimpses of Seasons: A Pilgrimage to the Birthplace of Robert Penn Warren[J]. Southern Quarterly, 2008, Vol. 46 (1).

[16] Gray, Jonathan W. Innocence by Association: Civil Rights in the White Literary Imagination[D]. City University of New York, 2006.

[17] Henderson, Margaret Jean. The Decline of the Belle in Southern Poetry: From Edward Coote Pinkney to Robert Penn Warren[D]. Mississippi State University, 2010.

[18] Hendricks, Randy. Lonelier than God—Robert Penn Warren and the Southern Exile[M]. Athens: University of Georgia Press, 2000.

[19] Heuston, Sean. The Dialect of the Tribe: Ethnography and Modern Poets[D]. Vanderbilt University, 2002.

[20] Jackson, Patrick Earl. This Side of Despair: Forms of Hopelessness in Modern Poetry[D]. University of Oregon, 2007.

[21] Johnson, Bradley Arnold. “A Succinct and Formal Violence”: The Function of the Duel in Southern Fiction, 1825-1950[D]. University of Connecticut, 2001.

[22] Johnson, Janis Ann. Hidden Nation: Nez Perce Identity and American Indian Sovereignty[D]. Tulane University, 1999.

[23] Jordan, Margaret Ilene. Imagining the Past: African-American

Servitude and The Historical Novel[D]. University of Michigan, 2002.

[24] King, Richard H. A Southern Renaissance: The Cultural Awakening of the American South, 1930-1955[M]. New York: Oxford University Press, 1980.

[25] Lamme, A. J. Speaking with the Same Voice: Geographic Interpretation and Representation of Literary Resources[J]. Geo Journal, 1996, Vol.38(1).

[26] Lodge, David. 20th Century Literary Criticism: A Reader[M]. London: Longman, 1972.

[27] Lubbock, Percy. The Craft of Fiction[M]. London: Jonathan Cape, 1921.

[28] Madden, D. ed. The Legacy of Robert Penn Warren[M]. Baton: Louisiana State University Press, 2000.

[29] Magill, Frank K. ed. American Literature, Realism to 1945[M]. Pasadena: Salem Press, 1981.

[30] Marcuse, Herbert. Technology, War and Fascism[A]. In: Douglas Kellner ed. Collected Papers of Herbert Marcuse: Volume One[M]. New York: Routledge, 1998.

[31] Maxwell, Angela Christine. A heritage of Inferiority: Public Criticism and the American South[D]. The University of Texas at Austin, 2008.

[32] McGraw, Eliza Russi Lowen. The Country of the Heart: Twentieth-Century Representations of Southern Jewishness[D]. Vanderbilt University, 1999.

[33] Mencken, H. L. The Sahara of the Bozart[A]. In: James T. Farrell ed. H. L. Mencken. Prejudices: A Selection[M]. Baltimore: The Johns Hopkins University Press, 1996.

[34] Mizingou, Jeannine Nicole. A Religious Poetics in Contemporary American poetry: Resituating Notions of God, the Other, the World, and the Self in the Christian Faith[D]. Duquesne University, 2001.

[35] Moore, L. Hugh. Jr. Robert Penn Warren and History: The Big Myth We Live[M]. The Hague and London: Mouton, 1970.

[36] Parini, J. ed. The Columbia History of American Poetry[M]. NewYork: Columbia University Press, 1993.

[37] Paskoff, Paul F. Measures of War: A Quantitative Examination of the Civil War's Destructiveness in the Confederacy[J]. Civil War History, 2008, Vol.54 (1).

[38] Pattison, Felicia Squires. "The made thing": Self, Community, and Art in the Later Fiction of Robert Penn Warren[D]. The Catholic University of America, 1998.

[39] Perry, Keith Ronald. The Kingfish in Fiction: Huey P. Long and the Disguised Historical Novel[D]. University of South Carolina, 1997.

[40] Pratt, William. The Fugitive Poets[M]. Nashville: J. S. Sanders & Company, 1991.

[41] Rice, Anne P. Dangerous memories: Lynching and the U.S. Literary Imagination[D]. City University of New York, 2005.

[42] Runyon, Randolph Raul. The Taciturn Text: The Fiction of Robert Penn Warren[M]. Columbus: Ohio State University Press, 1990.

[43] Robinson, Forrest G. A Combat with the Past: Robert Penn Warren on Race and Slavery[J]. American Literature, 1995, 9 (67).

[44] Rupplesburg, Hugh. Robert Penn Warren and the American Imagination[M]. Athens & London: The University of Georgia Press, 1990.

[45] Sarnowski, Joe. The Old Tale Told: American Cultural Myth and the Poetry of Robert Penn Warren[D]. The University of Toledo, 1999.

[46] Shapiro, Michael Marc. Buried rhythm: The Alliterative Tradition in 19th and 20th Century Poetry[D]. Brandeis University, 1998.

[47] Simon, Ted W. In Defense of Risk Assessment: A Reply to the Environmental Justice Movement's Critique[J]. Human and Ecological Risk Assessment: An International Journal, 2000, Vol. 6 (4).

[48] Stanford, Thomas Wayne. Impure Poems: Naturalism and the

Poetry of Robert Penn Warren[D]. The Catholic University of America, 2005.

[49] Strandberg, Victor. A Colder Fire: The Poetry of Robert Penn Warren[M]. Lexington: University of Kentucky Press, 1965.

[50] Suarez, Earnest. Contemporary Southern Poetry and Critical Practice[J]. The Southern Review, 1994, Vol. 30 (4).

[51] Turner, Frederick Jackson. The Significance of the Frontier in American History[M]. New York: Penguin Books Ltd., 2008.

[52] Walker, Marshall. Robert Penn Warren: A Vision Earned[M]. Glasgow: Robert MacLehose and Co., Ltd., 1979.

[53] Warren, Robert Penn. Foreword[A]. In: Robert Penn Warren ed. Democracy and Poetry[M]. Cambridge: Harvard University Press, 1975.

[54] Warren, Robert Penn. Knowledge and the Image of Man[A]. In: John Lewis Longley ed. A Collection of Critical Essays[M]. New York: Greenwood Press, 1965.

[55] Warren, Robert Penn. Notes on the Poetry of John Crowe Ransom at his Eightieth Birthday[A]. In Robert Penn Warren ed. New and Selected Essays[M]. New York: Random House, 1989.

[56] Warren, Robert Penn. Pure and Impure Poetry[A]. In: Robert Penn Warren ed. New and Selected Essays[M]. New York: Random House, 1989.

[57] Warren, Robert Penn. The Use of the Past[A]. In: Robert Penn Warren ed. New and Selected Essays[M]. New York: Random House, 1989.

[58] Warren, Robert Penn. William Faulkner[A]. In: Robert Penn Warren ed. New and Selected Essays[M]. New York: Random House, 1989.

[59] Warren, Robert Penn. A Conversation with Robert Penn Warren (John Baker)[A]. In: Floyd C. Watkins et al. eds. Talking with Robert Penn Warren[M]. Athens: The University of Georgia Press, 1990.

[60] Warren, Robert Penn. A Conversation with Robert Penn Warren (Tom Vitale)[A]. In: Floyd C. Watkins et al. eds. Talking with Robert Penn Warren[M]. Athens: The University of Georgia Press, 1990.

[61] Warren, Robert Penn. A Self-Interview[A]. In: Floyd C. Watkins et al. eds. Talking with Robert Penn Warren[M]. Athens: The University of Georgia Press, 1990.

[62] Warren, Robert Penn. An Interview[A]. In: Floyd C. Watkins et al. eds. Talking with Robert Penn Warren[M]. Athens: The University of Georgia Press, 1990.

[63] Warren, Robert Penn. An Interview in New Haven with Robert Penn Warren[A]. In: Floyd C. Watkins et al. eds. Talking with Robert Penn Warren[M]. Athens: The University of Georgia Press, 1990.

[64] Warren, Robert Penn. An Interview with Robert Penn Warren[A]. In: Floyd C. Watkins et al. eds. Talking with Robert Penn Warren[M]. Athens: The University of Georgia Press, 1990.

[65] Warren, Robert Penn. Interview with Eleanor Clark and Robert Penn Warren[A]. In: Floyd C. Watkins et al. eds. Talking with Robert Penn Warren[M]. Athens: The University of Georgia Press, 1990.

[66] Warren, Robert Penn. Of Bookish Men and the Fugitives[A]. In: Floyd C. Watkins et al. eds. Talking with Robert Penn Warren[M]. Athens: The University of Georgia Press, 1990.

[67] Warren, Robert Penn. Pure and Impure Poetry[A]. In: Robert Penn Warren ed. New and Selected Essays[M].New York: Random House, 1989.

[68] Warren, Robert Penn. Reminiscences: A Conversation with Robert Penn Warren[A]. In: Floyd C. Watkins et al. eds. Talking with Robert Penn Warren[M]. Athens: The University of Georgia Press, 1990.

[69] Warren, Robert Penn. The Oral Roots of Literature[A]. In: Floyd C. Watkins et al. eds. Talking with Robert Penn Warren[M]. Athens: The University of Georgia Press, 1990.

[70] Warren, Robert Penn. The South: Distance and Change[A]. In: Floyd C. Watkins et al. eds. Talking with Robert Penn Warren[M]. Athens: The University of Georgia Press, 1990.

[71] Watkins, Floyd C. Then and Now: The Personal Past in the Poetry

of Robert Penn Warren[M]. Lexington: University Press of Kentucky, 1982.

[72] West, Paul. Robert Penn Warren[M]. Minneapolis: The University of Minnesota Press, 1964.

[73] Woodward, C. Vann. Exile at Yale[A]. In: David Madden ed. The Legacy of Robert Penn Warren[M]. Baton Rouge: Louisiana State University Press, 2000.

[74] The Fugitive 1922-1925[DB/OL]. http://www.library. vanderbilt. edu/speccol/archives/serials/fugitive.pdf.

[75] The Mayflower[EB/OL]. http://baike.baidu.com/view/60565.htm.

[76] 阿尔文·P. 桑诺夫. 美国桂冠诗人罗伯特·潘·沃伦谈诗歌创作[J]. 余韵译. 外国文学动态，1987（4）.

[77] 埃默里•埃利奥特主编. 哥伦比亚文学史[C]. 朱通伯等译. 成都：四川辞书出版社，1994.

[78] 爱德华兹·霍顿. 美国文学思想背景[M]. 房炜，孟昭庆译. 北京：人民文学出版社，1991.

[79] 艾布拉姆斯. 镜与灯[M]. 郦稚牛等译. 北京：北京大学出版社，2004.

[80] 艾略特. 传统与个人才能[A]. 赵毅衡主编. 新批评文集[M]. 北京：中国社会科学出版社，1988.

[81] 奥古斯丁. 忏悔录[M]. 周士良译. 北京：商务印书馆，1994.

[82] 北京大学哲学系编译. 古希腊罗马哲学[M]. 北京：商务印书馆，1961.

[83] 蔡晶. 论诗歌的意象[J]. 文学界（理论版），2010（12）.

[84] 常耀信. 美国文学简史[M]. 天津：南开大学出版社，1990.

[85] 陈德献. 朱光潜《诗论》的“音律”理论研究[D]. 西北师范大学，2012.

[86] 陈厚诚，王宁主编. 西方当代文学批评在中国[M]. 天津：百花文艺出版社，1999.

[87] 陈澧. 东塾读书记（外一种）[M]. 上海：上海中西书局，2012.

[88] 陈良运. 诗学·诗观·诗美[M]. 南昌：江西高校出版社，1991.

[89] 陈元靓. 事林广记[M]. 南京：江苏人民出版社，2011.

[90] 邓福星. 艺术前的艺术[M]. 济南：山东文艺出版社，1986.

[91] 杜昌忠. 论弗莱之文学循环说[J]. 福建师范大学学报（哲学社会科学版），1998（1）.

[92] 弗莱. 作为原型的象征[A]. 张中载，王逢振，赵国新编. 二十世纪西方文论选读[M]. 北京：外语教学与研究出版社，2002.

[93] 弗莱. 文学的原型[A]. 朱立元，李钧主编. 二十世纪西方文论选：上卷[M]. 北京：高等教育出版社，2002.

[94] 郭继德主编. 美国文学研究[M]. 济南：山东大学出版社，2004.

[95] 郭继德. 世纪美国文学：梦想与现实[M]. 北京：外语教学与研究出版社，2004.

[96] 郭沫若. 论节奏[A]. 北京师范大学中文系文艺理论教研室编. 文学理论学习参考资料（下册）[M]. 沈阳：春风文艺出版社，1981.

[97] 哈罗德·布鲁姆. 西方正典[M]. 江宁康译. 南京：译林出版社，2005.

[98] 哈桑. 当代美国文学（下）[M]. 路凡译. 济南：山东人民出版社，1980.

[99] 何欣. “逃逸与追寻”——罗伯特·潘·沃伦诗歌研究[D]. 南开大学，2013.

[100] 黑格尔. 美学：第三卷（下册）[M]. 朱光潜译. 北京：商务印书馆，1981.

[101] 胡宝平. 哈代作品中的怀旧[J]. 外国文学评论，2005（2）.

[102] 胡家峦. 导读[A]. 克林斯·布鲁克斯，罗伯特·潘·沃伦著. 理解诗歌（第 4 版）[M]. 北京：外语教学与研究出版社，2004.

[103] 胡家峦. 历史的星空——英国文艺复兴时期诗歌与西方宇宙论[M]. 北京：北京大学出版社，2001.

[104] 胡燕春. 英美新批评派研究[M]. 北京：中国社会科学出版社，2010.

[105] 胡壮麟. 语言学教程（第三版）[M]. 北京：北京大学出版社，2006.

[106] 黄裕生. 论奥古斯丁对时间观的变革——拯救现象与捍卫上帝[J]. 浙江学刊，2005（4）.

[107] 黄裕生. 原罪与自由意志——论奥古斯丁的罪-责伦理学[J]. 浙江学刊，2003（2）.

[108] 霍华德·奈莫洛夫. 诗人论诗——二十世纪中期美国诗论[M]. 陈祖文译. 北京：生活·读书·新知三联书店，1989.

[109] 霍桑. 红字[M]. 熊玉鹏，姚乃强译. 北京：北京燕山出版社，2000.

[110] 金元浦. 文学解释学[M]. 长春：东北师范大学出版社，1998.

[111] 卡西尔. 语言与神话[M]. 于晓等译. 北京：生活·读书·新知三联书店，1988.

[112] 克林斯·布鲁克斯. 精致的瓮[M]. 郭乙瑶等译. 上海：上海人民出版社，2008.

[113] 拉·科拉柯夫斯基. 柏格森[M]. 牟斌译. 北京：中国社会科学出版社，1991.

[114] 莱辛. 拉奥孔[M]. 朱光潜译. 合肥：安徽教育出版社，2006.

[115] 勒内·韦勒克，奥斯汀·沃伦. 文学理论[M]. 刘象愚等译. 南京：江苏教育出版社，2005.

[116] 李洋，张寅佩. 美国“南方文艺复兴”的历史观[J]. 英美文学研究论丛，2012（2）.

[117] 李宜燮，常耀信. 美国文学选读（上）[M]. 天津：南开大学出版社，1991.

[118] 李文俊编选. 福克纳评论集[M]. 北京：中国社会科学出版社，1980.

[119] 刘国枝，郑庆庆. 论《红字》中荒野的象征与原型[J]. 外国文学研究，2004（1）.

[120] 刘海平，王守仁主编. 美国文学史[M]. 上海：上海外语教育出版社，2000.

[121] 刘立辉. “末世论”与斯宾塞诗歌中的宇宙时间观[J]. 外国文学研究，2007（3）.

[122] 林莺. 遁世的人生无言的抗争——海明威人物艺术形象塑造[J]. 开封教育学院学报，2004，Vol. 24（3）.

[123] 柳向阳. 论奥古斯丁时间观与罗伯特·潘·沃伦的诗歌创作[J]. 外国文学研究，2005（5）.

[124] 柳向阳. 论罗伯特·潘·沃伦动物诗歌的生命意识[D]. 华中师范大学，2004.

[125] 罗伯特·潘·沃伦（罗伯特·佩恩·华伦）. 美国作家罗伯特·佩恩·华伦谈文学创作[J]. 世界文学，1981（2）.

[126] 罗经国. 新编英国文学选读[M]. 北京：北京大学出版社，1996.

[127] 罗素. 西方哲学史[M]. 何兆武，李约瑟译. 北京：商务印书馆，1982.

[128] 洛夫. 诗的语言和意象[J]. 东南大学学报（哲学社会科学版），2005，Vol. 7（4）.

[129] 蒙哥马利. 奥古斯丁[M]. 于海，王晓平译. 北京：中国社会科学出版社，1992.

[130] 米家路，裘小龙. 城市、乡村与西方田园诗——对一种文类现象语境的“考古学”描述[J]. 四川外语学院学报，1992（4）.

[131] 苗力田主编. 古希腊哲学[M]. 北京：中国人民大学出版社，1989.

[132] 南帆主编. 二十世纪中国文学批评 99 词[C]. 杭州：浙江文艺出版社，2003.

[133] 聂珍钊. 英语诗歌形式导论[M]. 北京：中国社会科学出版社，2007.

[134] 牛顿. 自然哲学之数学原理[M]. 王克迪译. 西安：陕西人民出版社，2001.

[135] 庞德. 论意象[A]. 戴维·洛奇著. 葛林等译. 二十世纪文学评论[M].上海：上海译文出版社，1987.

[136] 普丽华. 论声韵在现代诗歌中的暗示功能[J]. 华中师范科技大学学报（人文社会科学版），2002，Vol. 41（1）.

[137] 钱满素. 美国当代小说家[M]. 北京：中国社会科学出版社，

1987.

[138] 秦秀白. 英语语体和文体要略[M]. 上海：上海外语教育出版社，2002.

[139] 乔晓燕. 英诗的声韵探析[J]. 内蒙古工业大学学报（社会科学版），2005，Vol.14（1）.

[140] 曲义. 从《拓荒者》看詹姆斯·库柏的生态和谐观[J]. 大连海事大学学报（社会科学版），2012，Vol. 11（3）.

[141] 荣格. 论分析心理学与诗的关系[A]. 伍蠡甫，胡经之主编. 西方文艺理论名著选编[M]. 北京：北京大学出版社，1987.

[142] 申丹. 视角[J]. 外国文学，2004，（3）.

[143] 沈奇选编. 西方诗论精华[C]. 广州：花城出版社，1991.

[144] 史亮编. 新批评[M]. 成都：四川文艺出版社，1989.

[145] 斯皮勒. 美国文学的周期[M]. 王长荣译. 上海：上海外语教育出版社，1990.

[146] 苏畅. 对视点问题的重新认识——关于乌斯宾斯基的《结构诗学》[J]. 南京师范大学文学院学报，2006，（3）.

[147] 孙绍振. 名作细读——微观分析个案研究[M]. 上海：上海教育出版社，2009.

[148] 唐根金等. 20 世纪美国诗歌大观[M]. 上海：上海大学出版社，2007.

[149] 特里·伊格尔顿. 二十世纪西方文学理论[M]. 伍晓明译. 北京：北京大学出版社，2007.

[150] 田俊武. 略论美国遁世文学的构建[J]. 国外文学，1999（3）.

[151] 退特. 论诗的张力[A]. 赵毅衡编选. “新批评”文集[M]. 北京：中国社会科学出版社，1988.

[152] 汪剑钊. 诗歌的乌鸦时代[J]. 德语学习，2007（1）.

[153] 王华林，陈耀庭. “一个最严肃的道德主义者”的自我追寻——从小说《国王的人马》谈沃伦的善恶观[J]. 兰州大学学报（社会科学版），2007（5）.

[154] 王丽亚. 什么是“新形式主义”？——《新形式主义与文学理

论》述评[J]. 外国文学，2015（5）.

[155] 王庆勇.《哈克贝利 • 费恩历险记》中的遁世主义[J]. 洛阳师范学院学报，2003（3）.

[156] 王先霈. 文学文本细读讲演录[M]. 桂林：广西师范大学出版社，2006.

[157] 王欣，石坚. 记忆的政治：从逃逸者到南方重农主义者[J]. 外国文学研究，2009（5）.

[158] 王岳川，胡经之编. 文艺美学方法论[M]. 北京：北京大学出版社，1994.

[159] 王忠祥，聂珍钊主编. 外国文学史[C]. 武汉：华中理工大学出版社，1999.

[160] 威廉 •燕卜荪著. 朦胧的七种类型[M]. 周邦宪等译. 北京：中国美术学院出版社，1996.

[161] 维姆萨特，布鲁克斯. 西洋文学批评史[M]. 颜元叔译. 北京：中国人民大学出版社，1987.

[162] 韦勒克. 批评的诸种概念[M]. 丁泓等译. 成都：四川文艺出版社，1988.

[163] 韦勒克. 文学理论[M]. 刘象愚等译. 北京：生活 • 读书 • 新知三联书店，1984.

[164] 文楚安. 沉思人类命运的美国桂冠诗人沃伦[A]. 垮掉一代及其他[M]. 成都：四川大学出版社，2002.

[165] 闻一多. 神话与诗[M]. 天津：天津古籍出版社，2008.

[166] 沃尔大冈 •凯塞尔. 语言的艺术作品[M]. 陈铨译. 上海：上海译文出版社，1984.

[167] 吴笛. 论哈代诗歌中的悲观主义时间意识[J]. 国外文学，2003（3）.

[168] 吴国盛. 时间的观念[M]. 北京：中国社会科学出版社，1996.

[169] 吴瑾瑾. 历史的沉疴——南北内战与罗伯特 •潘 •沃伦的文学创作[J]. 山东大学学报（哲学社会科学版），2013（3）.

[170] 吴瑾瑾. 罗伯特 • 潘 • 沃伦的故土情结与文学创作[J]. 当代外

国文学，2008（1）.

[171] 吴瑾瑾. 生之必然渗透——罗伯特·沃伦自我认知哲学观与文学创作研究[D]. 山东大学，2008.

[172] 吴伟仁. 美国文学史及选读[M]. 北京：外语教学与研究出版社，1990.

[173] 肖明翰. 美国南方文艺复兴的动因[J]. 美国研究，1999（2）.

[174] 肖徐彧. 论罗伯特·潘·沃伦后期诗学观念的转型[J]. 兰州学刊，2010（4）.

[175] 谢祖钧. 英语修辞[M]. 北京：机械工业出版社，1988.

[176] 严可均. 全晋文（影印本）[M]. 北京：中华书局，1958.

[177] 晏杰雄，刘又华. 水的原型意义分析[J]. 南华大学学报（社会科学版），2005，Vol. 6（2）.

[178] 杨慧林，黄晋凯. 欧洲中世纪文学史[M]. 南京：译林出版社，2001.

[179] 杨向荣. 陌生化[A]. 赵一凡，张中载，李德恩编. 西方文论关键词[C]. 北京：外语教学与研究出版社，2006.

[180] 杨义. 中国叙事学：逻辑起点和操作程式[J]. 中国社会科学，1994（1）.

[181] 袁先来. 论库柏的自然意识与民族文学型构[J]. 外国文学研究，2010（6）.

[182] 詹淼. 邪恶人性与混沌社会的写照——对《哈克贝利·费恩历险记》中"私刑"主题的探析[J]. 河南财政税务高等专科学校学报，2010，Vol. 24（3）.

[183] 章国锋. 后现代主义：回顾与反思[J]. 世界文学，1996（6）.

[184] 张经浩，陈可培主编. 名家名论名译[C]. 上海：复旦大学出版社，2005.

[185] 张荣. 创造与伸展：奥古斯丁时间观的两个向度[J]. 现代哲学，2005（3）.

[186] 张首映. 西方二十世纪文论史[M]. 北京：北京大学出版社，1999.

[187] 张缨. 罗伯特·潘·沃伦诗中的时间境域[A]. 张冲主编. 复旦外国语言文学论丛[M]. 上海：复旦大学出版社，2010.

[188] 张中载等编. 二十世纪西方文论选读[M]. 北京：外语教学与研究出版社，2002.

[189] 赵毅衡. 重访新批评[M]. 天津：百花文艺出版社，2009.

[190] 赵毅衡. 当说者被说的时候——比较叙述学导论[M]. 北京：中国人民大学出版社，1998.

[191] 赵毅衡. 诗神远游[M]. 上海：上海译文出版社，2003.

[192] 赵毅恒. 新批评——一种独特的形式主义文论[M]. 北京：中国社会科学出版社，1986.

[193] 郑克鲁主编. 外国文学史（上）[M]. 北京：高等教育出版社，2006.

[194] 周发祥. 西方文论与中国文学[M]. 南京：江苏教育出版社，1997.

[195] 周伟驰译. 沃伦诗选[M]. 石家庄：河北教育出版社，2003.

[196] 朱光潜. 诗论[M]. 北京：北京出版社，2009.

[197] 朱光潜. 新诗从旧诗能学习得些什么[N]. 光明日报，1956-01-24.

[198] 朱立元主编. 当代西方文艺理论[M]. 上海：华东师范大学出版社，2005.

[199] 朱自清. 新诗杂话[M]. 北京：生活·读书·新知三联书店，1984.

[200] 紫芹. 美国“逃亡者”诗歌与重农派[J]. 外国文学，1993（1）.

后 记

我与诗歌结下的不解之缘可以追溯到童年时代朗诵古诗、摘录诗词的美好回忆，经历了中学时代的稚嫩创作和偶然发表，再到大学时期对中国古诗和英语诗歌的好奇研读与潜心翻译，诗歌最终成为我深入研究的对象，并将继续一路陪伴我成长、成熟。

《逃逸的鹰——罗伯特·潘·沃伦诗歌研究》一书是本人博士研究的延展。其得以完成应感谢“天津市哲学社会科学规划项目”的大力支持和许多为我提供可贵帮助的人。

其中，使我最为感恩的是我的导师王立新教授。在整个读博期间王老师精准的点拨、耐心的教导、不断的鼓励让我一点一滴进步、成长并最终得以完成博士学业。有了这个坚实的基础，我的科研、工作才得以不断进步。本书的撰写也得到了王老师的悉心指导和热情鼓励。能成为王老师的学生是我莫大的荣幸，以后我会继续以老师为榜样，在工作和学习中不懈努力、不断提升。

此外，本书的撰写还得到了我所在的工作单位天津外国语大学及各位领导、同人的大力支持和暖心帮助，在此一并表示诚挚谢意。

当然，我还要深深感谢我的亲人们。我的父亲、母亲一直以来都对我默默奉献、鼎力支持，是我脆弱时永远的坚强后盾，是我取得一点点成就时笑得最开心的人；我的公公婆婆和我的爱人也都对我的科研和工作给予了很大的理解和支持，对他们我充满了感恩和爱。让我同样充满感恩和爱的还有我三岁半的女儿，她甜美的笑容、蓬勃的活力、对妈妈充满期待的目光是我前进的最大动力！

最后希望本人的另一本从不同理论视角（如生态文学批评、女性主义批评等）研究沃伦诗歌的书稿亦能顺利付梓，希望前辈、同人对这两本小书多多批评指正。

何欣

2016 年 5 月